BIANCA.

AF274436

MAGGIE
COX

VIDAS TORMENTOSAS

HARLEQUIN™

Editado por Harlequin Ibérica.
Una división de HarperCollins Ibérica, S.A.
Avenida de Burgos, 8B - Planta 18
28036 Madrid
www.harlequiniberica.com

© 2025 Harlequin Ibérica, una división de HarperCollins Ibérica, S.A.
N.º 502 - 18.7.25

© 2011 Maggie Cox
Vidas tormentosas
Título original: The Brooding Stranger

© 2011 Maggie Cox
Su joya más preciada
Título original: One Desert Night
Publicadas originalmente por Harlequin Enterprises, Ltd.
Estos títulos fueron publicados originalmente en español en 2012

I.S.B.N.: 979-13-7000-576-4
Depósito legal: M-8488-2025
Impreso en España por: BLACK PRINT
Fecha impresión Argentina: 14.1.26
Distribuidor exclusivo para España: LOGISTA
Distribuidores para Argentina: Interior, DGP, S.A. Pienovi 211 - Avellaneda
Cap. Fed./Buenos Aires y Gran Buenos Aires, VACCARO HNOS.

MIXTO
Papel
FSC   FSC® C159065

Capítulo 1

LA DESCOMUNAL estampida sonaba cada vez más cerca y le hizo pensar en una manada de bestias salvajes. Durante unos segundos, creyó haber entrado en otra dimensión. Una imaginación exacerbada podía provocar la locura, y era lo que empezaba a sucederle a Karen que lamentó haberse tomado las pastillas para dormir la noche anterior. Debía mantener sus facultades mentales en perfecto estado, no anularlas con medicamentos.

El sonido de la estampida se hizo más fuerte y ella echó una ojeada a través de los árboles y el follaje. Paralizada de miedo, no podía correr. Los huesos de las piernas se le habían licuado y era incapaz de pensar con coherencia. Su mirada se posó desesperada en las botas de senderismo, cubiertas de barro, y se dijo que, en caso de necesidad, sería capaz de huir. Pero... ¿huir de qué? aún no lo sabía. «Dios mío, no permitas que me desmaye... cualquier cosa menos eso. Por favor, no permitas que pierda la consciencia». La silenciosa oración empezó a convertirse en un mantra mientras aguardaba lo que fuera que se acercaba a ella.

Unos segundos después, un monstruo de color beige irrumpió en el claro y se dirigió al galope hacia Karen de cuyos labios surgió un estrangulado grito al encontrarse cara a cara con el terror que había interrumpido el paseo matutino. Los latidos de su corazón parecían un redoble de tambor en sus oídos. ¿Qué clase de idiota dejaría suelta a semejante criatura? Contempló con expresión de ansiedad la enorme cabezota con la boca abierta y vio la larga lengua colgando húmeda mientras la bestia jadeaba. Y se sintió físicamente enferma.

Un autoritario grito les sorprendió a ambos. La bestia puso las orejas tiesas como si fuera un transmisor recogiendo una señal y se paró a escasos centímetros de Karen.

–¡Oh, Dios mío! –Karen se cubrió la boca con las manos y se recriminó por las estúpidas lágrimas que nublaban la vista de los azules ojos.

La criatura tenía dueño. Sin duda, algún zoquete irresponsable.

El hombre apareció de entre los árboles, tan sorprendido de ver a Karen como ella de ver a su mascota. Haciendo una pausa para asimilar la situación, de inmediato le dio la impresión de que era él quien mandaba y algo le dijo que las disculpas o la preocupación por el estado de sus semejantes no era habitual en ese hombre. Y el arrepentimiento debía resultarle igualmente ajeno. Había algo altivo y sobrecogedor en su robusto porte que le puso el vello de punta y los sentidos en alerta.

Alto e incuestionablemente autoritario, los cabellos revueltos y largos hasta los hombros en un arrogante desafío a la moda o los convencionalismos, poseía un rostro duro e implacable que, incluso de lejos, parecía incapaz de cualquier gesto de amabilidad. «Quizás al final hubiera sido mejor desmayarse», pensó Karen. Eran poco más de las siete de la mañana y allí estaba, sola en el bosque frente a un terrorífico perro y su igualmente terrorífico dueño. Debería haber escuchado la voz de su cansado y dolorido cuerpo y permanecido una hora más en la cama. Los sucesos del pasado le habían pasado factura, pero nadie se atrevería a acusarla de ser perezosa.

Había un cierto aire de rabia contenida en ese hombre cuyas botas aplastaban la alfombra de ramitas y hojas, y que parecía avanzar hacia Karen con intención de comunicarle su sentencia de muerte. Se paró detrás del animal y acarició la cabezota de la bestia.

—Buen chico —dejó de darle palmadas al perro y hundió la mano en el bolsillo de la cazadora de cuero que parecía un artículo de alta costura a juzgar por cómo le sentaba.

—¿Buen chico? —Karen repitió las palabras en tono de incredulidad—. Su maldito perro, en caso de que eso sea un perro, sobre lo cual tengo serias dudas, me ha dado un susto de muerte. ¿En qué estaba pensando dejándole correr suelto por ahí?

—Estamos en un país libre. Se puede caminar durante kilómetros en estos bosques sin encontrar a otro ser vivo. Además, Chase no le haría daño... salvo que yo se lo ordenara.

Los gélidos ojos grises de ese hombre emitieron un destello. Junto con la voz profunda y cultivada, formaban un conjunto lo bastante poderoso como para inquietar a cualquiera.

—¿Chase? ¿Así se llama? ¿Y qué es exactamente? —parloteó Karen sin parar.

—Un gran danés —escupió el extraño como si solo un imbécil preguntaría tal cosa.

—Pues debería ir atado —ignorando el evidente desprecio de su mirada gris, ella cruzó los brazos abjurando en silencio de su capacidad, innata sin duda, para intimidar, y sorprendida ante su propia audacia al prolongar la conversación más de lo necesario.

Chase respiraba pesadamente lanzando hacia ella una nube de vapor. Las orejas seguían de punta, como si esperara instrucciones. Desconfiada, Karen no apartó los ojos del animal, por si acaso decidía atacar a pesar de las afirmaciones de su dueño.

–En mi opinión, los problemas los causan los extraños que pasean por el bosque quejándose de todo –el hombre encajó la mandíbula con arrogancia–. Vamos, Chase.

El perro se puso en movimiento y Karen supo que acababa de ser descartada cual insignificante molestia. Ni siquiera se había disculpado por darle un susto de muerte.

Quizás había exagerado un poco al exigir que el perro fuera atado en un bosque no precisamente abarrotado de gente, pero aun así... todavía tensa de indignación, se sintió aún más inquieta cuando el extraño se volvió para dedicarle una gélida mirada.

–Por cierto, en caso de que pensara venir por aquí mañana, no volveremos a elegir este camino. Chase y yo valoramos mucho nuestra intimidad.

–¿En serio pensaba que querría volver por aquí después del susto que acabo de llevarme?

Las comisuras de los labios de ese hombre se elevaron hasta formar una macabra caricatura de una sonrisa y Karen se puso lívida.

–Las mujeres no me sorprenden, Caperucita. Y ahora corra a casita. Y si alguien le pregunta por qué está tan pálida, puede decirle que se ha encontrado con el lobo feroz.

Sonriendo de nuevo, el extraño se dio media vuelta y se marchó.

–Muy gracioso –murmuró Karen sin aliento, aunque le pareciera cualquier cosa menos eso.

El crujido de una rama casi le hizo dar un brinco. Alarmada y furiosa, partió en dirección opuesta a la de ese tipo hostil y sombrío. Furiosa porque estaba llorando de nuevo. Aquella misma mañana se había prometido no llorar más.

De regreso a la cabaña de piedra donde se escondía desde hacía tres meses, comprobó con satisfacción que el fuego que había encendido en la chimenea estaba en su apogeo, chisporroteando y crujiendo agradablemente. Era increíble que esas pequeñas cosas cotidianas le produjeran tal satisfacción, seguramente porque había aprendido ella sola. El fuego empezó a caldear el húmedo ambiente de la vieja casa.

A veces incluso su ropa parecía húmeda cuando se la ponía por las mañanas. Y por la noche hacía tanto frío que se había acostumbrado a dormir con dos pijamas y el camisón. A su madre le horrorizaría un alojamiento así y sin duda le preguntaría qué intentaba demostrar viviendo en unas condiciones tan primitivas.

Estremeciéndose de frío, Karen se quitó el forro polar empapado y lo colgó de una silla. Puso la tetera de cobre al fuego y se regocijó ante la perspectiva de tomar un té. Era incapaz de pensar hasta la segunda o tercera taza y aquella mañana lo necesitaba más que nunca ante el terrorífico incidente con ese hombre de negro y su bestia.

Menudo gran danés, ¡se parecía más a un troll! ¿Quién sería ese hombre y de dónde venía? Llevaba tres meses en ese lugar y no había oído hablar de él. La señora Kennedy, la tendera local, era una fuente de información y nunca había mencionado al extraño irlandés de cultivado acento y su enorme perro, al menos no delante de ella.

El extraño paseante se había mostrado desagradable, antisocial y taciturno, pero empezaba a pensar que quizás no fuera más que una coraza para ocultar una profunda sensación de infelicidad. La expresión sombría de los extrañamente irresistibles ojos grises no dejaba de atormentarla. ¿Qué había detrás de semejante expresión? ¿Se estaría recuperando de alguna terrible conmoción o pesar? No le costaba nada imaginárselo. En los últimos dieciocho meses ella misma había bajado a los infiernos y regresado después.

En realidad aún no estaba segura del todo de haber regresado. Había días en que sentía tal oscuridad en su alma que era incapaz de levantarse por las mañanas. Pero, lentamente y poco a poco, había empezado a vislumbrar la posibilidad de sanación de su alma herida en ese hermoso lugar de Irlanda. Con sus salvajes montañas, misteriosos bosques y el vasto Océano Atlántico a un corto paseo a pie de la puerta de su casa, la belleza de aquel lugar había empezado a calar en la pesadumbre que la había dominado desde la tragedia. La Naturaleza y el aislamiento que la rodeaban habían sido como un bálsamo para liberar el miedo y el dolor de su corazón, y había empezado a comprender por qué la gente recurría a los poderes sanadores de la Naturaleza.

Algún día, cuando se sintiera bien, encontraría el valor para regresar a casa... Algún día.

Gray O'Connell no lograba olvidar a la bonita rubia que había perdido los nervios. Una irritante criatura. Con cada paso que daba, los exquisitos rasgos, sobre todo los hermosos ojos azules, se volvían más nítidos e irresistibles en su cabeza. ¿Quién demonios sería? Había unos cuantos británicos que tenían allí una residencia veraniega, pero a mediados de octubre esas casas solían estar vacías y abandonadas.

Y entonces recordó algo que le hizo pararse en seco. Sacudió la cabeza y soltó un gruñido. Desde luego no estaba haciendo gala de la aguda e incisiva mente que lo había ayudado a hacer una fortuna en Londres.

Consciente de quién podría ser, se preguntó qué haría allí a las puertas del duro invierno que rápidamente sustituiría al suave otoño, haciendo que hasta los habitantes locales añoraran el siguiente verano. ¿Sería una solitaria como él? ¿La habrían empujado las circunstancias personales a buscar refugio allí? Gray, como nadie, comprendía su necesidad de soledad y paz, aunque últimamente no pareciera ayudarlo en nada.

Sin querer seguir por esa línea de pensamiento, alargó las zancadas y se dirigió con decisión hacia su casa.

—Me encantaría un poco de ese pan, si puede ser, señora Kennedy.

Al otro lado del mostrador, Karen se admiraba de cómo Eileen Kennedy, regordeta y entrada en años, pudiera conservarse tan robusta y grácil. Sin parar de moverse de un lado a otro ante las estanterías, sin duda hechas a mano y que debían llevar siglos allí, buscaba las latas de fruta, paquetes de gelatina y preparados para salsas que componían la lista de la compra de Karen. Y todo sin dejar de parlotear animadamente en un tono extrañamente reconfortante. Karen se había acostumbrado a estar sola y no toleraba la compañía de otros durante mucho rato, pero la abuelita irlandesa constituía una excepción.

—¿No necesitará nada más hoy, querida? —Eileen sonrió cálidamente a la joven que, por una vez, no parecía tener tanta prisa por marcharse.

—Gracias, eso será todo —Karen pagó mientras sus mejillas se teñían de un repentino rubor al ser el objeto de tanto cariño–. Si he olvidado de algo, puedo volver mañana, ¿verdad?

–Desde luego. Será tan bienvenida como las flores en mayo. No puedo evitar pensar en lo solitaria que debe ser la vieja casa de Paddy O'Connell. Ya lleva aquí un tiempo, ¿no? ¿Y su familia? Seguro que su pobre madre debe echarla terriblemente de menos.

Karen sonrió inquieta, pero no contestó. ¿Para qué desencantar a esa amable mujer? Elizabeth Morton sin duda se alegraba de que su hija se hubiera trasladado a Irlanda por un tiempo indeterminado. Así se libraba de las incómodas emociones que tanto detestaba y que la presencia de Karen hacía que se manifestaran. Con Karen en Irlanda, Elizabeth podía fingir que todo iba bien en un mundo en el que era una maestra de las apariencias y del disimulo de los sentimientos, un mundo en el que podía relacionarse con sus amistades como si la tragedia no hubiese golpeado a su única hija.

Eileen Kennedy era demasiado astuta para no haberse dado cuenta de que la mención de la madre de Karen la había alterado. Su reticencia a hacer ningún comentario indicaba que algo había pasado. Tampoco podía culpar a la tendera por su curiosidad. A menudo sentía esa curiosidad en los habitantes locales con los que se cruzaba y que sin duda se preguntaban por la distante inglesa que había alquilado «la vieja casa de Paddy O'Connell», como se la conocía. No comprendían que lo único que quería era paz y tranquilidad. Pero no podían saberlo si ella no se lo explicaba...

–Tenga, querida... –con cuidado, la señora Kennedy guardó la compra en la cesta de Karen y operó la encantadora caja registradora, una reliquia de otros tiempos. Le devolvió el cambio y la miró con simpatía–. Perdone si he sido demasiado directa, pero tengo la sensación de que le vendría bien animarse un poco... y tengo una idea. Los sábados por la noche hay música y baile en el bar de Malloy, al otro lado de la calle, y allí será tan bienvenida como si fuera uno de los nuestros. ¿Por qué no viene? Mi marido, Jack, y yo iremos sobre las ocho. Le vendría bien un poco de música y baile. Le devolvería el color a esas encantadoras mejillas.

Música. Karen suspiró para sus adentros. Lo añoraba muchísimo, pero, ¿cómo volver a disfrutar después de lo sucedido? Habían pasado dieciocho meses. Dieciocho larguísimos meses desde que no había vuelto a tocar la guitarra. ¿Y si no conseguía volver a cantar? ¿Y si la tragedia le había privado definitivamente de la voz? Además, ¿qué sentido tenía? La carrera como cantante de Karen había sido el sueño de ella y Ryan. Después de la muerte de su marido, ya no se atrevía a perseguir ese sueño en solitario. La prensa la había bautizado como *la trágica princesa del pop*, y quizás siempre lo sería. Ese era uno de los motivos de su huida a Irlanda, la tierra natal de Ryan, al lugar más rural y recóndito que había podido encontrar, donde nadie hubiera oído hablar de ella.

Suspiró de nuevo y deseó no sentirse tan acorralada emocionalmente por una inocente invitación. Si pudiera volver a ser normal, si pudiera volver a incluirse entre la gente que se divertía... Contempló la perfecta fila de latas de judías y tomate frito que había detrás de Eileen Kennedy y se apremió para contestar algo. Cualquier cosa antes de que la amable tendera llegara a la conclusión de que era una maleducada. Sin embargo, la señora tras el mostrador no parecía impaciente por obtener esa respuesta. Como buena tendera, no parecía tener nada mejor que hacer que pasar un buen rato con algún cliente.

—No lo creo, señora Kennedy —contestó al fin—. Ha

sido muy amable al invitarme, pero yo no... me siento demasiado sociable ahora mismo.

–Y nadie espera que lo sea, querida. Todos comprendemos que tendrá sus motivos para haber venido aquí. Sospecho que intenta superar algo... o a alguien, ¿no? Y si alguien se pasa, Jack le pondrá en su sitio. Vamos, ¿qué daño puede hacerle?

Aquella era la pregunta del millón para Karen, y una para la que aún no tenía respuesta. De lo que no le cabía duda era de que aún no estaba preparada para alternar. En esos momentos preferiría saltar sin paracaídas desde un avión.

–No puedo. Agradezco de veras su ofrecimiento, pero ahora mismo... no puedo.

–Me parece justo, querida. Cuando se sienta preparada, venga con nosotros. Los sábados por la noche, Jack y yo siempre estamos en Malloy –Eileen sonrió.

–¿Señora Kennedy?

–¿Sí, querida? –la mujer se apoyó en el mostrador ante el inesperado susurro de la joven.

Karen se aclaró la garganta para armarse de valor. Ella, mejor que nadie, respetaba el derecho a la intimidad y odiaba que invadieran la suya, pero sentía una repentina necesidad de saber algo sobre el hombre del bosque. «El lobo feroz».

–¿Hay alguien aquí que tenga un perro enorme de color canela? Un gran danés, dijo.

–Gray O'Connell –replicó Eileen sin dudar–. Su padre vivía en la cabaña en la que se aloja.

–¿Su padre? ¿Su padre es Paddy O'Connell? –Karen frunció el ceño ante la impresión.

–Era. Paddy era un hombre estupendo hasta que sucumbió a la bebida... que Dios guarde su alma –la mujer se persignó y se inclinó hacia Karen–. Su hijo es el dueño de prácticamente todo lo que tiene algún valor por aquí, incluyendo la cabaña. Pero no parece muy feliz. A veces me pregunto cómo no habrá seguido el camino de su padre con todo lo sucedido. Espero que aquí encuentre la paz, con sus cuadros y demás.

–¿Es un artista?

–Sí, querida, y muy bueno por cierto. Mi amiga, Bridie Hanrahan trabaja en la casa grande limpiando y cocinando para él. De no ser por ella, no sabríamos nada de ese hombre. Se ha convertido en un ermitaño. Con razón dicen que el dinero no compra la felicidad, y en el caso de Gray O'Connell, es más cierto que nunca, si me pregunta.

Karen no contestó. No era asunto suyo. Ya había oído lo suficiente para saber que ese hombre tenía sobrados motivos para ser reservado, y ella sabría respetarlo.

–Tengo que irme. Gracias por todo, señora Kennedy.

–¿Puedo preguntar por qué siente curiosidad por Gray O'Connell?

Karen se sonrojó violentamente y fijó la mirada en un barril de hermosas manzanas.

–A veces paseo por el bosque a primera hora de la mañana. Hoy me he tropezado con él y con su perro, eso es todo –no iba a contarle que casi había muerto del susto.

–Él también madruga mucho, según tengo entendido –Eileen se encogió de hombros–. ¿Al menos sujetó esa lengua suya?

Más o menos –Karen la miró durante un instante con expresión de sufrimiento–. No parecía sentirse muy comunicativo tampoco.

–Desde luego era él. Hubo un tiempo en que era totalmente distinto, pero la tragedia cambia a las personas, eso es una gran verdad. Algunas no vuelven a ser las mismas.

«A mí me lo va a decir», Karen asintió en silencio.

–Bueno, gracias de nuevo, señora Kennedy. Nos vemos.

–Cuídese, querida. Hasta pronto.

Durante los días que siguieron, no se adentró en el bosque y eligió pasear por la playa desierta, bien abrigada con un jersey y unos vaqueros, chubasquero y guantes. Casi todas las mañanas llovía muy suavemente, pero a Karen no le molestaba y en muchas ocasiones encajaba a la perfección con su melancolía. Si tuviera que esperar a que hiciera buen tiempo, nunca pasaría de la puerta.

Se había aficionado a recolectar caracolas marinas y su mirada se dirigía instintivamente hacia las más delicadas y bonitas. Hacía poco había añadido dos ejemplares más grandes a su colección. De regreso a la cabaña las había dispuesto en el alféizar de las ventanas aspirando el aroma marino que aún conservaban. Pero, sobre todo, se limitaba a caminar hasta que le dolían las piernas, sin oír nada más aparte del mar y las gaviotas.

Pensaba en Ryan a menudo. La mayoría de los días reflexionaba con tristeza sobre lo mucho que le hubiera gustado compartir con ella esos paseos. Lo que le hubiera gustado compartir con ella sus conocimientos sobre las plantas y animales autóctonos y alimentar su imaginación con viejos relatos irlandeses sobre reyes y cuentacuentos, sobre magia y mitología. Había perdido a su mejor amigo, además de esposo y manager.

Una mañana descubrió que no estaba sola en la playa. Paralizada ante la enorme huella, Karen sintió que el corazón empezaba a galopar alocadamente. Protegiéndose los ojos del sol con la mano, miró hacia delante. Y allí estaban, a lo lejos, el «lobo feroz», y su colega, Chase. Karen sonrió en una de las escasas ocasiones que había encontrado para hacerlo en los últimos meses, generándole una sensación extrañamente estimulante.

Sin dejar de sonreír, le dio una patada a unas algas y caminó hacia el borde de la playa. La espuma del mar salpicaba sus botas mientras ella intentaba no levantar la vista de nuevo para comprobar si el hombre y su bestia se habían marchado. En cambio, fijó la mirada en el horizonte y en las dos pequeñas barcas que se bamboleaban en el agua, seguramente de pescadores que se enfrentaban valientemente a las olas para ganarse la vida. Unos minutos después, les deseó silenciosamente una buena pesca y se volvió para marcharse.

La sorpresa hizo que se quedara sin respiración al ver a Chase galopando hacia ella. Y tras él su amo. Incluso desde lejos se veía que no estaba contento de verla. «Pues que se fastidie», pensó ella, preparándose para otro desagradable encuentro. Sin embargo, se sorprendió al ver que el perro se paraba en seco a escasos centímetros de ella. El animal se sentó y la miró con tal expresión de expectación que Karen se descubrió sonriéndole.

—Perro tonto —murmuró mientras le daba una palmadita en la cabeza. Para su alivio no la intentó morder sino que hizo un sonido de satisfacción, casi como el ronroneo de un gato.

—Vaya, parece que Caperucita ha domesticado a la bestia —Gray contemplaba la escena con una expresión casi de diversión.

Inmediatamente recelosa, ella dejó de acariciar al enorme perro y hundió las manos en los bolsillos del chubasquero. De repente ya no sentía ninguna gana de sonreír.

–¿A qué bestia se refiere? –preguntó con osadía.

–Hace falta más que una chiquilla de bonitos ojos azules para domesticarme a mí, señorita Ford –contestó Gray enarcando una ceja en un gesto burlón.

–¿Sabe quién soy? –ignorando el comentario, Karen frunció el ceño.

–Debería. Se aloja en la vieja cabaña de mi padre. Soy su casero.

Si había esperado impresionarla, Karen jugaba con ventaja gracias a Eileen Kennedy.

–Eso descubrí el otro día, señor O'Connell. Y por cierto, me gustaría que dejara de referirse a mí como a una chiquilla. Tengo veintiséis años y soy toda una mujer.

No había pretendido que la última parte del comentario resultara petulante y, para su completo sofoco, Gray O'Connell echó la cabeza hacia atrás y soltó una carcajada. Sin embargo, para Karen, la risa de ese atractivo hombre resultó burlonamente cruel.

–Le tomaré la palabra sobre lo de ser una mujer, señorita Ford. ¿Quién podría adivinarlo bajo esa prenda informe que lleva?

–No hay necesidad de ser tan grosero –las mejillas de Karen ardían de indignación–. No esperará que camine por la playa con este tiempo con algo vaporoso y transparente...

Los inquietantes ojos grises recorrieron insolentemente su figura de pies a cabeza.

–Haría falta más que eso para calmar a la bestia que llevo dentro, señorita Ford, pero la idea me resulta cada vez más atractiva...

–¡Es usted imposible! –exclamó Karen y, para su total consternación, acompañó sus palabras con una patada en el suelo.

De inmediato se sintió inmensamente idiota y demasiado al borde de las lágrimas para poder decir nada más. Chase permanecía frente a ella con la cabeza ladeada, como si la comprendiera y simpatizara con ella.

–Me temo que no es la primera mujer en acusarme de tal cosa –murmuró Gray–. Y no será la última. Por cierto, me alegra que nos hayamos encontrado. Quería comentarle una cosa.

–¿En serio? –ella frunció el ceño preocupada–. ¿Y de qué se trata, señor O'Connell?

–Del preaviso para que abandone la casa. En quince días a partir de hoy.

La sangre rugía en los oídos de Karen mientras contemplaba incrédula el impasible rostro de Gray O'Connell. ¿Quería que abandonara la casa? ¿En quince días? No es que tuviera ningún plan, pero había contado con quedarse allí por lo menos un par de meses más. Marcharse justo cuando empezaba a sentirse parte de ese lugar... era inquietante e impensable. Y todo porque no le había caído bien al endemoniado de su casero.

–¿Por qué? –preguntó casi sin aliento con gesto de desilusión.

–Por lo que yo sé, no estoy obligado a darle explicaciones –Gray se encogió de hombros.

–No, pero es una cuestión de cortesía, ¿no?

–Vuelva a su bonita vida suburbana británica, señorita Ford –los ojos grises emitían gélidos destellos–. Que no le engañen el paisaje o la supuesta paz de este lugar. Aquí no hay paz posible. Un lugar como este, una vida como la mía, no deja tiempo para cortesías.

Sus palabras resonaron con tal rabia que, por un momento, Karen no supo qué hacer. Una parte de ella deseaba salir huyendo, regresar a la cabaña y hacer las maletas, pero algo perverso en su interior le conminaba a quedarse y enfrentarse a él, hacerle comprender que no era el único que sufría. «Aunque no me escuchará».

–Me da lástima, señor O'Connell.

Karen fijó peligrosamente la mirada en los fríos e inexpresivos ojos grises desprovistos de nada que pudiera parecerse siquiera remotamente a la calidez humana. Después se centró en la nariz patricia, sin duda una obra de arte. Descendió unos milímetros y se topó con unos perfectamente esculpidos labios que dibujaban una línea de amargura y hostilidad. A pesar de la sombría perspectiva que tenía ante ella, no pudo evitar apreciar ese rostro, devastador en su hermosura.

–Me da pena, sí, pena. Al parecer ha olvidado todo rasgo humano. Supongo que está furioso por algo... y también herido. Pero la rabia solo genera más rabia. Le hace más daño a sí mismo de lo que le hace a los demás. No sé qué le estará atormentando, pero me gusta la cabaña de su padre... y me encantaría quedarme allí un poco más. Si lo que quiere es más dinero, entonces...

–¡Guárdese su maldito dinero, mujer! ¿Cree que lo necesito?

Gray contempló el mar con gesto sombrío. Tenía la mandíbula encajada y los ojos echaban chispas, prisionero en su propio mundo. Era un hombre voluntariamente aislado del resto de la humanidad y del consuelo que podría hallar en ella. Karen estaba petrificada. Ese hombre era como un iceberg: distante, glacial e impenetrable. Si había albergado la esperanza de apelar a su buen corazón, cada vez tenía más claro que carecía totalmente de él.

Tras llegar a esa conclusión, se volvió para marcharse, sorprendida cuando Chase empezó a seguirla gimoteando como si no quisiera que se fuera.

–Ha hechizado a mi perro, pequeña bruja.

Las siguientes palabras de Gray hicieron que Karen se parara en seco, sin aliento.

–Cuanto antes se vaya, mejor, señorita Ford. Dos se-manas. Después quiero que se marche.

Dicho lo cual se fue con largas zancadas que marca-ban los músculos de las pantorrillas a cada paso, se-guido por Chase, no sin antes dirigirle una mirada car-gada de tristeza a Karen.

Capítulo 2

E L DÍA siguiente al desafortunado segundo encuentro con Gray O'Connell, el frío que llevaba un tiempo amenazando con instalarse, llegó con toda su virulencia. Habiendo dormido muy poco, Karen decidió quedarse en casa. Tras una agotadora lucha para encender el fuego, se dejó caer en uno de los desgastados sillones con una taza de limonada caliente en la mano intentando no caer en la autocompasión, todo un reto para alguien con los ojos enrojecidos y la nariz irritada de tanto sonarse.

Fuera, la lluvia arreció con repentina fuerza y las ramas de los árboles crujieron terroríficamente, pero sorprendentemente no le molestó. No cuando algo mucho más inquietante alteraba su tranquilidad de espíritu. Era injusto tener que abandonar la cabaña, porque a Gray O'Connell no le gustara su persona. ¿Qué otra razón podría haber?

Quizás fuera mejor así. Los penosos modales de los que hacía gala no auguraban felices encuentros futuros. Tendría que buscarse otra casa en la zona. Aún no estaba preparada para regresar a la suya. No cuando le aguardarían las inevitables preguntas y algunas críticas por parte de parientes y amigos. No estaba preparada para explicar sus sentimientos o acciones. Durante un año se había esforzado en fingir que controlaba la situación para, al final, darse cuenta de que tenía que marcharse.

Dejando a un lado la taza volvió a sonarse la nariz, procurando no irritarla. Pero un segundo después empezó a sollozar. Echaba tanto de menos a Ryan... Había sido su compañero, su apoyo. Se lo habían arrebatado demasiado pronto, cruelmente, sin siquiera poder despedirse. Su cuerpo y su mente se habían congelado desde entonces. Nadie podía consolarla. Ni su madre, ni su familia, ni los amigos. «Solo tú podrías, Ryan», pensó.

Rodeándose la cintura con los brazos en un intento de consolarse a sí misma, supo que aquel era un gesto inútil. Nada podía sanar su corazón. Solo el paso del tiempo podría emborronar los contornos de la tristeza y, al final, cuando se sintiera preparada, permitir que regresaran a ella las personas que se preocupaban de verdad.

El golpe de nudillos en la puerta la dejó petrificada y silenciosamente rogó para que quienquiera que fuese que hubiese acudido a su casa con ese tiempo infernal, se marchara. Moverse en el sillón le suponía un colosal esfuerzo, mucho más ponerse de pie.

La llamada se repitió, atravesando como una guadaña la martilleante cabeza de Karen. Apresuradamente se secó las lágrimas con el pañuelo húmedo y arrugado.

En medio de la lluvia, con el agua resbalando sobre el frío y hermoso rostro y los brazos cruzados sobre el pecho, Gray O'Connell se apoyaba contra el quicio de la puerta.

–¿Puedo entrar?

Sorprendida de que no hubiera irrumpido en la casa sin más, Karen asintió sin decir nada. El chisporroteante fuego creaba un ambiente acogedor a pesar de la falta de sociabilidad de la inquilina que con resignación regresó al sillón. Si no se hubiera sentido tan patética, le habría pedido que se marchara. Como inquilina, tenía ciertos derechos. Gray se acercó lentamente al fuego con la cazadora goteando sobre el suelo parcialmente cubierto con una alfombra tejida a mano que debió haber sido hermosa y resplandeciente, pero que ya no era más que una sombra de sí misma.

–Será mejor que se quite la cazadora –sugirió Karen–. Está empapado.

Se levantó de nuevo del sillón y esperó a que él le entregara la prenda sin decir una palabra, para colgarla detrás de la puerta. Olía a viento, lluvia y mar y durante un inquietante y loco instante se imaginó capaz de captar el masculino aroma de su dueño y permitió que sus manos acariciaran durante más tiempo del necesario el suave cuero.

De regreso al salón le llamó la atención la solitaria imagen que desprendía su invitado. Tenía las manos extendidas hacia el fuego y el hermoso perfil quedaba desfigurado por un gesto de tal desolación que el corazón de Karen dio un vuelco. ¿Qué querría de ella? Ya le había dejado claro que no la quería como inquilina.

–No podía pintar –Gray se volvió brevemente hacia ella y casi de inmediato desvió la mirada hacia el fuego–. Hoy no. Y por una vez no deseaba estar solo.

–Ya me habían contado que era artista.

–Y estoy seguro de que no es lo único que le han contado. ¿Verdad? –sacudió la cabeza.

A pesar de su recelo innato, Karen se acercó a él espoleada por la sorpresa y la compasión. De repente, la inexplicable necesidad de ofrecer consuelo a ese hombre había eclipsado todo lo demás, incluso sus propios sentimientos de miseria y dolor.

–¿Hay algo que pueda hacer para ayudar?

–¿Ayudar en qué? ¿Para liberarme de la permanente tristeza que me acompaña a todas partes? No. No hay nada que pueda hacer para ayudar –concluyó con voz áspera.

Gray se apartó del fuego y comenzó a pasear por la habitación. Era un hombre imponente de anchos hombros, cabellos negros como la brea y una estatura que hacía que la ya de por sí pequeña estancia pareciera haberse encogido.

–No hay nada que pueda hacer salvo no hacer preguntas y permanecer callada –continuó en un tono menos irritado–. Aprecio a las mujeres que saben guardar silencio.

Instintivamente, Karen comprendía esa necesidad de silencio. Había percibido el tormento reflejado en sus ojos y la amargura en sus labios, y no se sintió ofendida. Calzada únicamente con unos gruesos calcetines blancos, se dirigió de nuevo al sillón. Recogió el libro que había intentado leer poco antes y tras dejarlo en la mesita de café, le ofreció a Gray una débil sonrisa.

–Muy bien. Nada de preguntas. Me quedaré aquí quietecita.

A pesar de hablar en serio, Karen no pudo evitar formular innumerables preguntas y especulaciones en su mente acerca del taciturno casero.

–¿Por qué estaba llorando?

La pregunta rasgó el comúnmente acordado silencio que los había envuelto e hizo que Karen se estremeciera de pies a cabeza.

–No estaba llorando –se apresuró a negar, retomando el libro y contemplando, sin ver, la cubierta–. Estoy resfriada –se sonó la nariz en un intento de ilustrar el comentario.

–Estaba llorando –insistió Gray dedicándole una acerada mirada–. ¿Acaso no me cree capaz de adivinar cuando una mujer ha estado llorando?

–No lo sé. No sé nada de usted –ella parpadeó con tristeza y contempló las pálidas y heladas manos que sujetaban el libro invadida por una punzada de angustia.

¿Por qué había tenido que aparecer? Había un viejo dicho según el cual «mal de muchos, consuelo de tontos»,
pero en aquellos momentos ella solo deseaba que la dejara sola con su desdicha.

–Es que no quiero que sepa nada de mí –Gray sacudió la cabeza como si estuviera despejando su mente de
algún pensamiento inquietante y la miró fijamente.

Karen se retrajo aún más en sí misma y desvió la mirada nuevamente hacia el libro. Había perdido toda esperanza de leer, no mientras el sombrío casero ocupara
todo el espacio.

–Seguramente pensará que es injusto –continuó él–.
Es evidente que he invadido su paz y tranquilidad y que
está disgustada.

–Si necesita hablar... si necesita que alguien le escu-
che sin hacer juicios ni comentarios, puedo hacerlo
–contestó ella tímidamente con el corazón acelerado
ante la incertidumbre.

–De acuerdo –asintió Gray–. Muy bien. Hablaré
–respiró hondo y repasó sus pensamientos–. Mi padre
vivió en esta casa durante cinco años antes de morir
–dejó de caminar y la miró con expresión atormentada–. Nunca me permitió arreglar nada. Le gustaba
todo tal y como estaba. Decía que no quería mi dinero.
Estaba enfadado conmigo porque no me quedé a trabajar en la granja. Antes había sido la granja de su padre
y antes de su abuelo. No comprendía que los tiempos
hubieran cambiado. Yo no llevaba la tierra en la sangre,
tenía otros sueños. Además, un hombre apenas podría
ganarse la vida trabajando la tierra hoy en día, no
cuando los supermercados prefieren traer frutas y ver-
duras de Perú antes que comprarlas a los productores
locales.

Durante un instante su expresión fue de desprecio.

–Mi padre me preguntó en una ocasión qué había

conseguido con mi refinada educación y mi inteligencia. Según él, mi único logro había consistido en alejarme de este lugar, de mi casa –hizo una pausa como si sopesara lo acertado o no de continuar con la historia–. A él no le impresionaba que hubiera hecho fortuna en la Bolsa y me preguntó cuánto dinero necesitaba un hombre para ser útil en la vida. Desde entonces he estado reflexionando sobre su pregunta. No estoy seguro de la utilidad, pero al final encontré algo que hacer con mi vida que me proporcionó todavía más placer que ganar dinero. Descubrí que adoraba pintar y, quién lo iba a decir, resultó que tenía talento para la pintura. Mi deseo de desarrollar ese talento en mi tierra hizo que al final regresara aquí, aunque demasiado tarde para que Paddy y yo nos reconciliásemos. Estaba demasiado amargado y lleno de resentimiento por lo que había perdido y, tres meses después, murió a causa de la bebida. Lo encontré muerto en la playa una mañana con media botella de whisky en el bolsillo. Se había aplastado la cabeza contra una roca.

Una solitaria lágrima cayó sobre la portada del libro de Karen. La desolación de Gray se había fundido con la suya propia contribuyendo entre ambas a abrir las compuertas de un dique que intentaba mantener cerrado. Era demasiado duro para poderlo soportar.

–Lo siento.

–No necesito que sienta lástima por mí. Lo que sucedió fue todo producto de mi egoísmo. ¡Maldita sea! –se alisó los cabellos empapados por la lluvia–. No sé por qué se lo estoy contando. Nunca he creído en las bondades para el alma de la confesión. Supongo que ha sido un momento de locura transitoria.

–A veces ayuda hablar.

–¿En serio? Yo no estoy tan seguro. Pero entiendo que para un hombre pueda resultar tentador confiarse a usted. Esa voz tan dulce y tranquila podría aliviar el dolor... al menos durante un tiempo. Aunque no es eso lo que busco –concluyó Gray con sarcasmo.

–Créame, no soy ninguna experta en curar el dolor de los demás, y jamás fingiría serlo.

–Entonces estamos a la par, ¿verdad? porque yo no busco la curación. De manera que no cometa el error de pensar que vine por ese motivo –lanzándole una breve mirada de advertencia, Gray O'Connell se encaminó hacia la puerta y descolgó bruscamente la cazadora aún empapada.

–Quizás... quizás le apetecería tomar una taza de té conmigo –ignorando el insulto, Karen se puso en pie y sonrió inconscientemente cautivadora.

La expresión de salvaje deseo que vio en los ojos grises la dejó petrificada. En su interior prendió una llama que invadió su cuerpo y tiñó de rojo sus mejillas.

–No necesito té, señorita Ford. Y algo me dice que no es la clase de mujer dispuesta a ofrecerme lo que necesito ahora mismo.

No había necesidad de explicarlo. La fuerza del deseo era palpable como una tormenta a punto de estallar.

–Y por cierto, puede quedarse aquí todo el tiempo que desee –Gray se puso la cazadora y abrió la puerta con desmesurada fuerza–. Puede quedarse o marcharse... Me da igual.

Agarrándose a la puerta, Karen lo vio marchar bajo la lluvia con la cabeza agachada como un hombre cuyos hombros cargaran con el peso del mundo. Espantada, descubrió en sí misma el deseo de hacer que se quedara y el corazón empezó a galopar salvajemente. Al parecer su casero no era el único en haber sucumbido a la locura transitoria. Era inquietante pensar en cómo la mirada de deseo había conseguido excitarla. O quizás fuera que había pasado mucho tiempo desde que un hombre la había mirado con deseo.

Tras la muerte de Ryan había decidido que jamás volvería a desear o necesitar a un hombre. Y lo increíble era que alguien como Gray O'Connell la deseara, especialmente en un estado tan poco atractivo. Sus cabellos, habitualmente brillantes y sedosos habían perdido el lustre, y el catarro le hacía parecer una huerfanita famélica que necesitaba ser arropada en la cama con una botella de agua caliente y un tazón de caldo.

Sintió el calor en el cuerpo al recordar la afirmación de Gray de que no era la clase de mujer que pudiera ofrecerle lo que él necesitaba. ¿Cómo podía saberlo? Pasar una tras otra noche fría y solitaria, sufriendo en la cama, era capaz de hacer enloquecer a cualquiera.

Karen se quedó sin respiración al ser consciente de haber contemplado tal cosa con un extraño, sobre todo cuando minutos antes había estado llorando por Ryan. Cerró la puerta y apoyó la espalda contra ella mientras cerraba los ojos. Gray O'Connell buscaba un puerto donde guarecerse de la tormenta. Y quizás, ella también. El hombre al que amaba y con el que se había casado se había marchado para siempre.

Al menos el sombrío casero le permitía quedarse, aunque le hubiera comunicado su decisión como quien arroja unas migajas. No había realmente motivos para sentirse tan ridículamente agradecida, pero lo estaba.

El sábado, Karen hizo una visita más prolongada a la ciudad. Animada por la decisión de su casero, decidió celebrarlo comprando algunas cosas para decorar la cabaña. Al marcharse, las dejaría para quien llegara después que ella.

Con esa idea en mente, recorrió las calles y callejuelas entrando y saliendo de acogedoras tiendas y librerías, probando texturas, aromas y colores, y comprando algunas cosas.

La mayor parte del tiempo estuvo acompañada por la agradable música irlandesa que surgía de muchos de los pubs ante los que pasaba. Esa música siempre la conmovía, haciéndole sentirse feliz y triste al mismo tiempo. Feliz por la alegría que generaba en ella y triste porque seguramente había abandonado esa vida para siempre. Aun así, los dedos que se enroscaban alrededor del bolso ardían en deseos de tocar una guitarra y, durante un instante, tuvo una visión del instrumento escondido bajo su cama.

Desterrando el pensamiento, entró en una cafetería para tomar un café con un bollo, contenta de estar entre extraños que le permitían disfrutar del refrigerio en paz.

Cuando salió nuevamente a la calle, la luz empezaba a declinar y la gente se dirigía a sus hogares. Siguiendo un impulso, entró en la librería que había enfrente de la cafetería y compró un librito que le había ofrecido no poco consuelo en los meses que siguieron a la muerte de Ryan y que, desafortunadamente, se había dejado en Gran Bretaña. Por último se encaminó hacia el coche aparcado.

Karen destapó la cacerola que desprendía un delicioso aroma a cordero y hierbas aromáticas y su estómago empezó a rugir. El día de compras le había abierto el apetito y se alegró de haber dejado la cena preparada la noche anterior.

Las velas aromáticas encendidas por el diminuto salón lo impregnaban todo del aroma de sándalo, almizcle y vainilla creando un ambiente cálido, balsámico y relajante. Había decidido cuidarse más, no solo comiendo saludablemente y haciendo ejercicio con regularidad, sino también relajándose.

La vida con Ryan había sido maravillosa, pero los dos últimos años antes de su muerte habían estado repletos de compromisos, dejándoles muy poco tiempo para ellos mismos. Viajar por todo el país le había pasado factura y Karen se había prometido dedicarse algún día a ella misma. Y ese día parecía haber llegado.

La atmósfera de la cabaña resultaba extrañamente evocadora y despertó en ella recuerdos del pasado, de una vida más sencilla en la que la gente trabajaba la tierra y tenía que luchar para llegar a fin de mes. De una época en la que había habido mucho más sentimiento comunitario. Pero también flotaba en el ambiente cierta tristeza y melancolía.

No había podido quitarse de la cabeza la historia del padre de Gray O'Connell, Paddy. No le suponía ningún esfuerzo imaginarse a ese hombre viviendo allí solo sin más compañía que sus recuerdos y el whisky. Sin duda Paddy había echado de menos a su hijo al marcharse este a hacer fortuna y, sin duda, se había sentido orgulloso del éxito de ese hijo, aunque le habían faltado las palabras o el valor para decírselo.

Al final cada uno decidía cómo responder a los desafíos de la vida, pensó, y si Paddy había buscado el consuelo en la bebida, había sido por decisión propia, no por Gray.

Era muy diferente al dulce y amado Ryan. Recordó con ternura el talento de su marido para la comunicación y su habilidad para encontrar una palabra de ánimo para cualquiera que se mostrara abatido. En el negocio de la música no era normal encontrar un temperamento así y había tenido mucha suerte de poder compartir su vida con él, aunque hubiera sido solo durante un brevísimo tiempo.

Emitió un prolongado suspiro y se sintió mejor al ver los impresionantes resultados de sus esfuerzos por hacer fuego aquella noche. Las llamas chisporroteaban altas y feroces creando un ambiente cálido y acogedor. Al fondo, de la radio portátil surgían sonidos amortiguados de conversaciones y risas y, por primera vez en mucho tiempo, se sintió realmente en paz, o al menos sin echar nada de menos, ni siquiera la compañía de otro.

Su mirada recorrió la estancia con satisfacción. Los tres pequeños grabados que había comprado, de sendas cabañas tradicionales de piedra sobre un paisaje verde esmeralda, estaban cuidadosamente dispuestos sobre la chimenea. En un sencillo, aunque elegante, jarrón de cristal que había adquirido en una chamarilería había metido un ramo de rosas rojas y de color crema cuyo evocador aroma se mezclaba con las velas aromáticas. Quizás no fueran más que pequeñas e insignificantes cosas, pero le producían un inmenso placer.

Se alisó los recién lavados cabellos con la mano y echó una ojeada a los vaqueros desteñidos y el jersey rojo que llevaba puesto. Ambas prendas se habían deteriorado tras numerosos lavados, pero habían adquirido la amable consistencia del viejo amigo. Tras la muerte de Ryan no le quedaban muchos viejos amigos. Era curioso cómo la pérdida de un ser querido o bien unía a las personas o las separaba.

Desterrando la idea, se preguntó si no debería ponerse algo más femenino, haciendo una concesión a su nuevo sentimiento de optimismo. En el armario guardaba dos bonitos vestidos de algodón de la India uno de color verde con terciopelo rojo y otro de un espléndido color morado. Quizás podría ponerse uno para resaltar todo lo bueno que había hecho por ella misma ese día.

A punto de dirigirse al dormitorio para cambiarse,

casi dio un brinco al oír la llamada a la puerta. Al abrirla fue recibida por la noche, el gélido aire y el austero Gray O'Connell.

–He comprado algunas cosas para la cabaña. Si le parece bien, las traeré por la mañana.

Gray se dirigió a ella sin ningún preámbulo y sin siquiera saludar. Al fundirse sus miradas, Karen sintió una sacudida en el corazón, pues nunca había percibido tanta soledad en unos ojos.

–Claro... por supuesto. Mañana estará bien –lo que pudiera haber comprado le parecía irrelevante en ese momento.

–Bien –él se dio media vuelta sin molestarse en despedirse.

Por algún motivo que no se molestó en analizar, Karen sintió que no podía dejarle ir.

–He preparado estofado para cenar –balbuceó mientas se sonrojaba, consciente de que había atraído su atención por completo–. Hay más que de sobra para dos... suponiendo que no haya cenado ya.

–¿Se trata de alguna costumbre suya?

–¿Cómo?

–Quiero decir que si normalmente invita a personas a las que apenas conoce –preguntó Gray irritado.

–El otro día apareció y entró en la casa sin ser invitado. ¿Cuál es la diferencia?

–Le pregunté si podía pasar y me contestó que sí.

–Por supuesto. Usted es mi casero. De manera que sí lo conozco, ¿verdad?

–Maldita sea, está sola aquí.

Hablaba como si la encontrara demasiado relajada por su seguridad personal para su gusto. Karen se sintió intimidada por la vehemencia en el tono de voz. Cualquiera que no los conociera pensaría que estaba preocupado por ella, lo cual era totalmente ridículo.

–Aquí estoy perfectamente a salvo –contestó ella con voz deliberadamente tranquila–. Solo he sentido miedo en una ocasión y fue cuando me crucé con el lobo feroz en el bosque.

Durante un instante el rostro de Gray se tensó antes de relajarse de nuevo. Las comisuras de los labios temblaron en un amago de sonrisa. Ese gesto le hizo parecer indecente y peligrosamente atractivo y Karen empezó a cuestionar su acierto al invitarlo.

–¿Y la dejó escapar? –preguntó él inocentemente.

–Sí... me dejó ir –Karen se quedó sin aliento.

–Uno de estos días, esos enormes ojos azules la van a meter en un lío, chiquilla.

–No soy una chiquilla, deje de llamarme así. Soy una mujer... que ya ha estado casada.

–¿En serio? ¿Está divorciada? –con un travieso destello en la mirada, Gray entró en el salón.

Tras contar hasta cinco, Karen cerró la puerta dejando el frío y la lluvia fuera. Temblaba violentamente, pero no a causa del tiempo. Su invitado se había quitado la cazadora y la había arrojado descuidadamente sobre el brazo del sillón. Una vez más se acercó al fuego y extendió las manos para calentarse. Ella pensó que harían falta más de cien hogueras como esa para caldear el gélido río que circulaba en las venas de Gray O'Connell.

–Soy viuda –anunció, recibiendo con ello la atención completa del hombre.

–¿Cuánto hace que perdió a su hombre? –preguntó en un tono casi poético.

–Dieciocho, casi diecinueve, meses –Karen se alisó nerviosamente los cabellos con las manos y se preparó para recibir algún comentario cáustico de ese enigmático hombre de gruesa coraza. De todos modos, tampoco buscaba su simpatía.

–¿Por eso vino aquí? –Gray deslizó la mirada por el cuerpo de Karen antes de regresar a la cabeza, mostrando un inquietante interés por su boca.

–En cuanto a ese estofado –Karen hizo una mueca–. Espero que tenga hambre...

–¿Cómo murió? –insistió él mirándola con la determinación de un interrogador profesional.

–No... yo no quiero hablar de ello –con impaciencia, enrolló un mechón de cabellos entre los dedos y lo echó hacia atrás.

–Si no recuerdo mal, en una ocasión sugirió que hablar ayudaba.

Karen lo miró a los ojos y se sintió inexplicablemente irritada. Ella solo había pretendido mostrarse comprensiva y compasiva.

–Pero no le convencí, ¿por qué debería comportarme yo de manera distinta?

–En mi caso sabía que no sería de ninguna utilidad. Si embargo usted, señorita Ford, es un caso distinto. Por cierto, ¿cuál es su nombre?

–Es evidente que ya sabe que es Karen, puesto que es mi casero. Los de la agencia deben haberle informado de ello.

–A lo mejor quería oírlo de sus propios labios –Gray enganchó entre los dedos el grueso cinturón de cuero que llevaba–. Apenas me parece lo bastante joven para estar casada... mucho menos viuda.

–También sabe cuántos años tengo. Ya se lo dije. Ryan y yo estuvimos casados cinco años. Su muerte supuso una terrible conmoción. No hubo ningún aviso y yo no estaba preparada. No había estado enfermo. Trabajaba mucho,... demasiado, muchas horas sin descansar, pero claro, así es la vida moderna, ¿no?

Los azules ojos se volvieron gélidos.

–La vida que nos han enseñado a admirar, como si

hubiera un gran mérito en trabajar duro y morir joven. Mi esposo sufrió un infarto fulminante a los treinta y cinco años. ¿Se lo puede creer? Cuando se marchó, yo también quise morir. De modo que no me diga que no parezco lo bastante mayor para estar casada, porque en esos breves cinco años con mi esposo viví más que la mayoría de la gente en cincuenta.

Karen temblaba de la emoción, espantada ante la apasionada demostración de sentimientos que acababa de hacer delante de un hombre que seguramente consideraba tales manifestaciones como un signo de debilidad. Pero ya era demasiado tarde.

Con el rostro frío e impenetrable, modelo de autocontrol, Gray recuperó la cazadora del colgador y se la puso. Mientras Karen aún luchaba por recobrar la compostura, pasó ante ella con gesto de amargura y esta dio un paso atrás. En los grises ojos se reflejó un breve destello de inquietud, como si le desconcertara el que ella pudiera sentir miedo de él.

–Siento su desgracia, señorita Ford, y siento que haya invadido su intimidad sin ningún derecho. No vine aquí para hacerle revivir dolorosos recuerdos. La veré por la mañana, si le sigue pareciendo bien. De lo contrario, podemos dejarlo para otro momento.

–Mañana estará bien –Karen asintió mientras se arrancaba unas pequeñas bolas del jersey.

–De acuerdo. Pues entonces le deseo buenas noches –Gray contempló con avidez el pálido rostro, los azules ojos y las rubias pestañas que le recordaban a un fauno. Los labios, desprovistos de maquillaje, eran carnosos y temblaban. «No es fácil encontrar una belleza tan inocente y natural en una mujer», reflexionó.

Karen lo oyó alcanzar la puerta, abrirla y salir al exterior, y su cuerpo pareció tomar vida propia ya que se encontró corriendo tras él en medio de la noche, con los ojos entornados a causa de la lluvia que caía sobre su rostro.

–¡Gray!

La voz que surgió de sus labios estaba cargada de angustia y algo más... algo que Gray registró en su mente con gran tensión. El calor lo atravesó al ser consciente de ese algo más, haciendo que se pusiera duro de deseo.

–¿Qué?

–Solo quiero... quiero que...

–No me pida que me quede, Karen. Acabaría haciéndole daño, créame.

–Quiero... necesito –balbuceó ella mientras buscaba inútilmente las palabras–. ¡Por el amor de Dios! ¿Hace falta que se lo explique?

Karen estalló en sollozos. ¿Por qué era tan difícil decir lo que quería? Echaba de menos la parte física del matrimonio. Echaba de menos a alguien que la tocara y le hiciera sentir otra vez como una mujer. No deseaba una relación con Gray O'Connell. Era el último hombre en el mundo con el que desearía tal cosa. Estaba demasiado enfadado, demasiado herido, para mostrarse amable. Pero ambos habían sufrido en la vida, ¿por qué no consolarse mutuamente? No tenía que significar nada más.

–Cariño, no sería más que sexo –afirmó él con frialdad como si hubiera leído sus pensamientos–. Nada más. No sería hacer el amor, no habría corazones y violines... solo sexo, lisa y llanamente. ¿Le parece bien algo así?

Las palabras de Gray la despertaron espantada. Sin apenas fuerza en las piernas para sostenerse, parpadeó furiosamente para contener las lágrimas, para contener la lluvia.

–¿Siempre ha sido tan cruel? –preguntó–. Apuesto

a que de niño le arrancaba las alas a las libélulas, colocaba trampas para pobres e indefensos animalitos...
¡Apuesto a que le partió el corazón a su madre!

–Mi madre se suicidó cuando yo tenía tres años –en dos zancadas, Gray estuvo a escasos centímetros de ella–. Quizás la culpa fue mía por nacer. ¿Quién sabe? Nunca lo supe y tengo que vivir con ello cada día de mi vida. De modo, Karen, que le aconsejo que se lo piense dos veces antes de volver a hacer un comentario como ese.

Karen se puso completamente rígida ante el impacto de las amargas palabras. Y sin apenas ser consciente de sus propios actos, alargó una mano y acarició los labios de Gray con la punta de los dedos. Eran suaves, aunque también reflejaban testarudez. Acero envuelto en terciopelo. De repente pudo ver más allá de la ira y el tormento del adulto que no sabía qué hacer con su dolor. De repente vio al niño de tres años abandonado por su madre, y al final por su padre también. El corazón se le encogió de dolor.

Gray la agarró por las muñecas y, antes de que ella pudiera reaccionar, hundió las manos entre los rubios cabellos y la besó con fuerza hasta casi hacerle desvanecerse. Hasta que la sangre se convirtió en un incandescente río de deseo.

La lengua de Gray recorrió sin piedad el interior de la boca de Karen, tomando posesión de su carne y sus sentidos con el insaciable deseo de un hombre que no ha comido o bebido durante días, apasionadamente, exigiéndolo todo, sin ahorrarle nada, hasta que el corazón golpeó con fuerza el femenino pecho. Las grandes manos abandonaron sus cabellos y la agarraron por las caderas para atraerla hacia sí, contra su masculinidad, dura como el acero. Una embriagadora sensualidad la asaltó como una ola, privándole de toda capacidad de pensamiento, de razonamiento, de cordura.

–¿Era así con su marido, Karen? –preguntó Gray tras apartar los labios de los suyos.

A Karen le ardía la piel como si tuviera fiebre allí donde él posaba sus ojos grises sobre ella, ignorando la lluvia que los empapaba a ambos.

Le llevó varios segundos asimilar la pregunta. Tenía los labios sensibles y el cuerpo aplastado contra él, cautiva por sus fuertes brazos. Incluso le resultaba difícil recordar quién era: la trágica Karen Ford, del Reino Unido, una mujer que solía escribir canciones sobre la pasión, que solía cantar acerca del amor que consumía cuerpo y alma, pero que jamás lo había experimentado en persona.

Aquello fue a la vez una revelación y un trauma. Tenía la sensación de estar traicionando la memoria de Ryan simplemente con pensar en ello. En su mente se formó la imagen de la dulce sonrisa de su esposo, barriendo con ella la espesa niebla que la envolvía. Y tuvo que soltarse del abrazo de Gray para parar toda aquella locura. Asqueada consigo misma por estar a punto de sucumbir a la lujuria.

Alejándose del hombre que instantes antes había aprisionado su cuerpo, se alisó la ropa, echó los cabellos hacia atrás e intentó desesperadamente invocar a la mujer que siempre procuraba hacer lo correcto.

–Mi esposo fue un hombre amable y bueno.

–Pero está claro que no es amabilidad lo que quiere de mí, Karen, ¿verdad?

Los labios de Gray dibujaron una burlona mueca y Karen sintió una punzada de dolor.

–No lo haga.

–¿El qué? –preguntó él, imponente con las manos apoyadas en la cadera, el pálido rostro tétrico bajo la luz de la luna–. Usted decide, Karen. O es una chiquilla o es una mujer. Cuando sepa la respuesta quizás podamos llegar a un acuerdo satisfactorio para ambos.

–No quiero... es decir, no me interesa...

–Mentirosa –él escupió las palabras como un dardo envenenado haciendo que ella se sintiera avergonzada de su lasciva naturaleza, una naturaleza que había mantenido bajo control sin problemas mientras estuvo casada con el dulce y poco exigente Ryan. Sin embargo, unos pocos minutos con ese extraño habían liberado ese rasgo suyo como un vendaval que barriera todo a su paso, incluyendo su dignidad y sentido común.

–Creo que debería irse –mintió ella, cuyo cuerpo ardía en deseos de ser tocada por Gray.

–Sí, creo que quizás debería.

Con la mirada vacía, sin verla ya, Gray se dio bruscamente la vuelta y desapareció en la noche lluviosa como si hubiera sido una visión producto de la fiebre.

Reprimiendo un sollozo, ella regresó a la casa consciente de que jamás podría haber conjurado la presencia de alguien como Gray O'Connell. Solo un imbécil podría esperar algo más que dolor de alguien con el alma tan enfadada y amargada...

Capítulo 3

GRAY SE echó una buena cantidad de whisky en un vaso alto y lo vació de un trago, despreciándose por sucumbir a lo que siempre consideraba el último recurso. En su interior se encendió una hoguera, pero no bastó para calcinar sus males. ¿En qué pensaba al tratar a una joven viuda como si fuera de su propiedad? Solo porque había tenido el detalle de escuchar su letanía de lamentos al irrumpir en su casa sin ser invitado no significaba que fuera a darle cualquier cosa que deseara de ella.

Soltó un gruñido y sacudió la cabeza. Chase lo miró con curiosidad desde su rincón junto al fuego antes de dejar caer la cabezota entre las patas.

Había muchas mujeres en la ciudad y los alrededores dispuestas a calentar su cama. Algunas ya lo habían hecho, brevemente, en el pasado. Tras ser abandonado por Maura, no le había importado mucho quiénes fueran, solo que estuvieran dispuestas.

Estuvo a punto de servirse otro trago al pensar en tamaña dejadez. Cierto que tomaba sus precauciones, no quería que ninguna pudiera acusarlo de haberla dejado embarazada, pero eso no lo convertía en un comportamiento del que sentirse orgulloso.

Sin embargo, tras dos años sin compromiso y con el corazón libre le parecía increíble sentirse tan afectado por una pequeña bruja de cabellos dorados y sonrisa angelical, además de un cuerpo que ansiaba sentir desnudo contra él. Ni siquiera los vaqueros desteñidos y el informe jersey habían conseguido camuflar del todo el bien torneado cuerpo de largas piernas que ocultaba bajo la ropa. Había tenido que hacer acopio de toda su fuerza de voluntad para evitar tomarla allí mismo bajo la lluvia. El deseo había estado presente en ambos. Lo había percibido en cada temblor del bonito cuerpo y se la imaginó con los azules ojos abiertos de espanto antes de ceder a la pasión y abrirse para recibirlo.

La clara imagen que se formó en su mente lo golpeó con tal ferocidad que no quedó ni una sola célula en su cuerpo que no la deseara allí mismo, que no hubiera echado a un lado todo escrúpulo para perderse en el calor y la dulzura de ese atractivo cuerpo.

Era un hombre apasionado, un hombre que se entregaba en cuerpo y alma a todo lo que hacía, ya fuera practicar un deporte, ganar dinero, pintar cuadros o hacer el amor. Pero en sus treinta y seis años no recordaba otra ocasión en que hubiera deseado a una mujer tanto como deseaba a la pequeña y casta viuda. No tenía nada que hacer con ella, no cuando era evidente que aún lloraba a su marido. Solo un bastardo desalmado se aprovecharía de semejante situación, y esa etiqueta ya la había llevado demasiado tiempo.

–No traerá más que problemas –anunció en voz alta con su voz profunda que resonó en la estancia, impresionante en su estructura aunque espartana en su decoración. Un observador amable lo calificaría de minimalista. A unos metros de la gran chimenea de obra había un sofá antiguo, pero los otrora brillantes cojines rojos estaban aplastados y descoloridos.

De hecho el sofá no tenía nada de cómodo, pero Gray se había vuelto tan despreocupado que apenas lo notaba. Las alfombras turcas, que una vez fueron hermosas, habían perdido su color y estaban dispuestas aleatoriamente por el suelo. La otra única pieza de mobiliario era un sillón, restaurado para Maura. De las paredes colgaban varios retratos que había «heredado», al comprar la casa, pero que no guardaban ninguna relación con él.

La casa, desde luego, era hermosa. Poseía la decadente grandeza de las viejas casas irlandesas propiedad de la nobleza. Muchos de los propietarios de esas casas ya no podían costear el creciente gasto de mantenimiento y, aunque Gray sí podía, seguía siendo una casa sin alma, incluso a pesar de los amorosos cuidados de la asistenta, Bridie. De repente se le ocurrió que la cabaña de su padre era mucho más acogedora y hogareña, claro que se debía más a la inquilina que la ocupaba que a él.

En su mente se formó una imagen de Karen junto con velas aromáticas y un crepitante fuego. Furioso, sacudió la cabeza en un desesperado intento de borrar esa imagen. No lo comprendía. Esa mujer lo encendía con una inocente mirada de sus preciosos ojos azules. Además, no había ni rastro de falsedad en el fondo cristalino de su mirada, solo una calidez en la que deseaba hundirse y un dolor que le gustaría desesperadamente aliviar. Y eso no era propio de él.

Era más que evidente que Karen no necesitaba a un hombre duro y amargado como él. La naturaleza confiada de la joven y su generoso corazón se merecían un hombre como su marido. Una persona que besara el suelo que pisaban los perfectos piececillos.

Una traviesa sonrisa se dibujó en sus labios. No le habían pasado desapercibidos los gruesos calcetines blancos que había llevado puestos en la última ocasión. Tenía pies de bailarina, perfectos y con un delicado arco que resultaba definitivamente sexy. Y no pudo evitar preguntarse qué aspecto tendría vestida únicamente con esos castos calcetines y sonriendo como un ángel. La idea le provocó una profunda agonía. «¡Por el amor de Dios! Mantente alejado de ella».

La orden se abrió paso en su cerebro y borró la sonrisa del rostro. Con el ceño fruncido, se encaminó hacia la cocina para trocear un filete para la cena de Chase...

Karen se sentó junto a la ventana y bebió un té a sorbos mientras se esforzaba por oír el ruido del mar que, cuando estaba en calma, solo podía ser percibido por alguien con gran disposición para hacerlo. Tenía el cuerpo tenso. Esperaba a Gray O'Connell con lo que fuera que hubiera comprado para la cabaña.

El ánimo se le hundió hasta los pies al recordar lo vulnerable que se había mostrado ante ese hombre la noche anterior, lo incapaz que había sido de controlar un sentimiento tan fuerte que casi la había tumbado de espaldas. ¿Era ese el efecto de la pasión? ¿Te hacía perder la razón y la dignidad?

De no haberse marchado Gray, fundiéndose entre las sombras de la noche, dudaba seriamente de que hubiera sido capaz de evitar suplicarle que compartiera la cama con ella. ¿Cómo iba a poder mirarlo a los ojos? Como si le faltaran las mujeres... No necesitaba a una inquilina sexualmente frustrada arrojándose a sus pies.

Sacudió la cabeza y soltó un gruñido antes de frotar el cristal donde se había condensado el aliento. De repente se le ocurrió que a la casa le iría bien una capa de pintura. La pintura blanca de los marcos de las ventanas estaba grisácea y descascarillada, y lo mismo sucedía con las descoloridas paredes. ¿Sería presuntuoso por su parte pedirle al taciturno casero permiso para dar una mano de pintura? Lo haría ella misma.

El sonido de un vehículo le hizo saltar del asiento y correr a la cocina para vaciar la taza de té. Después revolvió en el cajón hasta encontrar un cepillo que se pasó por los rubios cabellos, haciendo ocasionales muecas ante los nudos que se empeñaban en no soltarse.

Entornó los ojos y comprobó su aspecto en el pequeño espejo apoyado contra unos libros de cocina que descansaban en la estantería sobre la nevera. La visión de las mejillas sonrojadas y los ojos brillantes le provocó una mueca de disgusto. Desde luego no se parecía al rostro que le hubiera gustado presentar ante su intimidante casero.

El golpe seco en la puerta hizo que guardara apresuradamente el cepillo en el cajón.

–¡Hola! –saludó a Gray casi sin aliento a causa del apresuramiento y de la inquietante sensación que le producía verlo de nuevo.

Los misteriosos ojos grises la miraron fijamente durante unos segundos sin decir palabra. ¿Iría a devolverle el saludo o no? El estómago de Karen se encogió. Con la boca seca, la mirada se deslizó hasta esos labios burlones que habían desatado un incendio dentro de ella la noche anterior, despertando una parte de ella que había estado reprimiendo.

–Madre, mía, qué ojos tan grandes tiene, señorita Ford –bromeó él con una voz grave que hizo que la sangre se fundiera en las venas de Karen.

–Cambiando el nombre, ¿no debería ser esa mi frase? –espetó ella, sorprendida de ser capaz de hablar siquiera. El problema era que no conseguía olvidar el sabor de esa boca y se preguntaba cómo iba a poder fingir que nada había ocurrido. El feroz y apasionado beso de Gray le había dado la vuelta a todas sus convicciones, y no parecía haber nada que pudiera hacer para devolverlas a su lugar.

–Un hombre podría olvidar su propio nombre solo con mirarla –sonrió perezosamente Gray tras mirarla durante unos segundos más–. En cuanto a los muebles que he comprado, si no le gustan, los cambiaré. No es que me apasione ir de compras, pero por usted, señorita Ford, haría una excepción.

–Estoy segura de que serán perfectos –murmuró ella. La mera idea de ir de compras con Gray O'Connell hacía que el estómago le diera un vuelco.

–Menos mal –sonrió él–. Resulta refrescante conocer a una mujer tan conformista.

Cuando al fin se acordó de respirar nuevamente, la respiración de Karen era temblorosa. El atractivo de ese hombre era indudable, a pesar de su arrogancia y evidente falta de interés por los demás, pero cuando sonreía... Su sonrisa era como el sol cuando iluminaba un día gris, o la luna cuando compartía el negro cielo con la miríada de estrellas. Las larguísimas pestañas eran espectaculares y la boca dibujaba una deliciosa curva que hacía que se le encogieran los dedos de los pies. Cuando sonreía, su rostro pasaba de lúgubremente atractivo a irresistiblemente hermoso. ¿Cómo podía una mujer olvidarlo?

Gray atravesó la zona de césped que rodeaba la casa y se dirigió hacia una furgoneta blanca. Karen vio bajarse a un hombre alto y delgado de cabellos rubios y revueltos, vestido con unos vaqueros manchados de pintura y una camiseta negra.

El primer objeto que salió de la furgoneta fue un hermoso sofá de dos plazas de estilo victoriano y tapizado en lino natural. Los dos hombres lo transportaron hasta la casa dejándolo junto a la antigua versión que estaba destinada a reemplazar. Gray quitó los tres cojines de terciopelo verde del viejo sofá y los colocó en el nuevo antes de mirar hacia Karen que seguía estupefacta junto a la puerta.

–Así está mucho mejor, ¿no cree?

Hubo algo enternecedor en la mirada que le dedicó Gray, casi como si no estuviera seguro de su reacción y buscara su aprobación. La idea resultó tan sorprendente que Karen sintió una cálida hoguera formarse en su estómago que afloró en forma de afecto hacia ese hombre complicado y altivo que se comportaba como si no necesitara nada de nadie, sobre todo afecto.

–Es estupendo –ella se encogió de hombros en señal de admiración.

–Por cierto, este es Sean Regan. Sean, te presento a la señorita Ford.

–Llámame Karen –extendió una mano y saludó al joven de amigable aspecto y que despertó en ella un afecto casi maternal, ridículo teniendo en cuenta que, como mucho, tendría dos años menos que ella.

Karen dirigió una tímida mirada hacia Gray y frunció el ceño ante la expresión preocupada de su casero, añorando ver reaparecer la gloriosa sonrisa, que sin duda no debía prodigarse mucho.

–Encantado de conocerte, Karen –Sean se apartó con una sonrisa ante el requerimiento de ayuda por parte de Gray para sacar el viejo sofá de la casa–. Te he visto alguna vez por la ciudad, y también caminando hacia la playa. ¿Te gusta esto? ¿No te resulta muy solitario?

–Me encanta, Sean. Precisamente vine buscando paz y tranquilidad.

–¿Vas a quedarte ahí charlando con la señorita Ford o vas a ayudarme? –Gray frunció el ceño mientras levantaba un extremo del sofá y esperaba con impaciencia apenas contenida a que Sean levantara el otro.

–Supongo que estoy aquí para ayudarte, jefe. Pero es una pena que un hombre no pueda disponer de unos minutos para intercambiar unas palabras con un nuevo vecino...

La observación, expresada en tono divertido provocó que Gray frunciera nuevamente el ceño mientras pasaban ante Karen cargados con el sofá.

—¿Preparo un poco de té? —Karen se mordió el labio y los siguió fuera de la cabaña.

—¿No tiene café? —preguntó Gray a modo de respuesta.

Karen sintió arder las mejillas ante el interés con que la miró.

—Desde luego. ¿Cómo lo toma?

—Solo y fuerte, sin azúcar —respondió él.

Karen asintió, debería habérselo imaginado.

—¿Y tú, Sean?

—Para mí té, cariño... con mucha leche y tres terrones de azúcar.

—¿Y qué tal un pedazo de bizcocho casero para acompañar?

—Me muero por los bizcochos caseros —Sean le guiñó un ojo.

—¿Y usted, señor O'Connell? —Karen mantenía el tratamiento formal para que Gray no pensara que era demasiado directa.

—Desde luego sabe cómo tentar a un hombre, señorita Ford —contestó él con un brillo burlón en la mirada.

—Enseguida traigo el refrigerio —Karen sonrió tímidamente y se sonrojó mientras se dirigía de regreso a la cabaña para poner el agua a hervir.

En total Gray había comprado un sofá, dos sillones a juego y un par de lamparillas de bronce de estilo victoriano que se complementaban de maravilla con el estilo del interior de la cabaña. Los muebles nuevos habían transformado aquel lugar. Lo único que faltaba para que pareciera un hogar era un par de capas de pintura.

Mientras tomaba un sorbo de té en una taza rosa, regalo de Ryan, observó a los dos hombres instalados en los sillones.

Sean tenía un aire relajado y descuidado, propio de su juventud, y no se preocupaba más que de disfrutar del té, mientras que Gray... bueno, Gray era otra cuestión, pensó ella. Las piernas, envueltas en los ajustados vaqueros, parecían demasiado largas para el sillón. Se había enrollado las mangas de la camisa revelando dos fuertes brazos salpicados de oscuro vello. Los dedos que sujetaban la taza eran largos y finos. Pero, a diferencia de Sean, no estaba relajado. El atractivo rostro parecía extrañamente distante y preocupado, a duras penas ocultando su incomodidad y su deseo de estar en cualquier otro sitio.

¿Sería por ella? Karen no podía evitar preguntarse si se estaría lamentando del explosivo beso de la noche anterior. ¿Debería sacar a relucir el tema? ¿Debería asegurarle que no había significado nada y sugerir empezar de nuevo sobre una base más formal? Sí, claro. Ya se imaginaba cómo sería recibida su sugerencia. Seguramente se burlaría de ella.

Sintiendo una repentina tristeza, fingió concentrar su atención en una arruga de la camisa y estuvo a punto de atragantarse con el té cuando descubrió a Gray dedicándole una tórrida mirada que la quemaba a pesar de la distancia que los separaba.

—Ha sido una buena idea sustituir los viejos muebles —observó ella rápidamente—. Ahora resulta muy agradable y acogedor.

—Debería haberlo hecho hace tiempo —contestó Gray—. ¿Se le ocurre alguna otra cosa?

Karen sujetó la taza con más fuerza, incapaz de mirarlo a los ojos dada la respuesta que había suscitado en su mente la pregunta de Gray.

–Iba a pedirle permiso para pintar las paredes y los marcos de las ventanas. Lo haré yo misma. Se me da bastante bien.

–Claro, querida, y a mí me encantaría echarte una mano –se apresuró a intervenir Sean con los ojos azules muy abiertos mientras admiraba el aspecto de Karen vestida con unos vaqueros ajustados y los cabellos sueltos sobre la camisa color lila, automáticamente elevada a la categoría de elegante simplemente porque la llevaba puesta–. Incluso podría traer la pintura. ¿Qué dices, jefe? –el joven miró a Gray.

–Si alguien va a pintar la casa ese soy yo –contestó el aludido secamente.

–No quisiera causar ningún problema –avergonzada, Karen cruzó los brazos.

–Mañana por la mañana vendré sobre las diez para empezar –anunció el casero tras dirigirse a la cocina para enjuagar la taza antes de salir de la cabaña.

Karen soltó un prolongado suspiro.

–No te preocupes por él, querida –Sean la miró con expresión divertida–. Ladra más que muerde. Y, por cierto, el bizcocho estaba buenísimo y lo digo en serio. ¿Sería demasiado pedir un trocito para llevarme a casa? Mi hermana, Liz, tiene un café en el que sirve toda clase de productos caseros y me gustaría que lo probara.

–Claro, te envuelvo un trozo.

Karen le entregó el bizcocho a Sean quien, tras guiñarle el ojo nuevamente se marchó silbando alegremente.

Alertada por el aroma de la pintura fresca, Karen salió de la cocina y se encontró a Gray agachado, ocupándose del rodapié. De nuevo iba vestido de negro de pies a cabeza y sus cabellos negros resplandecían aún más que la ropa. Mientras lo observaba, sintió nacer en ella una irresistible tentación de tocarlo, de hacer que se girara hacia ella, que se diera cuenta de su presencia. La creciente altivez con la que la castigaba empezaba a ponerle de los nervios y se moría de ganas por llevarlo de regreso al mundo de los vivos, curioso en una persona que había acudido a ese lugar en busca de aislamiento.

–¿Por qué no le echo una mano? –preguntó con un hililo de voz.

La brocha se detuvo en la mano de Gray quien levantó la vista hacia ella. El corazón de Karen descendió hasta el estómago en un segundo.

–Prefiero trabajar solo –fue la breve aunque categórica respuesta.

A Karen no la sorprendió, pero la curiosidad y una inaudita temeridad se impusieron sobre su sentido común y se cruzó de brazos, dispuesta a no arrugarse ante la gélida mirada gris.

–¿Por qué siempre prefiere hacerlo todo solo?

–¿Le molesta acaso? –Gray la miró a los ojos.

Hasta la última célula del cuerpo de Karen vibró de calor y deseó no haber iniciado la conversación. ¿No podría haberse quedado en la cocina preparando sus panecillos?

–No. Es decir, sí. Para serle sincera, sí me molesta. Nadie puede estar tan aislado. Todos necesitamos algo de ayuda y apoyo de vez en cuando.

–¿Por eso se está escondiendo aquí sola? –le aguijoneó Gray poniéndose de pie.

Nerviosa, Karen se humedeció los labios y tragó con dificultad. La mirada cargada de interés de ese hombre captó el gesto y pasó del hielo al fuego en un instante.

–No hablaba de mí –ella sentía que las rodillas se le deshacían.

–¿Y qué diría si le contara que a mí me gustaría hablar de usted?

Había algo de hipnótico en la masculina voz y que a Karen le puso la piel de gallina. Tuvo que hacer un supremo esfuerzo para no cruzar las piernas ya que la sensación que pulsaba en su núcleo más íntimo era repentinamente ardiente, dulce y sexual.

—¿Qué quiere saber de mí? —preguntó en un ronco susurro.

—Quiero saber si alguna vez se lanza a la aventura, Karen... o si es de las que prefieren apostar sobre seguro.

—No sé a qué se refiere —ella bajó la vista ante la intensidad de la mirada gris.

—Sabe muy bien a qué me refiero —Gray enarcó las cejas.

Toda la sangre pareció agolparse en la cabeza de Karen. El corazón le dio un vuelco en el pecho y los pezones se pusieron insoportable y dolorosamente duros. Si era capaz de hacerle todo eso solo con palabras, ¿qué no haría con sus caricias? Al recordar el salvaje beso de la noche anterior supo la respuesta. Sin duda entraría en combustión.

—Me parece que no debería hacerme unas preguntas tan personales.

Karen se dispuso a dar media vuelta, pero sus azules ojos se abrieron desmesuradamente al sentir que Gray le agarraba el brazo y la giraba hacia él.

—¿De verdad? Pues entonces deja de buscarme para mirarme con esos ojitos tuyos. No tienes ni idea de en qué te estás metiendo. Ni idea —la tuteó.

—¡Yo no te busco! —Karen se soltó y frotó el dolorido brazo—. Estás muy pagado de ti mismo, ¿verdad?

—Vuelve a la cocina, cariño —él sonrió—. Si te portas bien... o debería decir, mal... iré dentro de un rato y te contaré una fantasía erótica que tengo sobre las mujeres en la cocina.

–No gracias –humillada e indignada, Karen sacudió la cabeza y se marchó a toda prisa.

–No te había tomado por una cobarde –gritó Gray riéndose sonoramente.

–Pues yo te había tomado por un pervertido –contestó ella furiosa asomando la cabeza por la puerta de la cocina–. Y, desgraciadamente, hasta ahora no me he equivocado.

–Ahora sí que me has ofendido –él fingió una dolorosa desilusión antes de reír como un colegial, satisfecho por decir la última palabra antes de seguir pintando.

Capítulo 4

LA LLUVIA, aumentaba la irritabilidad de Karen. Gray entraba y salía de la furgoneta haciendo caso omiso al aguacero sin mostrar ninguna señal de querer iniciar una conversación. ¿Qué le sucedía a ese hombre? Aparte de la humillante acusación de que iba tras él, no había dicho una palabra. Cada vez que ella asomaba la cabeza por la puerta de la cocina lo encontraba pintando con fascinantes y decididos brochazos, y no podía evitar preguntarse cómo sería verlo pintar un cuadro.

Suspiró y puso la tetera a hervir. Ante la duda lo mejor era preparar té, o café en el caso de Gray, aunque no sabía si iba a quedarse o no.

Inclinándose sobre el horno, sacó la bandeja de panecillos y la boca se le hizo agua ante el aroma que desprendían. Los colocó sobre una rejilla para que se enfriaran, contenta con el resultado, ligeramente dorado por fuera y, presumiblemente, esponjosos por dentro. Incapaz de resistirse, partió uno por la mitad y, tras soplarlo, se metió un trozo en la boca.

—¡Delicioso! Aunque esté mal que yo lo diga.

Karen saboreó el panecillo que se fundía en su boca. Siempre le había gustado la comida que preparaba y no se avergonzaba de admitirlo. Era uno de los mayores placeres de la vida, similar a leer un buen libro o escuchar una hermosa pieza musical... o hacer el amor.

—Tienen buena pinta.

Sobresaltada se giró y descubrió a Gray apoyado en el quicio de la puerta. Tenía los cabellos y el rostro mojados por la lluvia y sonreía burlonamente.

–¿Te apetece uno? Estaba a punto de preparar un té... o café si lo prefieres –Karen se limpió la boca con el dorso de la mano y rezó para que no quedara ninguna miga.

–Un café estaría bien.

–Te traeré una toalla primero. Estás empapado –azorada, intentó salir por la puerta, pero la puerta era estrecha y Gray, que no se movió, muy corpulento.

De repente se encontró encajada entre el masculino torso y el quicio de la puerta. La cálida humedad del jersey presionaba provocativamente contra sus pechos y supo, con una ligera punzada de pánico, que no tenía ninguna intención de dejarla pasar.

–Yo... yo...

Se sentía abrumada, asaltada por el limpio aroma de sus ropas, el ligero toque a madera de su colonia y el aroma cargado de testosterona de su propio ser. Y se sintió estremecer de pies a cabeza mientras las mejillas adquirían un tono escarlata.

Levantando la vista, Karen se hundió en un profundo océano plateado, en una salvaje tormenta en el mar, y supo que estaba atrapada... prisionera voluntaria sin el deseo ni la más remota urgencia por escapar. Allí era donde quería estar. Por fin podía fingir de nuevo ser una mujer sin un desgraciado pasado o incierto futuro porque solo existía la excitante presencia, el tangible calor que vibraba como una corriente entre ella y Gray. Y de repente la cálida y anticuada cocina que desprendía un delicioso aroma a panecillos recién hechos y una sutil y almizclada humedad proveniente de las paredes de piedra le pareció el lugar más romántico sobre la faz de la tierra

Gray trazó la línea de la mandíbula de Karen con un dedo, electrificándola al contacto, haciendo que sus pupilas se dilataran, que su respiración se interrumpiera durante un segundo mientras el corazón latía acelerado como un atleta dirigiéndose hacia la línea de meta. Jamás se habría imaginado que fuera posible desear a alguien tanto hasta que simplemente pensar en él le hiciera querer entregarse en cuerpo y alma. ¿Por qué no se había sentido así con Ryan? La idea le provocó un gran sentimiento de culpa. Su marido se lo había dado todo, pero ella le había ocultado una parte de sí misma, vital y apasionada.

–Gray, yo...

–No hables –le ordenó él mirándola como si saliera de un trance–. Déjame que te mire.

Y así hizo. Los ojos de artista escudriñaron el hermoso rostro, fijándose con silenciosa apreciación en los exquisitos rasgos. Los preciosos ojos azules eran su principal atractivo, pensó. Almendrados y sensuales, bordeados de unas rizadas pestañas, la clase de ojos en los que cualquier hombre desearía ahogarse. La mirada ascendió hasta las rubias cejas y descendió hasta la elegante nariz y la bonita boca con sus carnosos y sensuales labios desprovistos de maquillaje y que pedían a gritos ser besados.

En un segundo, la masculinidad de Gray se llenó de sangre y la deseó tanto como el aire para respirar. Hizo acopio de toda su fuerza de voluntad para no tomarla allí mismo porque tenía otro deseo, mayor aún, de seducirla, provocarla y saborearla. Iba a conseguir que la bonita viuda lo deseara tanto que se olvidara de su difunto esposo o de cualquier otro hombre con el que hubiera mantenido alguna relación. Únicamente entonces se permitiría tomar aquello que ambos deseaban tan desesperadamente. Y cuando sucumbieran al deseo, haría falta más de una brigada de bomberos para apagar el fuego.

En cuanto a Karen, le llevó varios segundos asimilar la realidad. Cuando se dio cuenta de que Gray no iba a hacer nada más que mirarla en lugar de abrazarla por la cintura, tal y como necesitaba que hiciera, dejó caer los brazos a los lados del cuerpo y bajó la cabeza. Dolía mucho saber que la deseaba, pero que no tenía ninguna intención de hacer algo al respecto. ¿Qué tenía ella que le hacía echarse atrás? ¿Pensaba que buscaba en él algo más que un revolcón?

De repente deseó que estuviera Ryan allí para poder preguntarle qué hacer, pero enseguida comprendió lo ridículo de aquello. Iba a tener que solucionarlo ella sola. Dondequiera que estuviera, Ryan querría lo mejor para ella, la opción que le hiciera menos daño. Lo sabía.

–Eh... –los dedos de Gray le sujetaron la barbilla y le obligaron a levantar la cabeza.

Era increíble la cantidad de tonos de gris que había en esas pupilas, reflexionó Karen.

–Creo que me gustaría pintarte.

–¿Te refieres a un retrato? –Karen sintió una ligera punzada de terror.

–Un desnudo.

–¿Quieres decir... sin ropa? –preguntó ella con voz temblorosa.

–La mayoría de los desnudos lo son –Gray sonrió divertido–. ¿Te incomodan?

–Normalmente no, salvo que sea yo quien pose.

–Vive un poco, Karen. ¿No es eso lo que te gustaría hacer realmente?

¿Cuántas veces se había prometido a sí misma precisamente eso? Solo tenía veintiséis años, ¿iba a pasar el resto de su vida lamentándolo? «Ryan se revolvería en su tumba», pensó. De todos modos, debía ir poco a poco, y convertirse en la modelo de ese altivo y enigmático artista era demasiado, aunque se muriese por recibir sus atenciones.

—No soy una persona que se líe la manta a la cabeza con facilidad —intentó explicarle sintiendo calor y luego frío ante la glacial mirada gris—. Yo...

Intentó formular palabras que describieran cómo se sentía ante la idea de exponer su cuerpo sin que sonara a mojigatería. A pesar de haber actuado ante numerosos públicos, era una persona tímida. Exceptuando los vaqueros, normalmente vestía ropa suelta, casi nunca ajustada. Hasta Ryan había hecho bromas sobre sus reticencias a mostrar su cuerpo.

—¿Reprimida? —sugirió Gray con dulzura posando la mirada deliberadamente seductora sobre los carnosos labios.

—No. Yo no diría reprimida —con el rostro encendido, Karen intentó nuevamente salir por la puerta y soltó una exclamación cuando él la agarró del brazo y la empujó contra el quicio.

La tetera silbó para indicar que el agua hervía. Fuera, la lluvia golpeaba rítmicamente contra las ventanas. El fuerte y embriagador aroma de la pintura fresca surgía del salón y Karen empezó a desear que Gray se hubiera marchado en la furgoneta.

El íntimo interrogatorio empezaba a ponerle nerviosa. Una cosa era desear que la besara y otra muy distinta permitirle colocarla bajo la lupa como si fuera un insecto. Por otro lado, no podía hacer otra cosa cuando se sentía excitada y necesitada. La mirada de esos ojos grises tentarían hasta a la monja más devota para renunciar a sus votos.

Intentaba desesperadamente ocultar la reacción intensamente íntima de su cuerpo. Los pezones se endurecieron bajo el sujetador y le hizo retorcerse avergonzada al comprender que Gray lo había notado. Lo que ella sentía también lo sentía él, quizás más.

–Será mejor que vaya a buscar esa toalla, señorita Ford, antes de que ceda a la tentación que empieza a ser dolorosamente irresistible –sugirió él mientras le soltaba el brazo.

–¿Por qué? ¿Te preocupa?

–Eres distinta a cualquier otra mujer que haya conocido –el rostro de Gray reflejaba rabia–. Eres una mujer decente y cariñosa, Karen. Necesitas un hombre que sea igual, no un marginado de alma oscura como yo. Tengo miedo de que si te toco, pudiera no querer parar, y entonces, ¿qué sería de nosotros?

Los labios de Gray dibujaron una sonrisa burlona que provocó una indecible agonía en Karen y, como no se le ocurría nada que decir para hacerle cambiar de idea, corrió hacia el cuarto de baño. Eligió una esponjosa toalla blanca y, durante un instante, la sujetó contra el cuerpo. Al contemplar espantada su imagen en el espejo, fue consciente del efecto que producía Gray O'Connell sobre ella.

Tenía los ojos desmesuradamente abiertos y muy brillantes, y su piel estaba teñida de rojo. Parecía recién levantada de la cama tras una noche de pasión y desenfreno. ¿Alguna vez había tenido ese aspecto tras acostarse con Ryan? ¡Por supuesto que sí!, salvo que nunca se había dado cuenta. Eso era. Deslizó una mano por la mejilla y descubrió que tenía la piel ardiente. Incluso el pulso seguía acelerado. Y todo por culpa de la sorprendente atracción que sentía hacia su enervante casero.

Frustrada y furiosa, deseó poseer la sofisticación necesaria para resultarle más atractiva al hombre que tanto deseaba. Si no pareciera más joven de lo que era, si no se le saliera el corazón por los ojos cada vez que lo miraba...

Sujetando la toalla contra el pecho, salió del cuarto de baño y regresó a la cocina.

Gray seguía apoyado contra el quicio de la puerta donde ella lo había dejado. Su hermoso rostro reflejaba preocupación. Karen le entregó la toalla y pasó ante él sin mirarlo. Enseguida se dio cuenta de que había apagado la tetera y ni siquiera se atrevió a imaginarse que ya no se quedaría a tomar café. Era obvio que estaba ansioso por marcharse de allí lo antes posible, y tuvo que morderse el labio para contener las lágrimas, al menos hasta que se hubiera ido. Para distraerse, eligió media docena de panecillos y los metió en una bolsa de plástico antes de ofrecérselos a Gray con una tímida sonrisa mientras rezaba para parecer más serena de lo que se sentía. Deseaba a Gray O'Connell, pero no quería mostrarse totalmente vulnerable ante él. Solo un idiota lo haría.

Gray dejó de secarse con la toalla para mirarla fijamente.

—Pensé que te gustaría llevarte unos cuantos a casa —le ofreció con dulzura.

Como Gray siguió mirándola sin hacer el menor gesto que indicara que fuera a tomar la bolsa, Karen se encogió de hombros y la dejó sobre la encimera de la cocina.

—Aunque tú no los quieras, puede que Chase sí. He preparado demasiados.

—Un beso —dijo él con voz ronca mientras arrojaba la toalla sobre la encimera.

Sobresaltada, Karen aún no se había recuperado cuando él la atrajo hacia sí, apretándola fuertemente contra el torso. Una sensación de calor y humedad la envolvió mezclada con el aroma del mar que invadió sus sentidos con tanta fuerza que se sintió mareada. Gray agachó la cabeza para besarla y ella supo que no tenía la menor intención de protestar. Sus labios se abrieron con facilidad y dejó que la tomara con toda la fuerza de su deseo.

El beso le supo a calor, dolor de corazón y deseo, todo envuelto en un intenso y persuasivo paquete. Tomó de ella lo que tan voluntariamente le ofrecía y hundió la lengua una y otra vez en la aterciopelada caverna como si estuviera poseído, arañándole la mejilla con la incipiente barba y sujetándole las caderas con las manos para apretarla contra él. Temblando de deseo, Karen le devolvió el beso con unos pequeños y dulces gemidos que parecían abandonar la garganta inconscientemente. A punto de volverse loca, ya no se conformaba con la sofisticación, su cuerpo se moría por el fuego que habían iniciado.

Y de repente, tan abruptamente como había comenzado, Gray la sujetó por los hombros y la apartó de su lado. Karen se tambaleó y se golpeó los riñones contra la encimera. Lo miró con el dolor y la humillación reflejada en los azules ojos y los labios temblando por los apasionados besos. Sentía el cuerpo lánguido por el deseo que había despertado en ella.

–¿Estás bien? –preguntó Gray en tono gruñón como si deseara marcharse de allí.

De repente, Karen también quiso verlo marchar. Había comprendido por qué el odio y el amor estaban tan próximos.

–¿De repente te preocupa? –espetó ella sin poder evitar echarse a llorar.

–¡Claro que me preocupa, maldita sea!

–No es verdad –sin dejar de temblar, Karen sacudió la cabeza–. Márchate. Por favor...

Gray apretó los labios con fuerza y dio media vuelta, haciendo lo que ella le pedía.

Gray limpió la paleta y la dejó junto a la caja metálica con pinturas. El sol se filtraba a través del enorme ventanal iluminando el cuadro fijado al caballete. Se trataba de un boceto de una mujer de largos cabellos dorados, y unos ojos azules almendrados que encerraban una expresión de dolor, y también tentación. Karen.

No había sido capaz de pensar en otra cosa desde el día en que la había dejado llorando en la cocina de la cabaña de su padre. Habían pasado dos semanas y no había intentado siquiera ponerse en contacto con ella. Se preguntaba qué estaría haciendo. No la había visto en el bosque ni en la playa. A ella no le habría gustado tropezarse con él y, seguramente, lo había tachado ya como una amarga experiencia. Era lo menos que se merecía, a pesar de lo cual sintió una punzada de dolor en las entrañas.

Soltó un juramento, se mesó los cabellos y alargó una mano hacia el boceto para hacerlo trizas. Sin embargo, no pudo evitar acariciar con los dedos la extraordinaria semejanza que había creado. Acarició la suave curva de los pómulos que tan bien había reproducido a pesar de haberlo hecho de memoria. Allí estaba. El rostro de Karen se hallaba impreso en su mente como si fuera una fotografía que no podía borrar.

La puerta del estudio se abrió y Chase entró alegremente frotando la cabezota contra su dueño el cual miró distraídamente al enorme perro y le acarició la cabeza.

—¿Me das media hora más? Después te llevo de paseo.

Como si le hubiera entendido, Chase se dio media vuelta y salió por la puerta del estudio.

Tras volver a colocar el retrato inacabado de Karen sobre el caballete, Gray abandonó la gran estancia iluminada por el sol y desprovista de calefacción o cualquier adorno, salvo los cuadros amontonados contra dos de las paredes. Sin saber por qué, corrió escaleras abajo hasta la primera planta.

En medio del dormitorio más grande de la casa había una hermosa cama con una colcha azul marino extendida sobre el edredón. Aparte de la sensual alfombra de Marruecos junto a la cama, como muebles solo había una cómoda de pino y dos mesillas de noche de cerezo. Las ventanas estaban desprovistas de cortinas o persianas y el sol iluminaba el suelo de madera revelando unas saltarinas motas de polvo. Aparte de eso, la habitación resultaba casi lúgubre, pero a Gray no le importaba. Abrió uno de los cajones de la cómoda y sacó de él un sobre marrón.

Se dejó caer en la enorme cama y vació el contenido del sobre en la colcha. Tres fotografías lo contemplaron. Tomó la primera que llamó su atención y la examinó más de cerca. Era de Maura, con sus cabellos rubios y alegres ojos verdes. Habían comenzado su relación en Londres, donde él trabajaba y, obstinadamente, lo había seguido de regreso a Irlanda a pesar de que él había intentado terminar la relación. Al principio incluso le había alegrado su compañía. Había permanecido a su lado al morir Paddy, en una época muy oscura, y el mero hecho de saber que había alguien en casa lo había ayudado en un momento en que le aterraba enfrentarse a sí mismo. Con el tiempo se preguntó cómo había podido aguantarlo Maura. Ya de por sí malhumorado, Gray se había vuelto aún peor tras la trágica muerte de su padre.

Durante los seis meses que siguieron, se había convertido prácticamente en un recluso. No había sido su intención que ocurriera así, pero se había retraído tanto que sabía que no era buena compañía para nadie, sobre todo para una alegre y vital mujer a la que le encantaba reír y vivir la vida. De modo que se encerraba en el estudio y pintaba hasta la madrugada, abandonándolo solo para ir al baño o para comer algo, lo que fuera. Se había vuelto insensible a todo. El corazón, la mente y los sentidos se le habían congelado.

Maura había sido más o menos abandonada a su suerte, pero era una mujer de recursos que había hecho una carrera de éxito en el masculino mundo de las inversiones bancarias.

Y, sorprendentemente, se construyó una especie de vida en la preciosa y antigua casa de Gray interesándose por devolverle su pasado esplendor. Por el camino se había involucrado en la vida de la comunidad, haciendo amistad con los tenderos, taberneros y vecinos, siendo en general bien considerada entre ellos... hasta que sus descarados devaneos con algunos de los muchachos locales la habían colocado en el punto de mira. Al final, hasta Gray se había enterado de los rumores, aunque no le habían preocupado demasiado. Al menos no entonces. Había reaccionado concentrándose aún más en la pintura y, si alguna vez sentía la necesidad de una compañía íntima, Maura seguía siempre dispuesta como la amante entusiasta que era.

Con el tiempo, Gray no podía creerse la locura que se había desatado.

Cuando Mike Hogan, su mejor amigo de la universidad había aparecido de repente, pidiéndole alojamiento durante una semana o dos antes de partir hacia Canadá, Maura se había encaprichado de él de inmediato. ¿Quién podría haberla culpado? Mike era atractivo, alegre, inteligente, una criatura mucho más sociable de lo que Gray podría aspirar a ser jamás. Dos días después, la pareja había hecho planes para marcharse juntos.

–Que os aproveche –murmuró Gray mientras rompía la foto de Maura en dos mitades que arrojó sobre la cama, algo que debía haber hecho hacía tiempo.

La segunda foto era una copia en blanco y negro de su madre, y el corazón se le encogió al contemplarla.

La guapa joven miraba con ternura la negra cabecita
del bebé que tenía en brazos, como si se tratara del sol,
la luna, las estrellas. Gray no pudo evitar preguntarse
por qué se había quitado la vida, abandonándolo con
tres años, si lo quería tanto como parecía reflejarse en
la foto. Jamás había averiguado la verdad sobre el suicidio. Paddy siempre había mantenido un obstinado silencio sobre los motivos de Niamh O'Connell para hacer algo así y había empezado a culpar a su padre por
tan espantoso suceso, lo cual no había hecho más que
empeorar la mala relación que habían mantenido siempre.

Con cuidado devolvió la fotografía al sobre.

La última foto, en color, era de Paddy y la había tomado Eileen Kennedy durante una fiesta local. Aparecía subido a un cerro, sujetando una botella de whisky en
alto y con el rostro iluminado por una amplia sonrisa.
Había fallecido tres meses después, seguramente en la
misma época en que Gray había descubierto que sus últimas inversiones le habían generado unos beneficios
millonarios... un pobre consuelo.

Al final comprendió que lo que le había gustado era
el trayecto: especular, negociar... no el destino. Pero el
dinero no había impresionado a su padre, lógico cuando
el proceso para conseguirlo le había arrebatado a su
único hijo.

—Dondequiera que estés, viejo diablo, espero que
seas feliz —exclamó ante la foto con una sonrisa amarga
antes de devolverla, junto con los agridulces recuerdos,
al sobre marrón.

Tras bajar a la planta inferior, Gray se puso su cazadora de cuero y silbó a Chase. Se dirigió deliberadamente a la playa, pensando que el aire del mar le haría

bien y lo ayudaría a pensar con más claridad. Contemplar las fotos, hurgar en el pasado, no le había servido de nada. Lo había sabido desde el principio. A veces, su carácter lo perdía.

En cualquier caso, sentía una enorme tensión alrededor de la cabeza, y se lo tenía merecido. En ocasiones era demasiado autodestructivo.

La relajación, si es que alguna vez había dejado sitio para ese concepto en su mente, era cosa del pasado. Sus días los pasaba lamentándose por las malas decisiones que había tomado y castigándose con los recuerdos.

«No es precisamente la mejor manera de vivir la vida», pensó. Aun así, mientras trepaba por la loma que conducía a la playa, lo que ocupaba su mente era la preciosa inquilina de cabellos rubios, no el torbellino interior que siempre lo acompañaba. ¿Qué demonios iba a hacer con la peligrosa fascinación que le provocaba?

Karen no se merecía a un hombre tan introvertido y arisco como él. Se merecía algo mejor... algo mucho mejor. Aun así, el corazón de Gray parecía latir con más fuerza en el pecho ante la mera posibilidad de volver a verla y eso era un gran avance, concluyó mientras aceleraba el paso para seguir el ritmo de Chase.

Capítulo 5

A KAREN le dio un vuelco el corazón mientras
acudía esperanzada a abrir la puerta. Sin embargo, la esperanza dio paso a la sorpresa y la
amargura al descubrir a Sean. Parpadeó ante el fuerte
sol de la mañana y se preguntó para qué había ido.

Sean sonrió y ella aguardó con la vana esperanza de
que le llevara noticias de Gray.

–Hola.

Llevaba una cazadora vaquera desteñida sobre una
camiseta negra, casi gris. Los ajustados pantalones vaqueros le daban un aire de lánguida elegancia, propia
de la juventud, y su buena dosis de hermosura hicieron
que Karen sintiera una repentina punzada de celos ante
la inocencia perdida de su propia juventud. Durante
unos segundos contempló el atractivo y aniñado rostro
enmarcado por unos revueltos cabellos rubios e iluminado por unos preciosos ojos azules, y deseó poder parecerse un poco a él.

Pero su presencia también le provocó cierta tristeza
pues no era el hombre que había esperado ver aparecer
ante su puerta. Sabía que Gray mantenía las distancias
deliberadamente. Si lo que había querido era transmitir
el mensaje de que la locura entre ellos no iba a progre-
sar más allá, lo había conseguido. Durante dos semanas
apenas había logrado dormir pensando en él. Y aposta-
ría su último céntimo a que él no había tenido ni una
noche de insomnio a causa de ella.

Deseó haber controlado mejor su atracción. Si hubiera dominado las reglas del juego quizás habría conseguido manejar mejor las cosas y no sentirse tan dolorosamente perdida. Sin embargo, no podía fingir ser alguien que no era. Solo podía aspirar a enfrentarse con lo que la vida le colocara en su camino, y en esos momentos, la vida le había colocado a Sean con sus brillantes ojos azules y alegre sonrisa.

–Hola –Karen le devolvió la sonrisa.

–Karen –se apresuró a contestar Sean mientras se ruborizaba ligeramente–, me preguntaba si te gustaría dar un paseo conmigo.

–¿Un paseo, Sean? –ella tuvo que contener el impulso de echarse a reír.

–Sí. A ti te gusta pasear, ¿no? –Sean la miró con gesto tímido y cautivador a la vez.

Karen frunció el ceño y se secó las manos con el paño de cocina. Por atractivo que le resultara el joven irlandés, en ese momento no le apetecía ir a ningún sitio. Estaba demasiado decaída, resultado, entre otras cosas, de una noche más en blanco a causa de Gray O'Connell, y de ya no poder recordar el rostro de su difunto esposo.

–Claro que me gusta pasear. Pero... ahora mismo estoy muy ocupada, Sean.

–Ya me figuré que dirías algo así –el joven se frotó la nuca y bajó la mirada al suelo. Y entonces, para sorpresa de Karen, alzó la barbilla y la miró directamente a los ojos.

–Te he visto caminar por la playa. Siempre estás sola. Pensé que si ibas a pasear por allí hoy, a lo mejor te gustaría algo de compañía.

–Eres un encanto, Sean, pero yo...

–No pienses que intento seducirte... aunque no es que me importara –algo inquieto, balanceó el cuerpo–.

Pero tengo algo que preguntarte. ¿Podríamos hablar de ello?

–¿Ahora? –Karen echó una ojeada a su espalda. Había pasado la mañana limpiando el salón y todo relucía. Y la última hornada de pan se enfriaba sobre la encimera.

La repostería se había convertido en una salida a la creatividad a la que no podía dar salida a través de la música, y la ayudaba a pasar el tiempo. Pero al carecer de congelador, la mitad de las cosas que hacía acababa en la basura. Aún no había entablado una amistad suficiente con nadie del pueblo para regalárselo y ni siquiera Gray había aceptado los panecillos que le había ofrecido aquel día.

Se mordió el labio. ¿Por qué no podía ir de paseo con el simpático Sean? Quedarse todo el día sin salir de la casa no la ayudaría y, sin embargo, un paseo a lo mejor sí.

–Hace un día precioso. Solo tienes que calzarte y ponerte el abrigo –Sean echó una ojeada a los pies desnudos con las uñas pintadas de rosa de Karen y sonrió divertido.

–De acuerdo –rindiéndose al indiscutible encanto del joven, Karen entró en la casa con las mejillas tan sonrojadas como las uñas de los pies.

La espontaneidad no era su fuerte y le provocó más angustia de la debida. Aun así estaba dispuesta a hacer un esfuerzo para cambiar. Sean era encantador y parecía de fiar.

Arrojando el paño de cocina sobre la silla más cercana, recuperó las botas de detrás de la puerta y sacó de su interior los calcetines amarillos.

–No te quedes ahí fuera, Sean. Entra. Enseguida estoy.

–Qué bien huele –Sean miró a su alrededor–, y no me refiero a la cera de los muebles.

–He estado horneando –Karen sonrió a través de los sedosos mechones rubios que le cubrían la cara mientras se ataba los cordones de las botas.

–Eres una mujer peligrosa, Karen. ¿Qué has preparado esta vez? ¿Otro delicioso bizcocho?

–He preparado pan y bollos –contestó ella.

–Pues me alegra saber que te gusta cocinar.

–¿Por qué? –Karen rio y se puso en pie estirándose la camisa azul.

–Mi madre siempre dice que es una habilidad muy útil... seas hombre o mujer. ¿Lista?

Karen descolgó el abrigo del perchero y se lo puso. Era increíble cómo el más ligero contacto humano podía cambiar el estado de ánimo para bien.

–Todo lo lista que estaré nunca. Tú guías –al dejarle pasar captó brevemente un aroma especiado a colonia y se preguntó si se la habría puesto en su honor.

A pesar del decaimiento que sufría, en cuanto sintió el aire fresco del mar se animó. El salvaje y tormentoso clima siempre hacía que se alegrara de haber acudido a aquel lugar. Un lugar que casi consideraba su hogar.

–¿Has vivido aquí toda tu vida? –Karen hundió las manos en los bolsillos del abrigo mientras intentaba en vano seguirle el paso a Sean.

–Sí. Me gusta mucho.

Sean le dedicó a Karen una sonrisa que, sin duda, alegraría el día a cualquiera de las chicas de la localidad.

–¿Y tú qué, Karen? ¿De dónde eres?

–De un barrio de Londres. Vivir allí tiene sus ventajas, pero echaba de menos algo de paz y tranquilidad. De haber nacido aquí, jamás podría vivir en otro lugar.

Era una afirmación surgida del corazón. Contempló

el cielo azul, las gaviotas volando en círculo a su alrededor emitiendo sus agudos chillidos, y tuvo la sensación de que todo era perfecto. No había ningún otro lugar en el mundo en el que preferiría estar en esos momentos. Su mirada recorrió la vasta extensión de la playa vacía y se preguntó cómo soportaría regresar a Gran Bretaña. Aquel lugar era su idea del paraíso.

«Si tuviera alguien con quien compartirlo». No se refería a ese instante en concreto, pues la compañía de Sean era muy agradable. Se refería a alguien más permanente. «Alguien como Gray O'Connell». La peligrosa idea la golpeó con fuerza acelerándole el pulso. Las dos semanas que hacía que no le había visto le parecían una eternidad. ¿Qué estaría haciendo? ¿Estaría saliendo con alguien? ¿Por eso estaba tan enfadado y tan ansioso por marcharse aquel día en cuanto hubo terminado de pintar? ¿Estaba desolado porque se sentía atraído hacia ella teniendo a otra persona en su vida? El estómago se le encogió de celos. ¿Por qué le dolía tanto? No tenía ningún sentido. Sin duda estaba loca.

–¿Karen?

–¿Sean? –Karen se paró junto al alto irlandés y lo miró, obligando a la atractiva imagen de ojos grises a que desapareciera. Unos mechones de cabellos rubios le taparon la cara, ocultando temporalmente su sonrojo al ser sorprendida pensando en otro.

–Te he hecho una pregunta, pero estabas en tu mundo.

–Lo siento –ella lo contempló con gesto compungido . No pretendía ser grosera.

–No te preocupes –Sean la miró pensativo–. Te es taba preguntando si te interesaría un trabajo a tiempo parcial. Mi hermana, Liz, acaba de abrir un café en la ciudad y está buscando ayuda. En cuanto probó tu bizcocho me dijo que quería conocerte.

–¿Un café? –Karen frunció el ceño. De todas las cosas que se había imaginado que Sean quería decirle, un trabajo a tiempo parcial no encabezaba la lista.

–No es el típico lugar para desayunar o comer sánd-wiches. Es más exclusivo. Liz ha viajado por todo el mundo. Se trata de un café temático... mexicano. Se llama La Cantina de Liz, pero no solo hay comida me-xicana. También hay tartas y toda clase de postres.

–¿Tu hermana ha montado un café temático en esta ciudad? –Karen sonrió resplandeciente–. Qué idea tan maravillosamente descabellada.

–¿En serio lo piensas? –Sean hundió la puntera de la bota en la arena.

–¡Pues claro que sí! –exclamó ella sintiéndose re-pentinamente inspirada por el espíritu emprendedor de la hermana de Sean a la que ni siquiera conocía. No se había planteado la posibilidad de encontrar trabajo, pero en esos momentos le resultaba casi irresistible.

–Liz quiere contratar a alguien con un poco más de mundo que las chicas locales. Un poco más al tanto, como dice ella. ¿Querrás conocerla? Al menos habla con ella.

–¿Cuándo quiere verme?

–¿Qué tal esta tarde? Cierra a las cinco y yo suelo echarle una mano para recoger y limpiar un poco. Si te parece bien, pasaré a buscarte a menos cuarto.

–Supongo que lo menos que puedo hacer es cono-cerla y darle las gracias por pensar en mí. Pero tengo coche, no hace falta que vengas a buscarme.

Karen se encogió de hombros con cierto nervio-sismo. Hablar con alguien sobre un posible trabajo pa-recía lo más normal del mundo, pero nunca había tenido necesidad de hacerlo. Había conocido a Ryan nada más terminar los estudios y, tras casarse, había iniciado su carrera musical. Su marido se había ocupado de todo lo relacionado con la promoción, contratar actuaciones y todo el papeleo y llamadas telefónicas necesarias.

–Si no te importa, preferiría pasar a recogerte –Sean interrumpió sus pensamientos–. Liz me ha dado instrucciones y me sacará los higadillos si no las cumplo. ¿Terminamos el paseo?

Karen sonrió saboreando el salitre del mar en la lengua y decidió aprovechar esa inesperada oportunidad de disfrutar del aire fresco y el ejercicio. Al final el día había resultado mucho mejor de lo que se había esperado. Al levantarse por la mañana, su única perspectiva había sido limpiar, cocinar y pasar el día sola. Y por primera vez había temido que no fuera suficiente. Por lo visto no estaba tan hecha para la soledad y el aislamiento como había creído. Desde luego mucho menos que Gray O'Connell...

Protegiéndose los ojos del feroz sol del mediodía, parpadeó ante las dos solitarias figuras que caminaban por la playa a cierta distancia de él. Una ráfaga de viento le levantó un mechón de negros cabellos de la frente revelando un ceño profundamente fruncido. Al darse cuenta de que una de las dos figuras era Karen, los celos lo traspasaron como un puñal con tal violencia que tropezó. A su lado, Chase se impacientaba, esperando el permiso para correr libre por la playa como solía hacer. En esos momentos, su amo le sujetaba del collar con tanta fuerza que el deseo parecía irrealizable.

–¡Quieto! –el tono furioso en la voz de Gray no dejaba lugar a dudas.

Sin embargo, no era el perro el que había desatado su mal genio, sino la visión de esa mujer en la playa. Una mujer que poseía la habilidad de tentarlo como ninguna otra. Lo tentaba con sus ojos azules y el blanco del ojo tan blanco que parecía que hubieran vertido leche en él. Lo tentaba con su serena y encantadora sonrisa, una isla de paz en un mundo cruel y enloquecido. Cada vez que la veía, cada vez que pensaba en ella, el deseo bullía en su interior. Le cautivaba su manera de moverse, elegante y sexy, la suave y aterciopelada voz que le hacía estremecerse y la infalible habilidad que tenía para reducir a una simple mentira sus propósitos de mantener las manos alejadas de ella.

¿Qué demonios hacía? ¡Estaba paseando con Sean Regan! Soltó un juramento. Era consciente de haberla echado de menos, pero no había comprendido hasta qué punto hasta que la había visto en carne y hueso con otro hombre. A pesar de su fuerte carácter, no era dado a la violencia, pero sintió el deseo de demostrarle a ese joven su superioridad.

Entornó los ojos y continuó contemplando las dos figuras en la playa que habían reanudado la marcha. ¿De qué hablaban tan seriamente? Había visto sonreír a Karen, ¿o había reído? No soportaba que Sean tuviera la habilidad para hacerle sonreír y tuvo que contener el casi irresistible impulso de gritar, de hacerse notar. Y cuando hubiera captado su atención, insistiría en que lo acompañara a su casa, a su cama... Sí, a su cama. Y allí le haría olvidar la bonita sonrisa y el encanto de ese joven, y le haría gemir y gritar de deseo por él. «Me perdería en ella», pensó. Se ahogarían en el fuego de su pasión.

Ese deseo, casi doloroso, atenazó a Gray hasta casi hacer que se olvidara de respirar.

–¿Qué demonios me has hecho, Karen Ford? –gritó furioso como si intentara exorcizar el efecto que ejercía sobre él mientras Chase ponía las orejas tiesas–. Ya lo sé, chico –Gray soltó el collar del perro y le acarició la cabeza–. Tú también la echas de menos, ¿verdad? Pues

me temo que no puedo hacer gran cosa por ahora. No
si está con otro. Quizás después –una idea empezó a
formarse en su mente–. Venga, vamos a casa.

Karen suspiró mientras contemplaba las distintas
prendas que había extendido sobre la colcha de la cama
como si se tratara de un bazar turco. Frunció el ceño y
las combinó mentalmente hasta... hasta no obtener gran
cosa. Nunca había sido una esclava de la moda, pero le
apetecía sentirse guapa para encontrarse con Liz Regan
en La Cantina de Liz.
    ¿Debía ir de bohemia? ¿Esperaría Liz a alguien más
moderna? Lo dudaba. La ciudad, aunque floreciente, estaba en una zona casi rural. Aun así, no le resultaba fácil
decidirse.
    Suspiró de nuevo y eligió un top de color rosa coral
con lazos rosas en la cintura y lo combinó con una falda
multicolor de vuelo que parecía mexicana.
    Estaba poniéndose el top cuando alguien llamó a la
puerta. Karen se quedó helada. ¿Quién demonios sería?
Consultó la hora... demasiado pronto para que fuera
Sean.
    Todavía no se había decidido sobre el trabajo. A ra-
tos le apetecía aceptarlo y a ratos no. ¿Qué sabía ella
sobre trabajar en un café? No mucho, aunque sí sabía
cocinar y limpiar. Nerviosa y azorada, salió del dormitorio y abrió la puerta con las mejillas encendidas y los
cabellos revueltos y salvajes sobre los hombros.
    –Gray.
    El corazón casi se le paralizó en el pecho. Aunque
absorbió todos los rasgos del hermoso rostro como si
fuera un salvavidas y ella estuviera a punto de ahogarse,
él no pareció mostrar muchos signos de placer al verla.
    Los ojos grises, habitualmente fríos y altivos, pare-

cían recién llegados del Ártico. Los anchos hombros, cubiertos por la habitual cazadora negra, ocupaban toda la entrada y la mandíbula estaba encajada. El gesto era severo, sin el menor signo de que fuera a suavizarse. El estómago de Karen se encogió. ¿Qué delito había cometido?

–Es obvio que he venido en mal momento –espetó él, claramente al límite de su paciencia.

–¿Mal momento? ¿Por qué lo dices? Yo... yo solo...

Algo en los inquietantes ojos grises le obligó a bajar la vista. Y de inmediato vio que no se había colocado bien el top y que tenía un hombro al descubierto y el tirante del sujetador caído. El delicado y redondeado pecho se mostraba mucho más de lo que resultaba decente y el conjunto lo completaban las mejillas inflamadas y los cabellos revueltos. De repente comprendió que su visitante debía haber sumado erróneamente dos y dos.

Apresuradamente se colocó bien la manga, cada movimiento atentamente seguido por Gray.

–Es Sean, ¿verdad? –gruñó.

Se mostraba tan furioso que Karen dio un paso atrás, presa de un violento temblor.

–¿Por... por qué dices eso? –balbuceó.

–¿Dónde está? ¿Aún sigue aquí? –Gray irrumpió furioso en la casa, cerrando la puerta de un portazo con tal fuerza que casi la descolgó de los goznes.

–Gray... –sintiéndose palidecer, Karen lo miró con nerviosismo.

Extendió una mano para acompañar con gestos su explicación y la encontró atrapada por la mano de Gray que tiró de ella hasta hacerle perder el equilibrio y tropezarse contra el fuerte torso. Fue como darse un golpe contra un bloque de granito y durante un peligroso instante casi se sintió desfallecer ante el inquietante aroma a furia y calor que percibió.

–¿Lo haces para castigarme? –rugió él lanzando destellos de sus ojos grises.

–Sean no está aquí, Gray –protestó ella alzando la voz.

–Os vi en la playa –los dedos de Gray se clavaron en la suave piel de los brazos de Karen.

–Y sacaste tus propias conclusiones.

Algo saltó en el interior de Karen. Ese hombre había conseguido transformar un hecho totalmente inocente en algo casi sórdido. ¿Quién demonios se había creído que era irrumpiendo en su casa y tratándola como si fuera de su propiedad? No necesitaba su permiso, ni el de nadie, para hacer lo que quisiera. Era una persona libre.

–¡Puedo pasear con quien me dé la gana! Eres mi casero, no mi dueño.

Frunciendo el ceño con rabia, Gray la soltó y se dirigió hacia la ventana para contemplar el verde césped en cuyo límite estaba aparcado el todoterreno cubierto de barro en el que había acudido a la cabaña. Pero apenas lo vio. Su mirada iba más allá, hacia las oscuras montañas con sombras violáceas, y hacia el mar. El corazón le latía desbocado. Jamás había sufrido tamaños celos. ¡Jamás! Maura lo confirmaría sin dudar... al igual que cualquiera de las mujeres de su pasado. Había sido uno de los principales motivos de discusión entre ellos. Jamás había sentido lo suficiente por ninguna de ellas para estar celoso. Hasta ese día...

Lentamente se volvió y contempló el motivo de su dolorosa introspección. Contempló el ajustado top rosa ceñido sobre los aterciopelados pechos, inconscientemente provocativos. Los largos y dorados cabellos estaban sensualmente revueltos y los azules ojos parecían tan claros como el cristal. Era sin duda la personificación de las fantasías masculinas. Un doloroso deseo lo atravesó como un tren a toda máquina y se dijo que no le importaba que Sean Regan se hubiera acostado primero con ella. Lo superaría. Seguía deseándola.

–Si sugieres que hubo algo entre Sean y yo –empezó Karen con las manos fuertemente unidas sobre el estómago–, no hubo absolutamente nada. Solo fuimos a dar un paseo.

–¿Por qué? –de repente Gray sintió que se le aflojaba la opresión en el pecho. Deseaba creerla, era lo que más deseaba en el mundo en esos momentos. Lo deseaba más incluso que pintar y eso era decir mucho porque la pintura era su vida.

–¿Por qué? –Karen frunció el ceño de una manera deliciosa que hizo que a Gray se le secara la boca–. Pues porque me lo propuso –ella se encogió de hombros.

–¿Qué quería?

–Escucha... no entiendo a qué vienen tantas preguntas. No he hecho nada malo y no sé por qué te debo una explicación. Hasta hace unas semanas ni siquiera te conocía.

–Pues ahora sí me conoces –Gray se apartó de la ventana y se acercó lentamente a ella.

La mirada de Karen se deslizó involuntariamente desde los gélidos ojos hasta las largas y musculosas piernas envueltas en unos ajustados pantalones vaqueros negros. No había que ser profesor de biología para deducir que estaba más que ligeramente excitado y tuvo que obligarse a respirar porque, de repente, se sintió a punto de ahogarse.

–¿Entonces no estabas en la cama con Sean cuando llamé a la puerta? –el sensual timbre de voz hizo que Karen se quedara clavada al suelo.

–Pero, cómo... ¡registra el dormitorio si quieres! –ella se mordió el labio para contener las lágrimas. ¿De verdad la creía tan desesperada como para meterse en la cama con el primero que se lo pidiera? Como si fuera tan sencillo transferir su interés por Gray a otro hombre. Por culpa de él ya nada tenía sentido. Debería llorar la muerte de su marido, no correr tras un frío y cínico extraño, demasiado enfadado y herido para ser amable.

—No hace falta. Te tomaré la palabra —él suspiró y se frotó la nuca.

De repente, las comisuras de sus labios se curvaron en una deslumbrante sonrisa y Karen se sintió sumergida en la sensual calidez de la miel tibia.

Lo miró sin aliento y luchando por aparentar calma. ¿Por qué tenía que salirse con la suya? Solo porque le había dado en el punto débil con esa devastadora sonrisa, no significaba que debía convertirse en arcilla en sus manos. Sin embargo, su mera presencia tenía el poder de hacerle sentirse más viva y feliz de lo que se había sentido jamás. No obstante, también sabía que podría hundirla en el pozo de la miseria, y jamás le perdonaría ese comportamiento de cavernícola. Por último la había herido con sus insensibles insinuaciones y tenía todo el derecho del mundo a estar furiosa.

—¿Y se supone que debo darte las gracias por ello?

—Olvídalo... ¿tienes pensado dar más paseítos con Sean?

—Eso no es asunto tuyo.

—Lo estoy convirtiendo en asunto mío.

La sonrisa desapareció tan rápida como había surgido, dejando en su lugar un rictus oscuro y lúgubre que hizo que Karen se arrepintiera de su contestación. ¿Debería informarle de que Sean aparecería en cualquier momento? ¿Debería contarle que su hermana quería hablar con ella sobre un trabajo? ¿Para qué situarse de nuevo en el disparadero? No había hecho nada malo.

—No puedo aceptarlo porque es totalmente irracional.

De todos modos... –Karen consultó la hora. Faltaban quince minutos para que llegara Sean y debía apresurarse para estar arreglada a tiempo. Lamentablemente debía conseguir que Gray se marchara, de lo contrario sería presa de una crisis nerviosa cuando apareciera el otro hombre–. Estoy a punto de salir. Gracias por acercarte –bajó la mirada, incapaz de enfrentarse a los ardientes ojos–, aunque fuera para despellejarme.

–¿Adónde vas?

Karen había rezado para que no se lo preguntara y toda la sangre se le subió al cerebro. Contarle que iba a marcharse con Sean, a pesar de la inocencia del propósito, sería como echar sal en una herida abierta. Por otro lado, tenía que decirle la verdad.

–Voy a ver a alguien por un trabajo –se cruzó de brazos, consciente de que el top rosa no había sido la prenda más adecuada. Gray no le había quitado el ojo de encima y eso empezaba a provocarle sudores por todo el cuerpo.

–No tenía ni idea de que buscaras trabajo –él frunció el ceño, aparentemente molesto.

–No lo hacía –Karen se encogió de hombros–. Pero alguien pensó que podría interesarme uno en particular.

–¿Sí? ¿Cuál?

Ella se humedeció los labios. El interés despertado en el rudo y altísimo hombre que tenía a escasos centímetros había sido instantáneo y tangible. Tragó con dificultad y sintió los pezones repentinamente erectos mientras el estómago se le encogía incómodamente.

–Exactamente no lo sé, pero espero averiguarlo.

–¿Me estás contando que necesitas un trabajo?

–No te estoy contando nada. Y deja de interrogarme... no me gusta –exasperada por tanta pregunta que conseguía hacerle sentirse culpable, Karen se dirigió al dormitorio.

–¿Karen? ¿Necesitas dinero? Puedo ayudarte.

Ella se volvió estupefacta y se lo quedó mirando con sus grandes ojos azules.

–No, no lo necesito. Ese no era el motivo de considerar el trabajo. Tampoco es que sea millonaria, pero no me va mal económicamente. De todos modos, gracias.

Por suerte Ryan, y sus propios ingresos, la habían dejado en una situación acomodada. Aun así, le había emocionado que Gray estuviera dispuesto a ayudarla. La había sorprendido nuevamente, como cuando había aparecido con los muebles nuevos que habían cambiado el aspecto del salón, o cuando había pintado las paredes cuando no le habría supuesto ninguna molestia contratar a alguien para que lo hiciera por él.

–Tengo que arreglarme.

–Puedo llevarte, si quieres. Incluso puedo esperar y traerte de vuelta.

La manga de la cazadora de cuero crujió mientras Gray alzaba una mano para secarse el sudor de la frente. El movimiento despejó la frente del mechón de negros cabellos que normalmente la cubría y Karen pudo ver las arrugas que surcaban su piel. La visión la conmovió, como si esas arrugas fueran producto de un excesivo sufrimiento, despertando en ella el instinto de consolarlo. Sin embargo, no era el momento.

–Sean viene a recogerme. Y seguramente me traerá de vuelta –Karen dejó caer al costado la mano que había estado a punto de abrir la puerta del dormitorio. En los ojos de Gray se reflejó un destello de ira y la mandíbula se le encajó.

–Entiendo.

–No, no lo entiendes –exclamó ella exasperada–. La persona que quiere verme por lo del trabajo es su hermana, Liz. Acaba de inaugurar un café y busca ayuda.

Sean le habló de mi repostería y le llevó un trozo de mi bizcocho de frutas para que lo probara. Ha pensado que podría interesarme trabajar para ella.

La explicación no despertó ninguna reacción por parte de Gray, salvo una mirada tórrida y oscura, y Karen alzó las manos en un gesto de desesperación.

–Envió a Sean para que me transmitiera su recado. Solo le está haciendo un favor a su hermana. Tampoco es que sea para tanto, ¿no?

–Eso depende de lo que opine Sean al respecto.

Capítulo 6

QUÉ QUIERES decir? –preguntó Karen con expresión de inocencia.

Gray no sabía si sujetarla por los hombros y sacudirla, o atraerla hacia sí y besarla hasta dejarla sin sentido. Esa mujer, por el amor de Dios, había estado casada cinco años y, sin embargo, se comportaba con los hombres como una ingenua.

–¿De verdad hace falta que te lo explique? Eres una chica preciosa. Sean es un joven sin compromiso y razonablemente atractivo. ¿Lo ves más claro ahora?

–Él no me ve así –protestó ella al comprender con ansiedad lo que Gray quería decir. Ignoró la ligera sensación de que pudiera ser cierto y, como Escarlata O'Hara, decidió dejarlo para otro día–. Además, yo no estoy disponible para una relación amorosa.

–¿En serio?

–No actúes como si lo supieras todo.

El sonido de un coche hizo que ambos se volvieran hacia la ventana.

Tengo que terminar de arreglarme –se excusó ella, evitando la inquietante mirada de Gray.

–Como se insinúe lo más mínimo, lo sacudo –aseguró él con los puños cerrados.

–Qué encanto... ¿Así es como tratas a los amigos?

–No es mi amigo –gruñó Gray–, trabaja para mí. Yo no tengo amigos. No los necesito.

–No tengo tiempo para esto –Karen sacudió la cabeza y se dirigió al dormitorio.

–Para tu información, volveré esta noche.

–¿Para qué? –ella lo miró perpleja.

–Esa sí que es una buena pregunta –sonriendo y endemoniadamente atractivo, Gray abrió la puerta y salió de la cabaña.

–Hola, Gray –Sean acababa de bajarse de la furgoneta cuando Gray lo alcanzó y sonrió inquieto a su jefe ocasional que lo miraba con el ceño fruncido.

–Si estás pensando en invitarla a salir, olvídalo –rugió Gray–. Ha venido para recuperarse... para superar la muerte de su marido.

–¿Es viuda?

–Sé respetuoso y no vayas tras alguien inapropiado –el ceño fruncido se acentuó aún más.

–Claro, solo voy a acompañarla a hablar con mi hermana de un trabajo –se defendió Sean.

–Más vale que sea así. Y asegúrate de traerla a casa inmediatamente después.

–Realmente no creo que...

–¿No crees que sea asunto mío? –interrumpió Gray mirándolo con toda su furia–. Pues ahí te equivocas. Por lo que a... ¡Da igual!

Convencido de haber sido bastante claro, se marchó con su habitual caminar impaciente.

Liz Regan, la hermana de Sean, era una bonita y delgada pelirroja de alegres ojos verdes. A Karen le gustó de inmediato, y también le gustó cómo había transformado un viejo y decrépito local en un agradable y moderno café mexicano con los suelos de terracota, las paredes pintadas de azul y naranja y sólidos muebles de madera. Las mesas estaban cubiertas de manteles de plástico amarillos estampados con frutas. Los dos últimos clientes del día se marcharon y Liz se quitó el delantal amarillo antes de estrechar la mano de Karen y conducirla hacia la parte trasera donde tenía su despacho.

–Eres justo lo que necesita este lugar –declaró con una amplia sonrisa mientras le guiñaba el ojo a su hermano–. Y hueles muy bien. No podré mantener a los chicos alejados de aquí si empiezas a trabajar para mí, Karen.

–Sean me comentó que buscabas ayuda... ¿Exactamente en qué estabas pensando?

–He oído hablar de tus cualidades como repostera. Siendo la dueña de esto, no siempre tengo tiempo de cocinar yo misma, aunque me encanta. Tengo una mujer a tiempo parcial preparando la bollería, pero me vendría bien alguien más. ¿Te interesa?

–Bueno, yo...

–No sería solo para la repostería –se apresuró a aclarar Liz–. Después de verte, me he convencido de que me gustaría que estuvieras aquí, en primera línea. Eres tan bonita que atraerías a toda la población masculina.

–Nunca he trabajado de camarera –aturdida, Karen se encogió de hombros–, pero supongo que podría aprender.

–¿Qué más sabes hacer? –Liz sonrió y miró a su hermano–. ¿Cuáles son tus puntos fuertes?

Tras sacar una vieja silla, le indicó a Karen con la mirada que tomara asiento.

Esta se puso cómoda y entrelazó las manos mientras repasaba mentalmente la escasa lista de sus habilidades.

–Mi punto fuerte es que aprendo rápido, y que siempre hago un buen trabajo. Pero supongo que lo que mejor se me da es limpiar y cocinar... Nunca he preparado comida mexicana, pero estoy dispuesta a ser tu ayudante en lo que haga falta.

–Me vendría bien alguien que me ayude con el papeleo y para dirigir el local, pero ya tengo a alguien para la cocina mexicana. ¿Hay algo más que sepas hacer?

–¿Como qué, por ejemplo?

Karen se sentía algo decepcionada. Al parecer cocinar, limpiar y servir como ayudante no le bastaba a Liz. Aunque no había acudido a la cita con la esperanza de conseguir un trabajo, sus viejas inseguridades resurgieron.

–¿Eres imaginativa? ¿Se te da bien la gente? ¿Sabes cantar? Esa clase de cosas.

El corazón de Karen se aceleró. Al otro lado de la habitación, como si presintiera su incomodidad, Sean le dedicó una sonrisa tranquilizadora.

–¿Si sé cantar?

–Eso es. A todo el mundo le gusta una buena melodía. Había pensado en algún espectáculo un par de veces a la semana durante la comida. Aumentaría los beneficios.

Karen se preguntó si habría clientela suficiente en aquel lugar para montar un espectáculo musical. Mirando a los ojos verde esmeralda de Liz Regan, de repente supo que si alguien podría conseguirlo era ella. Carraspeó para aclararse la garganta y se irguió en la silla.

–Sí, sé cantar.

–¿En serio? ¿Y no tendremos la suerte de que, además, toques algún instrumento?

–La guitarra –contestó Karen con una sonrisa mientras el corazón recuperaba su ritmo habitual–. Toco la guitarra acústica.

–¡Eureka!

Para sorpresa de Karen, Liz la arrancó de la silla y se puso a bailar con ella.

–Liz... por el amor de Dios, ¿qué haces? –Sean agarró a su hermana del brazo.

–¡Ni siquiera sabes si canto bien! –exclamó Karen cuando Liz, al fin, la soltó.

–¿Y cantas bien o no? –la sonrisa se congeló en el rostro de la otra mujer, como si no hubiera considerado esa posibilidad.

–Fui cantante profesional –admitió Karen con el corazón nuevamente acelerado. Y en ese momento comprendió lo mucho que había echado de menos actuar.

–¿De verdad? –intervino Sean sorprendido.

–Sí. Mi difunto marido era mi representante.

–¿Eres viuda? –la expresión de Liz se tornó seria.

–Lo soy. Pero venir aquí me ha sentado realmente bien... me ha ayudado a resignarme.

–En cuanto te vi supe que eras especial. Hay en ti una luz que atrae las miradas, y no me refiero solo a que seas la cosa más bonita que haya visto esta ciudad en años, Karen Ford.

De pie frente a la puerta de Karen, Gray se pasó unos gélidos dedos por los empapados cabellos negros. Todo rastro de incomodidad lo abandonó ante la música que surgía del interior. Debía tener la radio puesta. La canción acompañada de una guitarra resultaba fascinante, conmovedora. La cantante daba muestras de un poco habitual talento.

Sin darse cuenta, los ojos se le llenaron de lágrimas. Últimamente nunca escuchaba música, pero su padre, Paddy, la había amado con pasión. A menudo solía acudir al bar de Malloy los sábados por la noche para bailar a cualquier son, olvidando así por un instante sus problemas... y aprovechando para tomarse algunas cervezas.

Tras hacer una mueca, golpeó la puerta con los nudillos. De inmediato, la música paró. La urgencia que asfixiaba sus sentidos cada vez que pensaba en Karen lo agarrotó vengativamente al pensar que su presencia había interrumpido el disfrute del programa de radio hasta que decidiera marcharse. Había pasado una horrible tarde imaginándosela en compañía de Sean y el reloj del salón apenas habían dado las siete cuando salió de su casa y se subió al coche para acercarse hasta allí. Para acercarse a ella...

El corazón de Gray latió con fuerza al sentir que se abría la puerta.

–Ah... eres tú.

De inmediato tuvo la sensación de que ella se sentía desilusionada al verlo. ¿Acaso había esperado que fuera Sean quien llamara a su puerta aquella noche?

Los celos le apuñalaron las entrañas con el ardor de una daga al rojo vivo. Karen llevaba unas mallas de color negro, blusa negra de seda y un echarpe rojo de algodón sobre los hombros. Los bonitos cabellos estaban sueltos y los hermosos ojos azules centelleaban.

–Sí, soy yo. Te dije que vendría, ¿recuerdas?

–Supongo que será mejor que entres.

Karen le cedió el paso con evidente desgana y, tragándose la irritación al no verla feliz por su presencia, Gray entró. Lo primero que llamó su atención fue la guitarra acústica apoyada contra el sofá. Su estómago se encogió y enarcó las cejas.

–He oído la música desde fuera, pero pensé que era la radio –Gray no había pretendido que el tono resultara acusador, pero así fue como surgió de sus labios.

–Y ahora vas a decirme que los inquilinos no tienen permiso para tocar la guitarra...

–¡Qué tontería! –él hundió las heladas manos en los bolsillos de la cazadora, tentado de extenderlas frente a la chimenea, pero no podía hasta haber convencido a esa mujer de que no había acudido a la cabaña para hacerle la vida difícil–. ¿Eras tú la que cantaba?

–Sí... era yo –Karen cruzó los brazos sobre el pecho.

–Casi se me para el corazón –continuó Gray en un susurro.

Ella se sonrojó y desvió la mirada al suelo.

–Eres sorprendente –al ver el efecto que tenía su cumplido en ella, Gray salvó la distancia que los separaba y la tomó en sus brazos–, deliciosa, una *mhuirnín*...

–Tienes las manos heladas.

–Puede ser, pero por dentro estoy ardiendo... ardiendo de deseo. Tanto que no puedo pensar en otra cosa –exclamó él con voz ronca mientras le tomaba el rostro entre las manos y le acariciaba las mejillas con los pulgares.

–No seríamos buenos el uno para el otro, Gray –se estremeció ella, bañándole con su cálido aliento.

Sin embargo, incluso antes de terminar la frase, Gray la besó apasionadamente como si le estuviera insuflando oxígeno. Apenas recordaba su nombre. Solo quería abrazarla, amarla. Si ella se lo permitía...

–¿Cómo lo sabes si no lo intentamos? –susurró él.

Aplastando las manos contra el fuerte torso, Karen intentó en vano apartarlo de su lado.

–Puede que me haya vuelto loca, pero no soy ninguna descerebrada a punto de arrojarse desde un precipicio, porque eso haría si te dejara... si te dejara... –Karen se interrumpió y se mordió el labio. Los hermosos ojos azules se habían humedecido.

–¿Si me dejaras qué? ¿Alejar el frío durante un tiempo?

En un gesto que aparentaba rendición, Karen apoyó la cabeza contra el cuerpo de Gray que le acarició los cabellos con la palma de la mano, murmurando dulces palabras irlandesas mientras registraba en silencio las temblorosas curvas de su fino cuerpo.

–Calla, *a chailín álainn* –jamás se había sentido tan protector o posesivo con una mujer y, brevemente, cerrando los ojos, le besó la cabeza.

–¿Y si te dejo mantener alejado el frío durante un rato, no habrá más? –Karen levantó la vista y lo miró.

–Si es lo que tú quieres.

–¿No esperarás que compartamos nada más?

–No –contestó Gray ocultando el desaliento que lastimaba su corazón.

–Yo tampoco –Karen le tomó la mano y, en silencio, lo guió hasta el dormitorio.

Gray quiso ayudarla a desnudarse, pero Karen le agarró la húmeda cazadora de cuero y, lentamente, la deslizó por los fuertes hombros. La mirada de los ojos grises estaba cargada de deseo y ella percibió el esfuerzo que hacía él por controlarse para evitar atraerla hacia sí con rabia. De su interior surgió una excitación embriagadora, casi dolorosa, que le hizo estremecerse. Gray O'Connell era un hombre forjado y amargado por su pasado, pero con los negros cabellos revueltos por el viento y la mirada hambrienta resultaba desgarradoramente hermoso. En esos momentos era todo lo que ella necesitaba... aunque, al final, el fuego que había iniciado en ella la dejara reducida a cenizas.

–¡Por el amor de Dios, Karen! –exclamó él estremeciéndose mientras ella continuaba desnudándolo metódicamente, primero el jersey y luego la camiseta que llevaba debajo.

El suave y almizclado aroma de su cuerpo inyectó una ráfaga de deseo en la sangre de Karen que corría serio riesgo de caer al suelo si sus gelatinosas rodillas cedían. Maravillada ante los músculos que se dibujaban bajo el negro vello que salpicaba el masculino torso, no pudo resistir la tentación de apoyar sobre él las palmas de la mano, acariciando los pezones y sintiéndolo tenso bajo sus caricias. Alzó la vista y percibió la desesperación en sus ojos, deslizó la mano sobre el pómulo antes de hundirla en los negros cabellos que resultaron ser mucho más suaves de lo que aparentaban.

–¿Pretendes volverme loco? –Gray le sujetó la mano y besó ardientemente la palma.

–Eres hermoso –susurró ella con dulzura–. Solo quería contemplarte.

–Y yo también quiero contemplarte en tu esplendor. Pero más que eso, te necesito en mis brazos ante de morir de la agonía que me provoca el deseo de tenerte.

Tras quitarle apresuradamente los vaqueros, Karen al fin fue aprisionada contra el pecho de Gray que la llevó en brazos hasta la cama. Ya había retirado las sábanas para la noche, y el suave algodón resultó refrescante contra su ardiente piel, incluso a través de la ropa. Una ropa que desapareció enseguida por obra de Gray que se sentó a horcajadas sobre ella, atrapándola con los fuertes muslos antes de agacharse para devorarla con un beso.

Karen jamás había recibido un beso así, un beso que la inundó de un fuego tal que ni siquiera oyó sus propios gemidos que se habían unido a los de él. La masculina boca, al igual que la lengua, sabía a mar y alimentaron su deseo hasta niveles casi insoportables. Gray aprisionó un erecto pezón entre los labios, mordisqueando la suave piel y Karen soltó un gemido, desprovisto de todo aliento ante la sorpresa y el deseo. Ryan nunca le había hecho sentir así... nunca había generado esa salvaje tormenta de deseo que la desgarraba y amenazaba con lanzarla al mar...

Sentía deseos de llorar y le parecía estar traicionando el amor que había compartido con su esposo. Pero también recordó la incomodidad de Ryan al conocer los deseos íntimos de su mujer. Algunos hombres tenían menos impulsos sexuales, le había explicado. Lo sentía, pero así era él. A lo mejor no podía amarla tal y como ella necesitaba, pero le aseguraba que ponía todo su empeño en ayudarla a construir una maravillosa carrera y en ser el mejor y más devoto amigo que tendría jamás.

Karen desterró los involuntarios recuerdos y se perdió en los ardientes y embriagadores besos de Gray. Deslizó las manos por la atlética espalda hasta llegar a los glúteos, percibiendo en él una expresión de profunda satisfacción, acompañada de una exclamación que le hizo sentir más femenina y deseable de lo que se había sentido nunca. En silencio reconoció su deseo de liberarse de las ataduras que la mantenían dolorosamente aferrada al pasado. Necesitaba sentirse libre para caer o volar... tanto daba.

—Quiero...

—¿Qué quieres, mi hermosa y pequeña ave cantora?

El beso en el cuello, justo por debajo de la oreja, le hizo estremecerse. Los labios de Karen se volvieron blandos y maleables mientras el fuego volcánico inundaba su centro íntimo.

—¿Más de lo mismo? —bromeó Gray mientras tomaba sus pechos entre las manos ahuecadas y le pellizcaba los pezones hasta casi hacerle saltar de la cama.

—¡Sí! —exclamó ella delirante de deseo.

Gray levantó la cabeza y se sentó para alcanzar los vaqueros arrojados sobre la cama, volviendo a tomar apresuradamente a Karen en sus brazos mientras protegía su endurecido sexo con el preservativo que había comprado.

Transfigurada por la perfección de la masculina belleza de los brazos que la rodeaban, y tímidamente observando su erección, Karen no perdió tiempo especulando sobre el hecho de que había acudido a la cabaña preparado. ¿De qué serviría? Eran adultos y ambos eran conscientes de la casi violenta química que había entre ellos, y que tarde o temprano acabarían por liberar.

Sin embargo, temblaba con tal violencia que le resultaba casi imposible relajarse. Era innegable que el irracional deseo de liberación sensual se había visto manchado con algo de miedo y tensión. ¿Incluso un sentimiento de culpa? Hacía tanto tiempo que no había estado con un hombre que, cuando Gray empezó a penetrarla, incluso mientras su boca se fundió con la de ella y sus lenguas se entrelazaron, no pudo evitar una pequeña exclamación de dolor.

–¿Qué sucede? ¿Te estoy haciendo daño? –Gray la miró fijamente, sorprendiéndola con su sincera preocupación.

–No. Estoy bien. No pasa nada.

Karen no necesitaba su amabilidad. Si se mostraba amable con ella, podría llegar a importarle demasiado. Y ese era un riesgo que no podía asumir. Desear que Gray formara parte de su vida sería como intentar agarrar la brisa marina con las manos.

–Tan solo abrázame –murmuró.

–Haré más que eso, *a stór*... Voy a llevarte a un lugar en el que podremos ser libres durante un tiempo... sin dolor, sin pesar. Te lo prometo.

Karen contuvo el aliento cuando él la penetró por completo y, como un felino, contempló el placer y la sorpresa asomar al hermoso rostro, sonriendo al ser consciente del efecto que había provocado en ella. Gray la poseyó con fuerza y exigencia y Karen se deleitó como nunca lo había hecho, recibiendo cada embestida con un movimiento de caderas para ayudarlo a entrar cada vez más profundamente.

Tan perdida estaba en la sensualidad del momento

que no se dio cuenta de cuándo se convirtió en una explosión imparable que la llevó hasta las estrellas. Lo que sí oyó fue la profunda voz de Gray que la impulsaba hacia delante y los ojos se le llenaron de lágrimas al desgarrarse en sus brazos.

Había sido algo maravilloso, de ahí las lágrimas. Ni siquiera había tenido que esforzarse. Aunque le costaba admitirlo, con Ryan hacer el amor siempre había conllevado un componente de frustración. Saber que su esposo podía vivir sin sexo parecía haber inhibido su propia capacidad para dejarse ir y disfrutar del acto en las ocasiones en que sí mantenían relaciones.

Pero en ese momento, mientras las saladas lágrimas se deslizaban hasta su boca, oyó el salvaje alarido de Gray que se quedó inmóvil dentro de ella durante unos instantes antes de estremecerse violentamente. Sus miradas se cruzaron y vio la expresión de sorpresa en los ojos grises a medida que las oleadas se iban calmando. Karen tomó el hermoso rostro entre sus manos y lo llevó hasta su pecho, sintiendo el calor y la rugosa barbilla, sintiendo el peso del atlético cuerpo que la aplastaba contra el colchón. Sintiéndose lo más cerca del paraíso que podía imaginarse...

ACUNADO entre sus pechos, el embriagador aroma del cuerpo de Karen despertó en Gray un inexplicable deseo de algo que no podía, o no quería, nombrar. Eso le intranquilizaba y le hacía volver rápidamente al aspecto físico de su unión... algo que sí se sentía capaz de manejar. El clímax había disparado su termómetro del placer hasta niveles estratosféricos, pero no había saciado su irrefrenable deseo por ella. Y de nuevo se sintió endurecer.

Sacó un pañuelo de papel de la cajita sobre la mesilla y depositó sobre él el preservativo de látex, sin dejar de mirar a Karen fijamente a los ojos mientras se colocaba uno nuevo. Empezó otra vez a moverse dentro de ella, irguiéndose para que ella pudiera mirarlo, y sonrió, disfrutando de la expresión de sorpresa y lánguido placer en el femenino rostro. Bajo la mortecina luz del atardecer, los azules ojos parecían el color del zafiro y la hermosa boca era un sensual y lujurioso paraíso que podría explorar el resto de su vida.

Karen le tomó el rostro entre las manos y lo atrajo hacia sí, premiándolo con un ardiente y apasionado beso. Cercano al punto de combustión, Gray alteró su posición y urgió a Karen para que se colocara encima. Incluso antes de que acomodara el delicioso trasero con forma de melocotón sobre sus caderas, ya estaba empujando en su interior, desesperado por llegar al contacto sísmico que sabía le aguardaba. Karen empezó a bascular las caderas y él gruñó ante la visión del maravilloso rostro, los cabellos dorados como la piel y los enhiestos pechos. Y se prometió que la pintaría. Sería su mejor obra.

–Eres una diosa... aunque ni siquiera esta expresión te hace justicia.

Cuando Karen abrió la boca para contestar, las manos de Gray le atraparon las caderas para sujetarla con más fuerza sobre su rígido miembro y mantenerla quieta. Los impresionantes ojos azules lo miraron sorprendida y la respiración se volvió entrecortada. Durante interminables segundos, Gray se sumergió en las más increíbles sensaciones.

Sin embargo, en su mente afloró una dolorosa duda. «No la merezco», reflexionó, «pero, por Dios, que no la voy a dejar marchar tan rápidamente». Hacer el amor con Karen había sido un sueño hecho realidad y no había recriminación por el pasado, ni sentimiento de culpa por el esposo fallecido que pudiera impedirle desear más...

Karen despertó a primera hora de la mañana ante el sonido de la lluvia. Se tapó el frío hombro con el edredón y observó al hombre que dormía a su lado. Dos ligeras arrugas, apenas apreciables, surcaban su entrecejo y la sensual boca estaba desprovista de todo cinismo y dolor, inocente como la de un bebé.

El remordimiento de Gray porque su padre no hubiera aceptado su decisión de forjar su propio futuro, y la triste y lamentable muerte sobre una solitaria playa, lo atormentaba y lo castigaba, como el terrible suceso del suicidio de su madre. Comprendiendo su tristeza, Karen suspiró y le acarició suavemente la mandíbula con la punta de los dedos.

Tras regresar de la entrevista con Liz, había intentado no pensar en la visita anunciada para aquella noche. Ese hombre seguía siendo un enigma imprevisible. Pero incluso mientras tocaba la guitarra e intentaba recordar las canciones que podría cantar en el café, su estómago había dado un vuelco cada vez que pensaba en Gray.

En esos momentos, el musculoso brazo la rodeaba por la cintura. Cada vez que hacía el menor movimiento, la abrazaba con más fuerza, como si estuviera decidido a no dejarla marchar, ni siquiera en sueños.

Reflexionando sobre la pasión que habían compartido antes de sucumbir agotados al sueño, Karen sintió que el corazón le daba un brinco ante la esperanza de que algo bueno pudiera surgir de aquello, y rezó para que no resultara tan mal como secretamente se temía. Gray había despertado algo en ella que su adorado esposo no había sido capaz de liberar. Por primera vez en veintiséis años, se sentía deseada y segura de su feminidad. Tumbada a su lado, sintió una renovada convicción. La convicción de que nunca más volvería a darle miedo probar cosas nuevas, de que era capaz de abrazar la vida. Se permitiría a sí misma disfrutar. Y, sobre todo, dejaría de buscar continuamente la aprobación de los demás, incluyendo la de su madre...

Enterró el rostro entre el brazo y el musculoso hombro de Gray... y volvió a dormirse.

Al despertar nuevamente, los sonidos provenientes de la cocina no dejaban lugar a dudas: estaba preparando té. También percibió el olor a tostadas. Karen ahuecó la almohada y se incorporó. Acababa de cubrirse los pechos desnudos con el edredón cuando la puerta se abrió y apareció Gray con los cabellos revueltos, los vaqueros caídos y el torso desnudo. Llevaba una bandeja con dos tazas, una con té y otra con café, y un plato con tostadas recién hechas. A Karen nunca le habían despertado de una manera tan sexy.

–Buenos días –saludó.

–Buenos días –contestó él con voz ligeramente ronca–. He preparado el desayuno.

–Ya lo veo.

–¿No te sorprende la magnitud de mis habilidades?

–No me sorprende lo más mínimo –Karen se sonrojó ante el matiz en la voz de Gray y se cubrió un poco más con el edredón.

–¿Qué haces? –Gray dejó la bandeja sobre una mesita y fijó toda su atención en Karen.

–¿A qué te refieres?

–¿Por qué te tapas?

Karen no supo qué contestar. La temperatura en la habitación era agradablemente cálida, a pesar de la lluvia que caía fuera. ¿Cómo no iba a serlo después del calor que se había generado allí durante la noche anterior? El frío no podía ser excusa para taparse.

–Yo...

Los dedos aferrados al edredón se aflojaron lentamente mientras Gray tiraba de él. Ante el contacto de los masculinos dedos que le acariciaban la piel, Karen se estremeció, pero no de frío. Difícilmente podía sentir frío si los ojos grises le abrasaban el cuerpo a su paso.

Los ojos grises se posaron en los desnudos pechos sin siquiera hacer el amago de mirar hacia otro lado. Sometidos al profundo escrutinio, los pezones se irguieron.

–Si Shakespeare te hubiera visto como te estoy viendo yo, habría compuesto un soneto a esos hermosos pechos –sonrió él–. Y Byron te habría dedicado un tórrido poema.

Karen se inclinó hacia delante para recuperar el edredón y Gray aprovechó la ocasión para introducir un sensible pezón en su boca. Los perfectos y blancos dientes mordisquearon la tensa piel.

–¡Dios mío! –gritó ella ante la sacudida de placer y dolor que la atravesó.

–¿Te refieres a, «Dios mío no quiero esto»? –Gray levantó la vista y la miró lascivo e impenitente–. ¿O más bien, «Dios mío no quiero que pares»?

–¿Tú qué crees? –susurró Karen.

Liz decidió probar, para empezar, con un espectáculo dos veces por semana y Karen se alegró. Aunque había practicado bastante, se sentía como una principiante. Desde la muerte de Ryan, apenas había cantado una nota.

También había otro motivo para no haber ensayado con la concentración debida. Las noches las había dedicado a una distracción mucho más apremiante... Gray. Había adoptado la costumbre de visitarla a la hora de la cena, que a veces compartían. En otras ocasiones, cuando él estaba de mal humor y no le apetecía ningún preámbulo, la tomaba de la mano e iban directamente al dormitorio.

A Karen no le preocupaba la posibilidad de que Gray estuviera utilizando su apasionada relación para ahuyentar algunos de los demonios que lo atormentaban. Si al menos hallaba paz durante un rato... Le asustaba hasta qué punto empezaba a anteponer el bienestar de Gray al suyo propio. Ese hombre había calado hondo en ella. A veces Gray se dormía en sus brazos, pero a menudo se despertaba de madrugada y se marchaba. En esas ocasiones solía poner a Chase como excusa. El perro, le explicaba, lo echaba de menos.

En esos momentos, Karen estaba de pie en un espacio vacío de La Cantina de Liz. Era mediodía y de la cocina salía el apetitoso olor a comida mexicana. Sean, siempre dispuesto a ayudar, enchufaba el pequeño amplificador que le había conseguido. Varios clientes la miraban con curiosidad. Liz y Sean habían hecho correr la voz de que Karen iba a cantar y el local estaba más lleno que de costumbre. Con cierto nerviosismo, empezó a afinar la guitarra mientras repasaba mentalmente el repertorio que había elegido.

La noche anterior le había comunicado a Gray que iba a actuar y, secretamente, esperaba verlo aparecer para ofrecerle su apoyo moral a pesar de que él había manifestado que estaba seguro de que lo haría estupendamente antes de desviar la mirada y no hacer ningún comentario más. Tras comprobar que no estaba, resignada, se obligó a sonreír.

—Mucha suerte —Sean terminó de colocar el micrófono y le dio un apretón en el hombro—, aunque no te hará falta.

Karen quiso decirle que su hermana y él habían depositado una exagerada confianza en ella. Ni siquiera le habían exigido una audición. Pero entonces recordó la decisión tomada la primera vez que había hecho el amor con Gray. Había decidido no buscar compulsivamente la aprobación de los demás y tener más fe en sí misma.

—Hola —saludó acercándose sonriente al micrófono—. Me llamo Karen Ford y voy a cantar algunas canciones para vosotros. La primera se titula, *From the Heart*.

Desde el momento en que atacó la primera nota, fue como si algo familiar la poseyera y apenas tuvo que hacer ningún esfuerzo. Todo encajó a la perfección. Entre el público se hizo un silencio sepulcral, pero, en cuanto terminó la canción, sonaron los aplausos y las peticiones de más canciones. Junto a la puerta de la cocina, Liz Regan, vestida con su amplia falda mexicana y camiseta color índigo, era seguramente quien aplaudía con más fervor. Incluso silbó un par de veces. Las dos mujeres se miraron a los ojos y Karen supo a ciencia cierta que acababa de hacer una amiga y, ¿por qué no?, quizás una aliada.

Ruborizada de placer por la acogida de su música, se dispuso a interpretar, con mucha más confianza, el siguiente número.

Y entonces se quedó helada al ver aparecer a Gray.

Fuera llovía y los anchos hombros de la cazadora de cuero brillaban, casi echando vapor, en el cálido interior del café. La febril mirada se posó sobre ella de inmediato.

Su aparición había ocasionado un gran revuelo. Karen intentó sosegar el latido de su corazón mientras se volvía hacia Sean para pedirle una silla. De repente, las piernas habían dejado de aguantarle y si no se sentaba pronto temía caerse al suelo. Mientras anunciaba la siguiente canción, vio a Liz salir disparada hacia Gray para acompañarlo a una mesa vacía, como si se tratara de alguna celebridad.

Para su sorpresa, la noche anterior, Karen le había confesado que había sido cantante profesional y que había estado a punto de firmar un contrato con una discográfica cuando le había sorprendido la muerte de su marido. Al final el trato no había llegado a cerrarse y ella se había retirado de la música, escapando a Irlanda poco después. Ya había oído una muestra aquella noche, al otro lado de la puerta de la cabaña, pero en esos momentos comprendió el gran talento que poseía.

Los clientes, en su mayoría, habían dejado de comer para prestarle toda su atención a Karen. Y la visión de esa mujer, sola con su guitarra, casi hizo que a Gray se le parara el corazón. Vestía unos vaqueros desgastados y una rebeca de colores sobre una camiseta blanca. Los hermosos cabellos sueltos capturaron el único rayo de sol que se abrió paso entre las nubes. El estómago se le encogió de tensión y deseo. La noche anterior había pasado horas pegado a su cuerpo, pero no había saciado su fuerte deseo de tenerla siempre cerca. Pero en cuanto Karen empezó a cantar, supo que sería un error intentar monopolizarla continuamente.

Un talento y una personalidad tan encantadora como la de Karen debían ser compartidos, comprendió con una dolorosa punzada en el corazón. ¿Debería dejarla en paz?

Con gran irritación, desestimó la idea y fue incapaz de negarse lo único que le hacía sentirse medianamente humano...

Le hizo una señal a Liz Regan para que le sirviera un whisky doble.

Karen notó que Gray la seguía a la cocina. Su sombría presencia hacía que se tensara aún más el nudo de ansiedad que tenía en el pecho. Sean había insistido en llevarla al café para la actuación y después de regreso a casa, pero Gray había anunciado fríamente que únicamente él la llevaría a su casa. Karen había asistido en silencio a la escena, dividida entre el posesivo deseo que reflejaban los ojos grises y la evidente desilusión de Sean.

Desconocía qué le había parecido la actuación, y estaba demasiado nerviosa para preguntárselo. Gray había permanecido silencioso e impaciente al fondo del café mientras los clientes se acercaban a ella para alabar su música y preguntar cuándo se repetiría.

Incapaz de contenerse más, soltó de golpe las tazas sobre la encimera y se volvió hacia él.

–¿Qué sucede? ¿No te ha gustado como canto? Yo no te obligué a presenciar la actuación.

–No... no lo hiciste.

–Entonces, ¿por qué estás tan... tan...?

–¿Reticente a regalarte los oídos con alabanzas y decirte lo maravillosa que eres? –los labios perfectamente esculpidos formaron una sonrisa amarga e irónica–. ¿No te fijaste cómo los clientes del café se atropellaban para acercarse a ti por si algún día eras famosa? ¿No te bastó como adulación?

–Yo no buscaba adulación –el corazón de Karen galopaba furioso y herido y su rostro se ruborizó violentamente–. Si te digo la verdad, me sorprendió que aparecieras siquiera. Nunca sé qué vas a hacer, cuándo vas a aparecer. Y cuando apareces voy pisando huevos por temor a decir algo equivocado. Si sospecharas mínimamente lo difícil que me resultó ponerme hoy a cantar después de todo lo sucedido, habrías mostrado un poco de sensibilidad y tacto. Desde luego no esperaba ninguna alabanza. ¡Y me importa un cuerno convertirme en famosa! Empecé a cantar por amor a la música. Y si puedo emplear mi don para ganarme la vida, ¿por qué no hacerlo? Pero, ¿sabes una cosa, Gray?, no perderé mi tiempo intentando convencerte de nada. Tengo cosas mucho mejores que hacer.

Gray la agarró con fuerza, impidiendo que pasara furiosa ante él.

–No quiero que andes pisando huevos por mí. Soy un bastardo malhumorado, lo sé. Y no te merezco ni de lejos, a pesar de desearte desesperadamente.

Habló con tal frialdad que Karen apenas notó la calidez de la mano cerrada en torno a su muñeca. Suspiró y levantó la vista hacia los fascinantes y brumosos ojos grises.

–No eres mala persona, Gray... atormentado quizás,

pero eso no significa que no merezcas ser feliz, o respetado. Tengo la sensación de que es lo que piensas, ¿me equivoco?

Gray la soltó y hundió la mano en el bolsillo de la cazadora. Un destello de dolor, altamente corrosivo, cruzó el atractivo rostro y sus ojos brillaron.

–¿Y por qué no iba a pensar así? todas las evidencias en mi vida apuntan a que la gente no cree que merezca la pena. ¿No se te ha ocurrido que puedan tener razón?

–No –contestó ella con dulzura, siguiéndolo al salón–. Jamás se me había ocurrido.

–Pues quizás deberías pensar en ello.

–Yo tomo mis propias decisiones sobre la gente.

–¿En serio?

–Por supuesto.

–Y supongo que nunca te equivocas...

Karen tragó con dificultad. De repente le dolía la garganta, reflejo de las simpatías que sentía hacia un hombre que había levantado a su alrededor unos muros tan altos que ni siquiera un escalador profesional podría superarlos con éxito.

–No me he equivocado contigo, Gray.

–¿Y eso cómo lo sabes?

–Creo que tengo bastante buena intuición.

–Apuesto a que a tu marido le encantaba ese aspecto tuyo.

–¿Perdón?

–Tu habilidad para ver lo mejor en los demás... para perdonar.

–Yo soy así –Karen se encogió de hombros–, pero no soy ninguna santa. He cometido, y seguiré cometiendo, muchos errores. Ryan también era consciente de mis defectos.

–Y apuesto a que pasó por alto cada uno de ellos.

—¿Quieres hablar de Ryan, Gray?

—No —él sacudió la cabeza vehementemente—. Desde luego no quiero hablar de Ryan. ¿Acaso crees que soy masoquista? La mera idea de que te conociera antes que yo, de que te tuviera en sus brazos antes que yo, me provoca una indecible agonía.

Relajando visiblemente los hombros, a pesar de la pasión en su voz, Gray se quitó la cazadora y la arrojó sobre el sofá. Después cruzó el salón hasta situarse frente a Karen. El cálido aliento y el aroma tan masculino hicieron que ella sintiera un cosquilleo hasta la punta de los pies. Los masculinos dedos retiraron unos mechones de rubios cabellos del rostro antes de tomarlo entre sus manos ahuecadas. ¿Era su imaginación o esas manos temblaban ligeramente?

—De verdad que no te merezco. Tu música es extraordinaria y tu valentía al actuar delante de un montón de extraños lo es aún más. Pero me temo que si te vuelves demasiado famosa, tu don te alejará de mí, Karen... —susurró—. Y aún no estoy preparado para eso.

—Yo no quiero hacerme famosa —protestó ella, perdiéndose en la tórrida mirada, cerrando su mente a las palabras «aún no»—. Yo solo quiero estar aquí contigo.

Gray agachó la cabeza y le dio el beso más dulce que Karen hubiera recibido jamás. Y en una décima de segundo supo que le había robado el corazón. Sin embargo, también supo reconocer la permanente sombra de la ruptura...

—Quiero pintarte —declaró él con una sonrisa—. ¿Vendrás a posar para mí mañana?

—¿Te refieres solo a un retrato?

—¿Sigues teniendo miedo al desnudo? —Gray sonrió divertido.

—Seguramente pensarás que soy terriblemente mojigata –Karen maldijo su capacidad para sonrojarse en una fracción de segundo. Su actitud era ridícula, sobre todo después de haber yacido desnuda en sus brazos casi todas las noches.

–En absoluto. Me encanta tu carácter tímido. No me gustaría que cambiaras.

–Si accedo a posar para ti, ¿podríamos empezar por un retrato? Cabeza y quizás hombros.

–Un retrato, pues –asintió Gray mientras besaba la cabeza de Karen.

Bridie Hanrahan sonrió. Del estudio de su jefe surgía toda clase de improperios. Estaba alterado. O inspirado. Aquella mañana casi la había arrollado mientras subía las escaleras.

–Prepárame un café bien cargado, ¿quieres, Bridie? –le había gritado a su paso–. Después no quiero que se me moleste. Estaré trabajando todo el día en el estudio.

A la asistenta no le había pasado desapercibido el brillo en los ojos grises. De no haberse encontrado con Liz Regan aquella mañana en la tienda de Eileen, no tendría la menor idea del origen de ese brillo. Pero tras unos minutos de conversación con la joven pelirroja, había sabido que Gray O'Connell había aparecido por el café mexicano para asistir a la actuación de Karen Ford, la bonita inquilina de la vieja cabaña de su padre.

Bridie estaba intrigada. Era como si el Papa se hubiera dejado caer por el pub de Malloy y se hubiera tomado un par de pintas. De todos era sabido que Gray no alternaba. Según los rumores, era rico a rabiar, sin embargo, el dinero no parecía haberle hecho ningún bien hasta el momento. Ese hombre seguía llorando la muerte de su padre.

Al pensar en el pobre Paddy y su triste final en la

playa, Bridie sacudió la cabeza y se dirigió a la cocina para preparar el café.

Del lápiz surgían sin parar bocetos de Karen. De nuevo pintaba de memoria, lo cual no resultaba muy satisfactorio para un artista, aunque pronto, se dijo, estaría trabajando con ella en carne y hueso. El estudio estaba tapizado con hojas y en el atril descansaba un lienzo sobre el que empezar a pintar en cuanto ella apareciera. Al menos había accedido a posar para él. De nuevo se sintió conmovido por su valentía al seguir adelante sin quedarse anclada en el dolor de su pasado.

Podría aprender muchas cosas de Karen. Esa mujer lo inspiraba en todos los sentidos, y no solo por su valor para cantar de nuevo tras la trágica y repentina muerte de su marido. Cuando se perdía en la hechizante mirada azul, olvidaba la desilusión que había sido para su padre, y que su madre había vivido demasiado envuelta en su propia pena para quedarse a su lado y verlo crecer.

—Señor O'Connell, tiene visita.

—¿Visita? —repitió él. Nunca tenía visitas. La gente sabía que no debía molestarle. Pero, de repente, comprendió de quién se trataba y saltó de la silla—. ¿Es Karen Ford?

—Sí, señor O'Connell. ¿La hago pasar al estudio?

—Dado que la señorita Ford va a posar para un retrato, yo diría que lo mejor sería que subiera de inmediato, Bridie.

Capítulo 8

GRAY ESTABA sentado sobre un taburete mirando por la ventana las verdes colinas que rodeaban la casa. Tenía aspecto solitario e iba vestido con el habitual jersey negro. Hacía pocas horas que Karen lo había visto, pero el corazón le dio un vuelco como si se tratara de la primera vez.

—El trayecto hasta la casa es tan largo que pensé que nunca llegaría —anunció ella con nerviosismo, casi sin aliento tras subir las interminables escaleras hasta el ático.

La amable asistenta le había señalado la puerta del estudio y Karen, tras agradecérselo, le había indicado que podía marcharse. Era un misterio que esa mujer no estuviera más delgada que un palo si tenía que subir y bajar esas escaleras unas cuantas veces al día. A pesar de saber por el propio Gray que era poseedor de una gran fortuna, le maravilló la belleza y el tamaño de la casa. Desde luego no era el típico artista muerto de hambre.

Karen enarcó las cejas mientras barría con la mirada el ático lleno de cuadros apoyados contra las paredes. Parecía ser bastante prolífico como pintor. ¿Sería su refugio frente al dolor?

—¿Entonces sirvió el mapa que te dibujé?

Su atractivo anfitrión se acercó, sujetándola por los codos para atraerla hacia sí.

—De maravilla —contestó Karen.

—¿No tuviste ningún problema para comprenderlo?

–Supongo que te refieres al viejo tópico según el cual las mujeres son incapaces de leer mapas. ¡Pues a mí me resulta de lo más sencillo!

–¿En serio? –las pobladas cejas de Gray se alzaron en una expresión burlona.

–Bueno –Karen sonrió–. No siempre. Pero tú eres un dibujante experto, y estaba todo claro.

–Si sigues adulándome así, ocuparás el primer puesto en mi lista de Navidad. Puede que incluso consigas un premio.

A Karen le encantaba que bromeara. En las escasas oportunidades en que desaparecía el sombrío velo que solía empañar su rostro, Gray se transformaba en otro hombre. En esos momentos, posar para él ya no resultaba tan intimidante como al principio.

–¿Podría elegir como premio ver algunos de tus cuadros? –preguntó ella en tono alegre.

–¿Para qué? –de repente fue como si una nube cubriera el sol, apagando la luz, y Gray la miró con desconfianza, casi enfadado–. ¿Para que puedas decidir si soy bueno o no?

–¿No crees que es normal que me interese tu trabajo? Por favor, no me malinterpretes.

–Lo siento... –la luz regresó–. Los viejos hábitos son difíciles de olvidar. ¿Quieres echar esa ojeada ahora o después de que haya empezado con tu retrato?

–Después estará bien... gracias.

–Entonces será mejor empezar. Dame tu abrigo.

Karen le entregó el abrigo y, absorta en las largas y musculosas piernas, le observó colgarlo tras la puerta del estudio, que aprovechó para cerrar.

–¡Qué frío! –ella suspiró, consciente por primera vez de la nube de vapor que surgía de sus labios–. ¿Tú no tienes frío? –preguntó mientras cruzaba los brazos sobre el pecho.

–Cuando me pierdo en mi trabajo no siento nada.

Gray se acercó a ella y la envolvió en un cálido abrazo. Todo frío desapareció, reemplazado por un vibrante calor que le hizo sentirse como la mantequilla derretida.

–¿Mejor? –bromeó él mientras le sonreía.

–Mucho mejor... ¿Podemos quedarnos así el resto del día? –por muchas noches que pasara junto a Gray, nunca parecía tener bastante.

Las oscuras pupilas rodeadas de plateadas sombras se volvieron más oscuras aún y las manos de artista se deslizaron hasta las caderas de Karen para atraerla más hacia sí.

–Quizás me equivoqué al tomarte por tímida –susurró Gray–. Al parecer estoy desvelando un aspecto de ti que me hace pensar que estoy ante una pequeña seductora.

–Si lo soy –contestó Karen con dulzura– es porque no paras de colocar irresistibles tentaciones en mi camino.

–¿De manera que soy irresistible?

Los labios de Gray rozaron los de Karen con un beso tan sensual que le obligó a cerrar los ojos. Pero en ese mismo instante, alguien llamó a la puerta del estudio con firmeza y ambos se apartaron de un salto. Sofocada y sonrojada, Bridie apareció resplandeciente.

–Perdone la molestia, señor O'Connell, pero me preguntaba si la señorita querría un té.

–Un momento perfecto para aparecer, Bridie –sonrió Gray tras mirar divertido a Karen que se sonrojó violentamente–, por no hablar de una excelente idea. ¿Te apetece una taza de té, Karen? –preguntó con educación aunque era evidente que luchaba por evitar reírse.

–Me encantaría una taza de té, señora Hanrahan... muchas gracias.

–Llámeme Bridie, todo el mundo lo hace. ¿Y usted, señor O'Connell? ¿Café?

–Un café estaría genial, Bridie –asintió él antes de
fruncir el ceño y contemplar el atril–, pero ahora mismo
no. ¿Podrías subírnoslo, digamos, dentro de una hora?

–Por supuesto, señor O'Connell. No hay problema.

La puerta se cerró y Karen se encontró nuevamente
a solas con Gray.

–Basta de distracciones –anunció él con firmeza antes de indicarle que se sentara en el sillón victoriano de
respaldo alto que había junto a la ventana–. Encenderé
el radiador.

–Levanta un poco la barbilla –le rogó mientras hacía
un rápido esbozo de la joven.

En cuanto Karen se hubo sentado en el sillón victoriano, Gray había percibido el aire regio que exudaba.
Quizás se debía a su exquisita osamenta, o a la piel in-
maculada, o a ambas cosas, pero desde luego tenía un
aire de «mírame y no me toques», que haría que cualquier hombre que contemplara el retrato sintiera deseos
de atravesar esa reserva natural inglesa y hacerle sonreír. Sin querer, sus labios se curvaron en una sonrisa.

–¿De qué te ríes?

–Eso es cosa mía.

–¿Ahora vas a empezar con secretitos?

–Junta las manos sobre el regazo... imagínate que
eres una aristócrata visitando a un pobre, aunque brillante, artista en su solitaria buhardilla.

–¿Qué? –rio Karen.

Gray sintió un calor casi volcánico. ¿Tenía esa mujer
la menor idea de lo sexy que era?

–¡Vaya mentira! Yo no soy nada aristócrata, ni tú un
pobretón, por lo que veo –alzó las manos–. Mi mayor
felicidad consiste en preparar bollería, cantar y tocar la
guitarra.

–Es cierto que no soy pobre, pero tú, querida, no serás aristócrata, pero tienes algo...

–No eres imparcial.

–No lo niego. ¡Siéntate bien! Estás tirada como un saco. Y si insistes en sonreír, intenta algo más parecido a la *Mona Lisa*, no a una sonrisa de colegiala.

–¿Siempre te pones así cuando pintas un retrato? –los ojos de Karen brillaban traviesos.

–Un hombre debe ponerse en su sitio con un carácter tan difícil como el tuyo –Gray hizo un mohín mientras remarcaba con el lápiz la línea de la mandíbula de Karen.

–Yo no soy difícil –ella fingió una mirada asesina.

Gray comprendió que había llegado el momento de ponerse más serio. Tras estudiar el boceto unos minutos, acercó la mesita con la paleta al atril y empezó a trabajar con el pincel. Desvió la mirada una vez más hacia el rostro de Karen y lo encontró pensativo.

–No tienes por qué dejar de hablar –observó él con ternura–. Es más, para crear un buen cuadro es importante que haya una buena conexión entre el modelo y el artista. Háblame de cuando te diste cuenta de que sabías cantar.

–¿De verdad quieres saberlo?

–Por supuesto –Gray asintió. No comprendía que ella hubiera pensado lo contrario.

–Bueno, pues... en mi casa siempre había música. Mi padre siempre tenía algún disco puesto. Lo que más le gustaba eran las vocalistas femeninas –la mirada de Karen se perdió durante unos instantes–. Yo solía cantar con esos discos y papá me decía que tenía una voz bonita y supongo que así descubrí que podía cantar... y que me apasionaba hacerlo.

–¿Tu padre aún vive?

–No. Murió cuando yo tenía catorce años –ella se echó los cabellos hacia atrás.

–Quédate quieta, por favor. Deja el pelo como estaba. Eso es.

Gray dejó de pintar para observarla durante unos segundos. Tenía la expresión resuelta, decidió, no triste. Pero también percibió el gran amor que había sentido por su padre al que aún echaba de menos. ¿A quién podría gustarle regresar a los catorce años para navegar por el mar turbulento de la adolescencia? Sobre todo si incluía perder a un padre. A pesar de haberse criado con el suyo, no le había resultado más fácil perderlo siendo adulto... sobre todo porque su madre también había desaparecido. El estómago se le encogió de dolor y se animó a preguntarle a Karen por su madre.

–Ella sigue viva –contestó Karen con una ligera expresión de dolor–. Se empeña en fingir que todo es maravilloso, pase lo que pase. Habría podido ser una actriz de primera.

Gray soltó un prolongado suspiro y pintó las doradas pestañas sobre el hermoso rostro que tomaba forma sobre el lienzo.

–¿No te sirvió de apoyo cuando murió tu marido?

–Servir de apoyo no es su fuerte. A ella le gusta ser la abeja reina, el pivote sobre el que gira el resto del mundo. Está firmemente convencida de que, ante una catástrofe, las familias deben cerrar filas y poner buena cara. Jamás hay que insinuar, mediante palabra o acto, sentirse desolado o necesitar ayuda. Eso sería quedar realmente mal.

–¿Eres hija única?

–Sí –los ojos azules se ensombrecieron durante un instante–. Me habría encantado tener un hermano o una hermana, pero mi madre me explicó que tenerme le había resultado demasiado agotador como para plantearse tener más hijos.

–Entonces, ¿no estáis unidas?

–En absoluto. Por supuesto que la quiero, y creo que ella a mí también, pero...

Karen guardó silencio durante lo que pareció una eternidad. Gray estaba centrado en pintar sus cabellos, intentando capturar los destellos de luz dorada que entraban por la ventana. ¿De dónde había surgido el impulso masoquista de preguntarle por su marido? No lo sabía, pero no se le escapó la expresión de sorpresa y espanto en los ojos de Karen.

–Háblame de Ryan.

–¿Qué quieres saber? –preguntó ella con cautela.

–¿Dónde os conocisteis?

El pincel surcaba el lienzo, llenándolo de colores y texturas como movido por alguna fuerza. Las finas manos de Karen se separaron antes de volverse a juntar sobre el regazo.

–En casa de una amiga. Ryan era amigo del marido de mi amiga. Alguien sugirió que cantáramos algo por turnos. Yo no llevaba mi guitarra y cuando me tocó a mí, canté una sencilla canción popular sin acompañamiento musical. Luego, mientras tomábamos café, Ryan se me acercó para felicitarme por mi voz. Y antes de que terminara la velada me había pedido una cita.

–¿A qué se dedicaba?

–Era promotor musical.

–Y ahí fue donde tu carrera musical despegó...

–No de inmediato. Yo llevaba un tiempo escribiendo mis propias canciones y, junto con mi voz, él pensó que habría posibilidades.

Karen examinó a Gray con curiosidad, como si intentara decidir qué pretendía.

–¿Por qué quieres saberlo? –preguntó ella al fin–. Tenía la clara impresión de que no querías, bajo ningún concepto, hablar de Ryan.

–No mucho, pero sí me interesas tú. El hecho de que

estuvieras casada con otra persona antes de conocerme a mí, y que esa persona muriera, no puede ser ignorado sin más. Quiero saber por qué eres como eres, Karen, qué te ha convertido en la mujer que eres. Si no puedo hacerte preguntas sobre tu pasado, ¿cómo voy a descubrirlo?

–Yo podría darle la vuelta y preguntarte lo mismo.

Gray se sintió claramente incómodo. Se había metido en un callejón sin salida.

–Ya sabes quién soy –murmuró irritado.

–¿Cómo voy a saberlo? Aparte de aquella noche lluviosa en la que apareciste por primera vez en la cabaña, apenas has hablado de ti mismo.

–Bueno, ya deberías haberte dado cuenta de que no soy la clase de hombre al que le gusta desnudar su alma ante cualquiera.

–¿Y yo soy «cualquiera»? –los ojos de Karen se humedecieron levemente, provocando el pánico en Gray que dejó caer el pincel con un suspiro.

–Ya sabes que significas mucho más que eso para mí.

–Yo no sé nada. Dímelo tú... ¿qué significo para ti, Gray? ¿Soy solo alguien a quien acudes ocasionalmente para ahuyentar tus demonios?

–Creía haber entendido que solo pretendías que mantuviera alejado el frío durante un tiempo –Gray dio un respingo–. ¿Me estás diciendo ahora que quieres algo más?

–No lo sé –Karen tragó con dificultad–. A decir verdad, estoy confusa y un poco asustada.

Le acababa de dar la oportunidad de abrirse a ella y compartir sus dudas, temores y, quizás, esperanzas, pero Gray no la aprovechó.

–Entonces quizás lo mejor sea dejar el tema y centrarnos en lo que estábamos haciendo.

–Muy bien... por mí, bien.

La preciosa modelo respiró hondo y le dedicó una sonrisa forzada. Era evidente que no le parecía bien dejar el tema y Gray se censuró una vez más por su falta de coraje y sensibilidad. Karen era demasiado buena para él. ¿Por qué no podía dar gracias por tenerla en su vida y dejar de enfangarlo todo con fantasías sobre un futuro que nunca podría ser?

En medio de un profundo silencio, regresó a la pintura. Al poco rato, Bridie apareció con el refrigerio. Gray le propuso a Karen acercarse al inmenso ventanal para contemplar las impresionantes vistas y se descubrió a sí mismo deseando solucionar las cosas entre ellos.

–¿Hay algo más que necesites en la cabaña?

–Tengo todo lo necesario. Pero gracias por preguntar.

–¿Estás segura?

–Sí.

–Puedes pedirme lo que quieras. Demonios, derribaría ese lugar y te construiría una casa nueva si tú me lo pidieras –los dedos se cerraron temblorosos alrededor de la taza de café.

–¿Y por qué ibas a hacer algo así, Gray? –ella lo miró aturdida–. Me refiero a derribar la cabaña de tu padre.

–Hasta que llegaste –Gray sintió cierta desesperación–, esa casa despertaba demasiados recuerdos infelices. Ni siquiera sé por qué me decidí a alquilarla. No sufriría viéndola derrumbarse.

–Entiendo que te sientas así, pero personalmente me alegro mucho de que decidieras alquilarla. Me gusta mucho este lugar. Y en cuanto a construir una nueva casa... ni siquiera sé cuánto tiempo voy a quedarme aquí. La cabaña está bien tal y como está.

–Quiero... necesito darte algo, ¿es que no lo entiendes? –Gray le arrancó a Karen la taza de las manos y la dejó junto a la suya en el alféizar de la ventana. Con el corazón desbocado le tomó las manos y la miró fijamente a los ojos–. Y ni te atrevas a pensar en marcharte.

–Sí que hay algo que puedes darme –Karen soltó una mano y le acarició la rugosa mejilla–. Puedes prometerme intentar pensar mejor de ti mismo y permitirte un poco de felicidad en la vida de vez en cuando. ¿Podrás hacerlo, Gray?

Sus miradas se fundieron y Gray quiso mantenerla abrazada. Pero, fiel a su naturaleza, la fuerte sensación lo asustó. Él no era de los que necesitaba a alguien para ser feliz...

–Lo intentaré –contestó al fin con una tímida sonrisa que no parecía encajar en su rostro.

–Bien –la sonrisa de Karen fue mucho más natural–. ¿Y ahora quieres enseñarme algunos de tus cuadros?

–Claro... ¿por qué no?

Karen se agachó para admirar un espectacular paisaje de verdes colinas frente a un tormentoso mar con la puesta del sol. No sabía bien qué esperar de los cuadros de Gray, pero desde luego no algo tan bueno o impresionante.

–Esto es increíble. Tiene tanto realismo que casi se puede respirar el viento y oír el rugido de las olas –comentó–. Y esa explosiva puesta de sol... resulta conmovedora, Gray –casi lo sentía moverse torpemente a su espalda, como si el cumplido le pusiera nervioso. Y seguramente también estaría negando la veracidad del comentario.

–Lo pinté hará un año –murmuró él–. Chase y yo nos encontramos con esta escena una tarde durante uno de nuestros largos paseos. Por suerte, llevaba conmigo mi cuaderno.

–Es evidente que te gusta pintar paisajes –murmuró

Karen poniéndose en pie y repasando cuidadosamente los cuadros apilados contra la pared.

—Es verdad.

—Entonces, ¿nunca pintas retratos? —ella se detuvo y concentró toda su atención en Gray.

—Casi nunca.

—¿Por algún motivo en particular?

—No me gusta que venga nadie a mi casa —Gray se encogió de hombros y desvió la mirada.

—Entonces es un honor que me lo hayas pedido a mí.

—¿Intentas sacarme un cumplido?

—¿Necesito sacártelo? —bromeó ella.

—No.

Los ojos grises, poseedores de la hechizante cualidad del mar, la miraron con tal intensidad y calor que, por un momento, Karen se sintió como si se estuviera derritiendo.

—No, no te hace falta.

—¿Por qué no enmarcas tus cuadros y los cuelgas por toda la casa? —balbuceó Karen con el corazón galopando alocadamente—. Aquí no hacen otra cosa que acumular polvo. A la gente le encantaría verlos.

—¿Te refieres a la misma gente que no viene a esta casa?

—Aun así, deberías exponerlos por respeto a ti mismo. A mí, desde luego, me encantaría verlos y estoy segura de que a Bridie también. Puedo ayudarte si quieres.

—Me lo pensaré.

Karen sabía que no lo iba a hacer, pero estaba decidida a cumplir su misión: conseguir que ese hombre lleno de talento, pero también herido, despertara a su propio potencial, que dejara atrás su traumático pasado para disfrutar de su única pasión, aquello que le podía abrir las puertas a un futuro más enriquecedor... aunque ese futuro no la incluyera a ella.

–Será mejor que termines el té. Quiero volver al trabajo. En un par de horas no habrá bastante luz y me gustaría avanzar todo lo que pueda.

Gray se dirigió hacia el atril sin siquiera comprobar si Karen lo seguía. Parecía querer buscar refugio de nuevo tras su muro protector.

Cruzando los brazos sobre el pecho, ella suspiró, llamando plenamente su atención.

–¿Qué te pasa?

–¿No crees que deberíamos salir a tomar un poco el aire? Pasear a Chase, por ejemplo.

–Lo haremos después de haber terminado por hoy. ¿Ya te has aburrido de posar para mí?

–No. Supongo que me siento un poco inquieta.

–Inquieta y hermosa... un buen título para el retrato.

–Si tú lo dices –ella le dirigió una mueca burlona.

–Lo digo. Y ahora, coloca tu bonito trasero sobre el sillón antes de que busque una correa para atarte con ella.

La mera idea hizo que Karen se sintiera sofocada, sin saber qué contestar.

Capítulo 9

MI CHEF, Jorge, preparó el café. Se formó en Italia y, no exagero, ¡está para morirse! –Liz Regan miró a Karen con expresión resplandeciente.

Estaban sentadas a una mesa del café charlando amigablemente.

–Tienes razón... es divino. ¿Dónde has eºncontrado a ese Jorge?

–Lo conocí el año pasado en Mallorca –los ojos verdes de Liz resplandecieron aún más–. Es español. Tenía pensado irse a Gran Bretaña, pero yo le convencí de que viniera a Irlanda.

–¿Y...? –Karen sonrió, presintiendo que había algo más.

–Los inviernos pueden ser muy tristes y una mujer necesita a un hombre dispuesto a mantenerla caliente por las noches. Llámalo estrategia, o desvergonzado interés personal.

A Karen no se le escapó que Liz había hablado de «mantener alejado el frío», igual que Gray. Su mente regresó a la noche anterior y al calor generado en la cama después de que la hubiera acompañado a la cabaña. Una vez más, Gray se había marchado de madrugada.

–¿Y tú qué, Karen? –la pelirroja se inclinó sobre la mesa–. Todo el mundo se sorprendió mucho al ver aparecer a nuestro ermitaño particular el día que debutaste como cantante. ¿Vas a contármelo?

Era inevitable que, tarde o temprano, alguien la interrogara sobre Gray. Pero no significaba que estuviera preparada, o que quisiera, hablarlo con nadie... ni siquiera con Liz.

–Prefiero no hacerlo –ella se encogió de hombros centrando la mirada en la taza de café.

–Comprendo que no quieras decir nada, por respeto a Gray –Liz hizo una mueca–, y estoy segura de que piensas que somos una panda de cotillas, pero la gente sigue sintiendo una gran simpatía hacia él y siempre velamos por los nuestros. Su padre, Paddy, era muy querido y todo el mundo se entristeció con su muerte. Y Gray no solo tuvo que enfrentarse a la muerte de su padre, su novia, Maura, lo abandonó por su mejor amigo y huyó con él a Canadá. Todos fuimos testigos de su transformación.

Karen escuchaba todo con el estómago encogido, intentando asimilar la sorprendente revelación sobre la novia que había huido con su mejor amigo. ¿Por eso se mostraba tan receloso con respecto al compromiso en una relación y sobre hablar de temas personales? ¿Quién podría culparlo por ello cuando todas las evidencias apuntaban al hecho de que todos sus seres queridos lo habían abandonado? Dadas las circunstancias, era normal que se mantuviera aislado y no permitiera que nadie se acercara a él. Si le hubiera contado lo sucedido con esa Maura... a pesar del tormento que habría supuesto saberlo con otra mujer e imaginárselo sufriendo por haberla perdido.

–Solo somos... buenos amigos –explicó ella sin demasiada convicción.

–¿Buenos amigos, eh? –la mirada de la otra mujer dejaba claras sus dudas.

–Para ser sincera –Karen movió inquieta la cabeza de un lado a otro–, estoy loca por él. Estoy loca por él a pesar de vivir con el temor de que cada vez que nos veamos me vaya a decir adiós –parpadeó con fuerza para contener las lágrimas–. La cuestión es que no esperaba enamorarme de nadie después de perder a Ryan... mi marido.

–¿Qué tal fue tu matrimonio? –preguntó Liz con delicadeza–. ¿Te enamoraste de Ryan tan profundamente como te has enamorado de Gray?

–No –contestó ella al fin, sintiéndose culpable–. Era mi mejor amigo, la persona a la que podía acudir cuando estaba triste, la persona que siempre estaba allí.

–¿Pero en la cama no saltaban precisamente chispas? –Liz sonrió.

–¿Cómo lo has adivinado? –los azules ojos se abrieron desorbitados.

–No es nada raro... una chica que cree que debería casarse con su mejor amigo y luego descubre que ha cometido un error.

–¡Ryan nunca fue un error!

–Estoy segura de que no lo fue, Karen, pero el hecho de que te hayas enamorado perdidamente de Gray, sugiere que no lo estabas tanto de Ryan. No me mires así... él era tu mejor amigo y lo amabas, pero no de la misma manera en que amas a Gray O'Connell. La pasión nunca es limpia y ordenada. Casi nunca pulsa las teclas adecuadas ni se comporta del modo en que la gente cree que debería. Todo tu mundo acaba patas arriba y jamás volverás a ser la misma.

–¿Cómo sabes todo eso? ¿Te sucedió a ti?

–Sí... cuando trabajaba en Londres para una cadena hotelera. Él era un director ejecutivo llegado desde Australia. Acudió al hotel para una reunión. Le serví una taza de café, nuestras miradas se fundieron y... ¡Zas! Como si me hubiera alcanzado un ciclón.

–¿Y no funcionó?

–No –la pelirroja hizo una mueca–. No funcionó. Pero estábamos hablando de ti, no de mí.

–Supongo que pensarás que soy una tonta enamorándome de alguien tan emocionalmente inalcanzable y herido como Gray.

–No eres ninguna tonta, cariño –Liz apretó la mano de Karen–. Al contrario. Me parece que, no tuviste muchas posibilidades frente a la fascinación que ejerce Gray O'Connell. ¿Acaso no lo tiene todo? Alto, misterioso, atractivo y con un pasado trágico. Las mujeres parecemos conectar con esa clase de hombre, ¿verdad? Pero, pasión aparte, no te diré que no me preocupa cómo lo llevarás si acabáis rompiendo.

–Lo superaré... no me quedará más remedio. No sería la primera vez que me enfrento al repentino final de una relación. Es el riesgo a correr cuando te enamoras...

–Cierto, pero entregarle el corazón a un hombre que no puede, o no quiere, darte su amor a cambio por culpa de la muralla que ha construido a su alrededor... no es un camino fácil a seguir. Ten cuidado, Karen. Ve paso a paso y guárdate siempre algo por si no funciona.

Karen no contestó. Sentía una paralizante oleada de pánico al comprender que no había nada que guardarse porque ya se lo había entregado todo a Gray.

–Mientras tanto –sonrió la otra mujer–. Quiero que sepas que soy tu amiga, además de tu jefa ocasional, y no le contaré nada de esto a nadie. Ni siquiera a mi hermano, Sean, que, por cierto, siente algo por ti.

–¿De verdad? –desolada, Karen se frotó el entrecejo.

–Sí, y más aún después de oírte cantar. Asegura que tienes una voz angelical, y yo me inclino por darle la razón. Ya verás como no tardará en aparecer algún productor musical con una propuesta para grabar un disco. Puede que estemos en el último confín, pero las noticias viajan rápido. Aparte de eso, Sean ya ha comprendido lo que hay entre Gray y tú y no causará ninguna molestia.

Al pensar en la tarde que había pasado con Gray el día anterior, posando y contemplando sus maravillosos paisajes, Karen comprendió lo mucho que había esperado recibir una señal que le indicara que su relación significaba algo para él. La apasionada admisión de que deseaba hacer algo por ella... que necesitaba hacer algo por ella, le había conmovido. Pero también sabía que no significaba que quisiera acercarse a un compromiso, y eso le provocaba una sensación desoladora.

—Necesitas salir una noche —su aguda jefa lo comprendió enseguida—. Necesitas divertirte y olvidarte de Gray O'Connell durante un rato. Mañana es el cumpleaños de Sean y voy a darle una fiesta aquí. Iba a pedirte que cantaras un poco, aparte de compartir bailes y risas con unos cuantos amigos. ¿Qué dices?

Una fiesta... ¿desde cuándo se había convertido en un concepto tan ajeno a ella? ¿Cuándo habían empezado a resultarle temibles en lugar de una oportunidad para divertirse?

—¡Eh! —con los ojos color esmeralda brillando traviesos, Liz le dio una palmada en el brazo—. No te atrevas a decirme que te has olvidado de cómo divertirte. Si es así, tendré que refrescarte la memoria. Y te lo advierto... yo no tomo prisioneros.

Gray irrumpió en el salón de la cabaña con un gesto preocupado que no presagiaba nada bueno. Karen cerró la puerta y le dedicó, deliberadamente, una de sus mejores sonrisas.

—Hola. Ya veo que has vuelto a traer la lluvia. Debe ser una costumbre tuya...

—Sí, lo es —Gray extendió la manos frente a la chimenea para calentarse–. Desde luego. El mal tiempo parece seguirme a todas partes.

–¿Qué sucede?

–Nada –él sonrió forzadamente–. ¿Podrías hacerme un café?

–Claro... he preparando un bizcocho. ¿Te apetece un trozo?

–Solo café, gracias.

Gray se acercó de nuevo a la puerta y colgó la cazadora del perchero. A punto de huir hacia la cocina, Karen sintió que le fallaba un latido cuando la agarró y la abrazó, con ternura, pero también con firmeza. Tenía las manos gélidas, al igual que el jersey y los vaqueros, y el hermoso rostro estaba salpicado de gotas heladas de lluvia.

–Sea cual sea el tiempo fuera, tú siempre me recuerdas al sol.

Su voz tenía el suave matiz del whisky irlandés y el chisporroteo del fuego. La mezcla, inquietantemente excitante, hizo que Karen se sintiera desfallecer. Los labios que la besaron estaban fríos, pero casi de inmediato, el calor y el deseo se abrieron paso mientras la sedosa lengua de Gray trazaba los suaves contornos de su dulce boca.

Karen sintió flaquear las rodillas. Pero, aunque se moría por perderse en la magia de los besos y las caricias de Gray, sabía que estaba alterado por algo y necesitaba conocer el motivo. Apartándose poco a poco, le tomó la rugosa barbilla entre las manos y fijó la mirada preocupada en los profundos ojos grises.

–Te pasa algo. ¿No quieres contármelo?

A veces a Gray le resultaba muy difícil pensar con claridad cuando su mirada se fundía con la de Karen. Era tan fácil perderse en el inmaculado mar azul... Pero su corazón estaba encogido por otro motivo. Dejando caer las manos a los costados, se apartó de ella.

–Hoy es el aniversario de la muerte de mi padre –le explicó–. He visitado su tumba.

–Podría haberte acompañado si me lo hubieras pedido, Gray.

–No habría servido de nada. Por mucho que lo intente, no consigo olvidar lo que le sucedió... cómo murió allí solo en la playa. Repaso una y otra vez la escena en mi mente, intentando aceptarlo, pero no puedo. Y el tiempo solo hace que me resulte más difícil vivir con ello. ¿Será porque el viejo diablo nunca me perdonó por marcharme, por no ayudarlo a conservar la granja?

–Eso no es más que una fantasía, Gray. Tú no sabes si fue así. Nadie sabe lo que había dentro de la cabeza de tu padre cuando murió. Además, tú habías regresado, ¿no? y regresaste porque querías solucionar las cosas... él tenía que saberlo.

Gray recordó que Paddy se había alegrado de verlo. Pero solo le había llevado unos minutos ver reflejados en él la decepción y la derrota. ¿Cómo hacer las paces con eso?

–Le ofrecí poner en marcha una nueva granja –le explicó a Karen–. Le ofrecí contratar la ayuda necesaria, pero me contestó que ya era demasiado tarde para eso. Dijo que era demasiado viejo y estaba demasiado cansado, y que ya no tenía ánimo para seguir.

–Aun así, no me puedo creer que tu padre hubiera deseado verte destrozado, como sigues estando, por su muerte. Hiciste todo lo que pudiste por él, Gray. Puede que él quisiera que te quedaras y lo ayudaras a llevar la granja, pero eso no significa que tuviera que ser lo mejor para ti. Al final de su vida, tu padre tomó sus propias decisiones, igual que tú. Todos lo hacemos. No es ningún crimen.

Karen se colocó frente a él y lo miró con ternura y preocupación.

–Y estoy convencida de que, pasara lo que pasara entre vosotros, querría que lo olvidaras y que dejaras el pasado atrás –insistió Karen–. Dejarlo atrás para poder vivir plenamente el presente. Tienes todos lo medios para lograrlo. Tienes los recursos y tienes tu talento para la pintura. ¿Por qué no centrarte en todas esas cosas que tienes a tu favor, empezar de nuevo y disfrutar de la vida otra vez?

Deseaba con toda el alma que lo que ella había dicho fuera posible. Una parte de él estaba furioso consigo mismo por compadecerse, por no dar gracias por todo lo bueno y procurar sacarle el mayor partido a la vida. Pero el fantasma del pasado se negaba a dejarlo libre. Trepaba por su columna cada vez que se encontraba solo en la gran casa, burlándose de él y haciéndole detestar al hombre en el que se había convertido. La única luz en el horizonte era el precioso ángel de ojos azules que tenía delante. Pero, ¿qué derecho tenía a implicarla en sus preocupaciones? ¿No había sufrido ella bastante ya?

De nuevo surgió de su interior la imperiosa necesidad de hacer algo maravilloso por ella.

–Vayámonos juntos unos cuantos días –Gray le tomó las manos y tiró de ellas.

–¿Cómo? –preguntó ella con expresión estupefacta.

–Vayámonos a París. Allí tengo un apartamento, en la Rue Saint-Honoré. Hace tiempo que no voy, pero pago a una agencia para que lo cuide. Solo tengo que hacer una llamada.

–¿Tienes casa en París?

–Sí. Nos iremos mañana. ¿Qué me dices?

–¿Mañana? –repitió ella.

Para desasosiego de Gray, Karen soltó las manos y

cruzó los brazos sobre el pecho. Llevaba un suave jersey de color ciruela que se ceñía perfectamente a su cuerpo, abrazando los pechos y las caderas tal y como le gustaría hacerlo a él. Sin embargo, la mirada era desgarradora.

—No puedo ir mañana.

—¿Por qué?

—Me han invitado a una fiesta y ya he aceptado.

—¿Quién te ha invitado?

—Liz Regan. Va a dar una fiesta en el café mañana por la noche.

—De manera que prefieres ir a su fiesta antes que venirte a París conmigo —observó Gray en tono acusador e irracional, incapaz de ocultar su decepción.

—Yo no he dicho eso. Pero he hecho una promesa y me gustaría cumplirla. Liz me ha pedido que cante. En fin... te prepararé el café —ella se dirigió a la cocina.

—¿Y cuál es el motivo de la fiesta para que tengas tantas ganas de ir? —Gray la siguió.

De inmediato observó las pálidas mejillas volverse de color escarlata.

—Es para celebrar el cumpleaños de Sean —contestó ella parándose en seco ante él.

—¿Qué tiene Sean Regan para que te resulte tan irresistible?

—No me resulta irresistible. ¿Por qué tienes que saltar siempre a conclusiones tan ridículas?

—Es evidente que yo no he sido invitado como tu acompañante.

—¿Habrías ido? —Karen enarcó las cejas.

—Por supuesto que no. Pero me pone furioso que tú estés allí, cantando y entreteniendo a ese jovenzuelo, cuando podrías haberte venido conmigo a París.

—Estás siendo completamente irracional, y estoy segura de que lo sabes. ¿Por qué no podemos ir a París pasado mañana?

–Porque he decidido que quiero ir mañana –Gray se encogió de hombros, incapaz de contener su mal humor–. ¡No pienso cambiar de planes solo para consentir los caprichos de una mujer! –contestó rabioso–. Cuanto antes te des cuenta, mejor nos irá.

–¿Por eso te dejó tu antigua novia, Maura? –espetó Karen con los ojos brillantes–. ¿Te dejó porque eras tan egoísta e irracional que ya no pudo soportar seguir viviendo contigo?

La impresión de sus palabras fue como un jarro de agua helada sobre la espalda de Gray. No porque le hubiera importado que Maura se marchara, sino porque Karen le estaba diciendo que no le sorprendía que las mujeres lo abandonaran. ¿Quién le había hablado de Maura? Enseguida catalogó el detalle como irrelevante. Media ciudad conocía su triste historia. Sin embargo, le dolía que la mujer a la que más respetaba en el mundo tuviera tan pobre opinión de él. Le dolía más que mil puñaladas en el corazón.

–Olvida el maldito café –murmuró mientras descolgaba la cazadora y salía furioso por la puerta, adentrándose en la gélida y lluviosa noche.

Mientras se arreglaba para la fiesta, Karen repasaba una y otra vez la furiosa marcha de Gray la noche anterior. Al principio se había recriminado a sí misma las airadas palabras que le había dirigido sobre Maura, deseando correr tras él para decirle cuánto lo sentía. Para asegurarle que no lo había dicho en serio, pero que se había puesto furiosa al oírle decir que no pensaba consentir los caprichos de ninguna mujer.

Pero tras calmarse un poco, de repente se le había

ocurrido que quizás Gray debería reflexionar sobre ser egoísta y poco razonable. No le haría ningún daño mantenerse firme. Pero, ¿y si había ido demasiado lejos? ¿Y si él decidía acabar con la relación?

De repente, mientras se aplicaba el carmín de labios, sintió unas profundas náuseas y pestañeó con fuerza para contener las ardientes lágrimas que inundaron sus ojos. Deseó no ir a la fiesta, deseó haber declinado la invitación, o marcharse a París con Gray y explicarle a Liz a su vuelta por qué no había aparecido en la fiesta de cumpleaños de Sean. ¡Maldición! Iba a tener que maquillarse de nuevo. El día anterior había sido el aniversario de la muerte de Paddy, recordó con dolor. Y había permitido que se quedara solo con su dolor, con su sentimiento de culpa y con su odio hacia sí mismo...

El gemido que abandonó sus labios podría haber sido el de un animal herido. La idea de no volverlo a ver, o de que la ignorara si se cruzaba con él por la calle o en la playa le hacía sentirse físicamente enferma. La repentina muerte de Ryan le había roto el corazón, pero no era nada comparado con la agonía que sentía ante la idea de perder a Gray...

Había pasado la noche frente a la chimenea, cavilando y bebiendo whisky. Al final había sucumbido a un sueño pesado e inquieto en el sillón, despertando de madrugada con el cuerpo dolorido como si le hubiera pateado una mula. Tras subir las escaleras hasta el dormitorio, se había acostado en la cama recriminándose en voz alta por comportarse como un zoquete la noche anterior. Tenía la sensación de haber fastidiado la única posibilidad de recuperar algo de paz y felicidad en su vida.

Se levantó y abrió la ventana de par en par para aspirar el gélido aire de la mañana. Al menos había conseguido dejar de pensar en su atormentada introspección y había empezado a pensar en su pintura. La repentina, e inesperada urgencia de intentar reconstruir su vida y empezar de nuevo, lo había sorprendido y lo había llenado de renovadas energías, tanto que se había vestido a toda prisa y dirigido al estudio...

–Muchas gracias –Gray estrechó las rugosas manos del enmarcador de cuadros a punto de abandonar su casa–. Ha hecho un gran trabajo.

–Ha sido un placer hacer negocios con usted, señor O'Connell. Si tiene algún cuadro más que quisiera enmarcar, no dude en llamarme –el hombre se rascó la cabeza pensativamente–. Ese pintor tiene mucho talento. ¿Por casualidad no lo conocerá?

–¿Por qué? ¿Le gustaría comprarle algún cuadro?

–¡Claro! Ojalá pudiera permitírmelo, señor O'Connell, pero me temo que el sueldo de un enmarcador no da para adquirir grandes obras de arte.

«¡Menuda gran obra de arte!», pensó Gray mientras reprimía una carcajada. Después reflexionó sobre la mañana que había dedicado a seleccionar los cuadros que deseaba enmarcar. De cuando en cuando había sentido la necesidad de volver a arrinconarlos otra vez, pero entonces los ánimos de Karen lo espoleaban para seguir adelante. ¿Por qué había tardado tanto tiempo en aceptar que tenía razón en eso? En realidad, Karen había tenido razón en muchas cosas. Tras marcharse de la cabaña, había pasado la peor noche de su vida. Y se lo tenía merecido. Cuando volviera a verla, se lo explicaría.

Había llamado a los enmarcadores locales de cuadros casi al mediodía, expresándoles su deseo de contratarlos de inmediato. Al explicarle que tenían otros pedidos que atender antes, les había ofrecido una suma tan golosa que no habían podido rechazarlo.

Con todo, la jornada había resultado fructífera y no podía creerse la hora que era cuando al fin miró el reloj. Casi era la hora de cenar y por el delicioso aroma que surgía de la cocina, al parecer Bridie había preparado uno de sus riquísimos estofados. Pasó ante los cuadros colgados en el largo pasillo que conducía a la cocina, observándolos con ojo crítico, pero también con cierta satisfacción.

¿Qué pensaría Karen de lo que había hecho? No se la había podido quitar de la cabeza en todo el día, y cada vez que recordaba el hermoso rostro, el estómago le daba un doloroso vuelco. Se moría de ganas de besarla y explicarle lo mucho que sentía haberse comportado como un idiota. Explicarle que lo sentía tanto que estaba dispuesto a suplicar su perdón. Tras cenar, bajaría a la ciudad para echar una discreta ojeada en el café de Liz, para esperar a que Karen abandonara la fiesta y, con suerte, convencerla para que regresara con él a su casa. Apenas se molestó en contemplar la posibilidad de que pudiera rechazar sus súplicas y mandarlo al infierno...

Capítulo 10

L A FIESTA seguía en pleno apogeo cuando Karen decidió que había tenido bastante. Había disfrutado cantando para Sean, Liz y sus amigos, pero en cuanto al baile y las conversaciones... le resultaba muy difícil compaginarlo con su dolor de corazón.

Abriéndose paso entre la gente, localizó a Liz junto a su novio y chef español, Jorge.

–¿Te marchas? –exclamó la pelirroja–. Aún es pronto, y mañana es domingo. Vamos, mi hermosa cantora, tómate otra copa y suéltate el pelo por una vez.

Era evidente que Liz estaba algo más que achispada y Karen se alegró de no haber tomado nada más que zumos de fruta sin sucumbir al alcohol, aparte del champán con el que había brindado por el cumpleaños de Sean. Además de tener que conducir de regreso a la cabaña, estaba decidida a mantener la mente despejada para poder reflexionar sobre su futuro. Cada vez tenía más dudas sobre la conveniencia de seguir en Irlanda.

Ya no estaba tan segura de que fuera lo mejor para ella porque si Gray daba por terminada la relación, ¿qué sentido tendría? No soportaría encontrarse con él sabiendo que no volverían a vivir la pasión que había entre ellos. O peor aún, verlo con otra.

–No me apetece otra bebida, gracias –Karen le dio un afectuoso beso a Liz en la mejilla–. Me lo he pasado muy bien, pero tengo que irme a casa. Te veré la semana que viene.

–¿Y qué pasa con Sean?

–Eso, ¿qué pasa con Sean? –repitió ella perpleja. La última vez que lo había visto, bailaba animadamente con una chica de pelo castaño que, por su expresión, estaba totalmente encandilada con él.

–Estoy un poco preocupada por él. Para alguien que está celebrando su cumpleaños, está demasiado mohíno –afirmó la pelirroja–. Hazme un favor antes de marcharte, ¿querrás hacerlo, Karen? Mira a ver si está fuera, y si lo está, felicítale de nuevo. Viniendo de ti, significará mucho para él. Gracias, y gracias también por tu música.

Karen agradeció el gélido aire que le golpeó el rostro al salir a la calle. Al fin podía respirar sin la incomodidad del húmedo calor del interior y los vapores del alcohol. Apoyó la guitarra contra el muro de ladrillo y se ajustó el fino abrigo que llevaba. Casi dio un salto cuando Sean salió de entre la oscuridad. Arrojó el cigarrillo hacia el callejón junto al edificio y, con un cálido brillo en sus ojos verdes, se aproximó a ella.

–Eso parece una sauna, ¿verdad? –sonrió–. Se está mucho mejor aquí. No te irás tan pronto, ¿no?

–Me temo que sí –contestó Karen–. Seguramente me encontrarás terriblemente aburrida, pero lo cierto es que estoy muy cansada.

No era mentira, pensó ella con tristeza. Las emociones, sobre todo las negativas, siempre le absorbían la energía. Y desde que Gray se había marchado la noche anterior, había experimentado emociones de sobra.

–Ni en un millón de años pensaría que eres aburrida, Karen –la expresión de Sean se tornó más seria–. Si quieres que te diga la verdad, me pareces increíble.

–Qué encanto –Karen se encogió de hombros avergonzada–, pero no estoy de acuerdo.

–El que vinieras a cantar para mí, lo ha convertido

en mi mejor cumpleaños. Si pudiera, te oiría cantar todas las noches –Sean avanzó y se paró a escasos centímetros de Karen.

Sintiéndose repentinamente incómoda, ella sonrió
con nerviosismo.

–Bueno... pues feliz cumpleaños otra vez, Sean, y
gracias por ayudarme con los amplificadores y todo eso.
Seguiremos viéndonos, seguramente en el café de Liz.

Sean apoyó una mano en la cintura de Karen arras-
trándola hacia él. El beso, claramente destinado para
sus labios, aterrizó sobre la mejilla al dar ella un paso
atrás.

–No te vayas –le suplicó con expresión contrita–. No
pretendía ofenderte, pero esta noche estás tan hermosa
que no he podido resistirme a robarte un beso. ¿No podemos entrar y tomarnos una copa y, quizás, bailar?

–No creo que sea una buena idea, Sean.

–¡Karen!

La familiar voz que surgió de entre las sombras desde
el pequeño aparcamiento al otro lado de la calle hizo
que a Karen le flaquearan las rodillas de alivio. Pero, al
mismo tiempo, se sintió confusa. ¿Qué hacía Gray allí?
Imposible que la estuviera esperando.

La imponente figura salió de la oscuridad y quedó
iluminada por una farola. Iba vestido completamente de
negro. Las gotas de lluvia resplandecían como gemas
en la cazadora y en los cabellos, haciéndole parecer el
sombrío héroe de alguna película. Karen se quedó helada, sin saber si arrojarse en sus brazos o dirigirse hacia su coche y marcharse a casa.

–¿Va todo bien? –en unas pocas zancadas estuvo
frente a ella.

–Estoy bien –contestó ella con voz temblorosa–.
¿Qué haces aquí?

Gray no contestó, pero la miró como si estuviera hechizado hasta que desvió la mirada hacia Sean, como si de repente fuera consciente de que el joven los observaba.

–¿Bonita fiesta? –preguntó en tono burlón no exento de rabia.

El estómago de Karen se encogió. ¿Habría presenciado el intento de Sean de besarla? ¿Pensaría que ella le había dado pie?

–Ha estado bien –murmuró Sean hundiendo torpemente las manos en los bolsillos del vaquero–. Aún no ha terminado. ¿Te apetece pasar a tomar algo?

–No, gracias –con los labios apretados, Gray tomó la guitarra y agarró a Karen posesivamente de la mano–. La dama y yo nos vamos a casa... por cierto, ¿Sean?

–¿Qué?

–La próxima vez que quieras besar por sorpresa a una mujer que no está interesada en ello, asegúrate de que no se trate de Karen, ¿de acuerdo?

–¡Gray! –exclamó Karen escandalizada mientras intentaba en vano soltar su mano.

–Tenía que dejarlo claro –murmuró él con gesto serio mientras la conducía hacia el aparcamiento.

Se paró frente al todoterreno y abrió la puerta trasera para dejar la guitarra en el asiento.

–¿Qué estás haciendo? –preguntó ella furiosa.

–He venido a recogerte y llevarte a casa –le anunció Gray cerrando de un portazo.

–No necesito que me lleves a casa, he venido en mi coche. ¿Y a qué te referías cuando has dicho que tenías que dejarlo claro con Sean? Anoche te marchaste porque no te permití obligarme a hacer lo que tú querías hacer. Y ahora hablas de nosotros como si tuviéramos alguna clase de relación formal. ¿Me he perdido algo, Gray? –respirando entrecortadamente, Karen no podía controlar la oleada de emociones que la envolvía.

–En primer lugar –él hizo una mueca de dolor–, te debo una disculpa por perder los nervios anoche. En segundo lugar, quiero que sepas que no estaba enfadado contigo por lo que dijiste sobre Maura. Tenías derecho a atacarme, pero también quiero que sepas que cuando se marchó, lo único que sentí fue alivio. Fue una buena compañía durante una época difícil... cuando perdí a mi padre. Pero ambos sabíamos que ni queríamos, ni esperábamos tener un futuro juntos. Reaccioné mal porque parecías encontrar lógico que ella me hubiera abandonado... como si no dudaras de que me lo mereciera.

Gray se alisó los cabellos y se frotó el indomable ceño fruncido.

–No niego que debía ser un infierno vivir conmigo en aquella época, y lo único que siento por esa mujer ahora es compasión por el tiempo que tuvo que aguantarme. Vivía para alimentar mi pena y mi sentimiento de culpabilidad, y cualquiera que estuviera cerca de mí acababa siendo víctima de mi cólera. Ahora lo lamento.

–¿Entonces no la amabas? –Karen suspiró con una mezcla de alivio y de sorpresa.

–¡Por el amor de Dios, claro que no! Durante un tiempo fuimos... digamos, convenientes el uno para el otro.

Consciente de que se refería al plano sexual, Karen sintió una sacudida de celos.

–Entiendo...

–Soy un hombre con una libido saludable, no lo niego –puntualizó él con una risa gutural–. Y me molesta no satisfacer esas necesidades, incluso si el admitirlo hace que te sonrojes.

Agarrándola por la cintura, la atrajo hacia sí, contra su endurecida masculinidad. De inmediato, el frío de la noche se esfumó, como si el sol hubiera aparecido de repente en el cielo y la iluminara solo a ella.

–Yo también te debo una disculpa, Gray. No quise disgustarte con lo que dije.

–Ya te he dicho que tenías todo el derecho a desahogarte. Es encomiable que decidieras mantener tu promesa y yo no tenía derecho a decirte lo que debías hacer. ¿Estuvo bien la fiesta?

«Sin ti, cada instante fue como una eternidad», pensó Karen.

–Estuvo bien. Pero al final resultó que hubiera preferido quedarme en casa.

–¿O viajar a París conmigo? –sugirió Gray mientras sonreía con ternura.

–Quizás... –contestó ella ladeando la cabeza.

–Por cierto, ¿te estaba molestando Sean? –preguntó él sin ocultar sus celos.

–No. Sospecho que se había tomado una cerveza de más, pero es que era su cumpleaños.

–Y yo sospecho que tendré que acostumbrarme a que los hombres te miren y te deseen –Gray le besó las comisuras de los labios–. Pero pobre del que intente hacer algo más.

–Eso suena un poco posesivo.

–Porque en lo que a ti concierne, lo soy –los ojos grises centellearon.

–Pues no lo seas. No soy un objeto de tu propiedad como el retrato que estás pintando.

Karen se apartó de él, decepcionada y herida al sentir que no significaba para él más que la «conveniente», y desafortunada Maura. Por mucho que lo amara, no iba a conformarse con menos que el amor correspondido.

–Me voy a casa –rebuscó en el bolsillo del abrigo y encontró las llaves del coche–. ¿Me devuelves la guitarra? –pidió con el corazón acelerado.

–Espera –Gray le agarró la mano–. Por favor, escúchame. Me has malinterpretado, aunque supongo que es culpa mía. No quiero que creas que para mí no eres más que un objeto decorativo. Esto no está saliendo tal y como yo pretendía. Esperaba que me acompañaras a mi casa esta noche. Al menos así podré explicarte mejor lo que siento. ¿Qué me dices?

–No sé... –Karen sintió renacer en ella la ilusión, pero no podía permitirse el lujo de confiar en él, ya no. Se encogió de hombros, sintiendo nuevamente frío.

–Tengo una idea –Gray abrió la puerta delantera del coche e hizo una reverencia–. Súbete y nos vamos a la playa. Pasearemos bajo la luz de la luna. ¿Qué me dices?

¿Cómo rechazar a ese atractivo hombre de hechizantes ojos grises?

Aunque la cosa no funcionara entre ellos, siempre le quedaría el recuerdo de la noche que la invitó a pasear por la playa para contemplar el mar bajo la luz de la luna.

–De acuerdo –asintió ella al fin, estremeciéndose bajo el frío.

El trayecto hacia la playa desierta transcurrió en silencio y Gray sintió una extraña sensación de paz como no había sentido jamás. Un sentimiento que solo podía achacar al placer de la compañía de Karen y a la milagrosa sensación de que el mundo empezaba a cambiar para mejor. Por primera vez en mucho tiempo, la esperanza había encontrado una diminuta rendija por la que colarse en el muro que había construido para protegerse del dolor. Cerró el coche y rodeó a Karen por la cintura guiándola hacia la orilla del mar.

Al llegar a la orilla, Gray contempló maravillado la impresionante vista. Las olas del mar lamían la orilla iluminada por la luna, provocando un sonido parecido a un susurro... «el aliento de la vida». Un aliento que lo urgía a vivir de nuevo. Estar allí con esa encantadora mujer que le aceleraba el corazón cada vez que la veía, cada vez que pensaba en ella, le hizo sentirse intensamente vivo, casi liberado de una prisión.

–Si yo fuera pintora –murmuró Karen con dulzura–, esta sería la escena que querría pintar.

–Yo te enseñaré –Gray se volvió hacia ella con una sonrisa en los labios.

–¿A pintar?

Los ojos azules se quedaron fijos en el rostro de Gray, que se sintió casi desfallecer. La luna bañaba los exquisitos rasgos de Karen con sus suaves y etéreos rayos, dejándolo sin aliento. Era bellísima y Gray se moría de ganas de regresar al estudio para terminar el retrato. Después, lo colgaría en el sitio de honor de su casa... sobre la cama.

–¿Te gustaría aprender?

–Seguramente se me da fatal.

–¿Igual que se te da fatal cantar o tocar la guitarra? –bromeó él.

–Podría enseñarte a tocar la guitarra a cambio de tus clases de pintura. ¿Sabes cantar?

–Ni una nota. Alguien dijo en una ocasión que mi voz podría romper una doble ventana.

Los perfectos dientes blancos brillaron bajo la luz de la luna y la sonrisa hizo que Karen sintiera ganas de abrazarlo con fuerza y no soltarlo durante mucho tiempo.

–Estás helada –observó Gray repentinamente serio–. Ven aquí.

La abrazó fuertemente contra su pecho. Las manos de Karen se deslizaron automáticamente hacia la cintura de Gray y, apoyando el rostro contra el masculino corazón, cerró los ojos unos instantes, aspirando su esencia. No solo adoraba el extraordinario físico que poseía, reflexionó, sino también la pura energía y esencia masculina y sobre todo la innata bondad.

–Todavía los echo de menos.

Comprendiendo de inmediato a quién se refería, Karen contuvo el aliento. A sus espaldas el sonido de las olas rompiendo contra la orilla resultaba cautivador.

–En realidad no conocí a mi madre, pero llevo conmigo una sensación de su calor y dulzura que no me puedo quitar de encima. El recuerdo me asalta en ocasiones cuando menos me lo espero –Gray estrechó a Karen con más fuerza–. Mi padre nunca hablaba de por qué se suicidó, con lo cual supongo que jamás lo averiguaré. Estuve furioso con él durante mucho tiempo por ese motivo. Supongo que lo haría para protegerme y, al mismo tiempo, debía culparse a sí mismo. Le gustaba proyectar la imagen de persona dura, pero bajo la superficie era tierno y sentimental. Debió echarla locamente de menos cuando se fue.

Se hizo el silencio. Instantes después, Karen sintió un estremecimiento en el masculino cuerpo y levantó la vista, alarmada, descubriendo el brillo de las lágrimas en sus ojos.

–¡Oh, Gray...! –conmovida por su tristeza, ella le rodeó el cuello con los brazos y, poniéndose de puntillas, lo besó dulcemente, enjugando sus lágrimas con el pulgar–. No pasa nada, cariño. Ahora vuelven a estar juntos, y en paz. Estoy segura de ello.

–Esa es una idea muy reconfortante –la mirada plateada se fundió con la de Karen–. ¿Y qué me dices de Ryan? ¿También estará en paz, Karen?

–Me gustaría pensar que sí. Dios sabe que se lo merece.

–Quizás todos los seres queridos que hemos perdido nos empujan en silencio a que vivamos la mejor vida posible en su honor.

–Eso es muy hermoso, Gray –Karen le acarició el rostro y sonrió.

–A lo mejor es que sacas lo mejor de mí.

–A lo mejor, pero ahora que has revelado tu secreto, ya no podrás volver atrás.

–¿Qué secreto? –Gray se puso ligeramente tenso.

–Te comportas como un león, pero en el fondo eres tan tierno y sentimental como tu padre. Lo cierto es que eres un gatito.

–¿Un gatito? Es la acusación más indignante que me han dirigido jamás. ¡Retíralo ahora mismo o lo lamentarás, mujer!

Gray empezó a hacerle cosquillas y Karen apenas podía recuperar el aliento para reírse. Después la agarró por la cintura y le hizo girar en la arena hasta hacerle marearse.

–Gray, por favor... Para o estaré mareada el resto de mi vida –suplicó ella sin dejar de reír.

–Pararé si accedes a venir a casa conmigo ahora mismo.

–¡Sí! –casi sin aliento y con el corazón acelerado, Karen no lo dudó ni un instante–. Iré contigo, Gray –la expresión de deseo que veía en los ojos grises le encantaba.

Gray le dio un beso apasionado en los labios que despertó el deseo de Karen.

–Te echo una carrera hasta el coche –exclamó él mientras echaba a correr por la arena.

Consciente de no tener ninguna oportunidad y sin parar de reír, Karen corrió tras él.

Cuando Gray abrió la puerta de la casa, Karen dejó de reír. Enseguida le llamaron la atención los cuadros recién enmarcados colgados de las paredes, y se quedó muda de la emoción.

–Has colgado los cuadros... –volviéndose hacia el

hombre que se había sumido en un preocupante silencio, le apretó la mano–. Gray... ¡es maravilloso!

–Nunca lo habría hecho de no ser por ti –contestó él–. Fueron tus ánimos y tu fe en mí lo que lo consiguió. También me has hecho enfrentarme a mi comportamiento.

–Creo que me sobrevaloras. Antes o después habrías despertado a tu verdadera naturaleza, y también a tu talento, Gray.

–¿Eso crees?

–Sí, pero creo que a veces debemos tocar fondo para reorganizar nuestras vidas. Y aunque solo fuera para ser el maravilloso hombre que eres, con eso bastaría.

–¿Maravilloso, dices? –Gray le tomó la mano y, delicadamente, le besó los dedos–. Eso ni se acerca a lo que yo pienso de ti, mi chica de ojos brillantes. Y creo que me llevará el resto de la noche explicarte todos los adjetivos que me vienen a la cabeza.

–¿En serio? ¿El resto de la noche? –el calor inundó a Karen hasta los dedos de los pies. Y la esperanza que se había atrevido a sentir cuando le había prometido compartir sus sentimientos con ella, regresó de nuevo.

–En serio. Pero antes creo que necesitamos tomar algo para calentarnos. ¿Qué te apetece? ¿Chocolate caliente o whisky?

–Creo que chocolate caliente. Pero antes quiero echar un vistazo a tus cuadros.

–De acuerdo. Tus deseos son órdenes.

Tomados de la mano, pasearon ante los cuadros inspeccionándolos. Al final del pasillo, y sorprendiéndolos a ambos, apareció Bridie. Llevaba puesto el abrigo de lana, preparada para marcharse a su casa. Era mucho más tarde de su hora y Gray la miró preocupado.

–Bridie... ¿no deberías haberte marchado ya a casa? ¿Sucede algo? ¡No será Chase!

La amable mujer que había cocinado y limpiado para él desde su regreso a Irlanda, la que había aguantado sus malos humores, lo miró a los ojos y sonrió dulcemente.

–El perro está bien. Está durmiendo frente a la chimenea, como de costumbre.

–Entonces, ¿qué sucede?

–Estaba contemplando el cuadro que pintó de usted y su madre, el que hizo a partir de la foto que su padre me mostró una vez. Este.

La mujer se acercó al cuadro que tenía más cerca y el corazón de Gray se encogió. Sin palabras, con la mano de Karen firmemente sujeta, se encontró frente al adorable retrato de la madre con su hijo.

–¿Qué le sucede al cuadro?

–Se habría sentido tan orgullosa de haber podido verlo. «Mi hombrecito será importante algún día», le diría a todo el mundo. Ninguna madre amó tanto a su bebé como su madre lo amó a usted, señor O'Connell... Gray... –susurró Bridie con labios temblorosos.

Gray se quedó helado.

–A quien no podía amar era a sí misma –continuó la mujer–. Su padre siempre le decía lo encantadora que era, que lo significaba todo para él, pero ella sufría una grave depresión y los médicos no pudieron hacer nada. Todos sabíamos que estaba mal, pero nadie se esperaba que hiciera lo que hizo. Solía bajar a la playa y se quedaba contemplando el horizonte como si las olas pudieran traerle alguna respuesta que la ayudara. Y un día no regresó. El cuerpo apareció en la orilla al día siguiente, llevado por la marea. Su padre también quiso morir, pero sabía que tenía un hijo del que cuidar. Sé que Paddy nunca le habló de la muerte de su madre, señor O'Connell, y no puedo decir que los que lo conocimos estuviéramos de acuerdo con él, pero... –la asistenta sacudió la cabeza con tristeza–. Lo hizo lo mejor que pudo. Cuando vi el cuadro, comprendí lo mucho que debe seguir pensando en ella, y sentí que debía contárselo. Espero que no le haya sentado mal.

–Por supuesto que no me ha sentado mal, Bridie –saliendo del doloroso trance en que parecía haberse sumido, Gray soltó la mano de Karen y se fundió en un abrazo con la otra mujer–. Gracias. Pero será mejor que se marche. La veré el lunes a la hora de siempre.

Tras cerrar la puerta, Gray dejó caer los brazos a los lados y se quedó mirando el suelo.

–¿Gray?

Karen se acercó a él e hizo un amago de tomarle la mano, pero Gray, presa de una gran distracción se apartó de ella y se dirigió a la escalera.

–Dame unos minutos, ¿quieres? –inmerso en el dolor, rezó para que lo comprendiera.

–Por supuesto –susurró ella.

Capítulo 11

MEDIA HORA después, Gray aún no había reaparecido. Sentada en el sofá, con la enorme cabeza de Chase apoyada en el regazo, Karen se sentía cada vez más inquieta.

Incapaz de quedarse esperando más tiempo, se levantó y tras localizar la cocina, meticulosamente ordenada y limpia, buscó un cazo, hirvió leche y preparó dos tazones de chocolate caliente.

La historia sobre la madre de Gray, contada por Bridie, había resultado conmovedora y Karen se preguntó cómo habría podido guardar el secreto la otra mujer sin sentirse tentada a contárselo antes. Seguramente debía haber respetado mucho a Paddy. De no haber colgado Gray el retrato, ¿se lo habría contado alguna vez? No se atrevía ni a pensar en la pena con la que había tenido que vivir sabiendo que su madre se había quitado la vida.

Repentinamente impaciente por estar a su lado, terminó de preparar el chocolate y, con el corazón en la boca, subió las escaleras hasta el primer piso. Esperaba poder encontrar a Gray sin tener que registrar todas las habitaciones. Era evidente que las palabras de la asistenta le habían causado un hondo impacto y necesitaba ofrecerle consuelo.

Al final del pasillo encontró una puerta abierta de par en par. Susurró su nombre, pero al no obtener respuesta, entró. Gray estaba sentado en la enorme cama

labrada, con la espalda hacia la puerta, la cabeza agachada y las manos apoyadas en los muslos. El estallido
de amor que sintió por él la dejó literalmente sin habla
durante un momento.

Dejó las tazas de chocolate sobre la cómoda más
cercana a la cama y se acercó al silencioso hombre.
Respirando nerviosa, apoyó una mano sobre el atlético
hombro.

–Siento mucho lo de tu madre, Gray. Debió haber
sido muy difícil para tu padre y para ti vivir sin ella.
Pero quizás ahora que sabes la verdad sobre lo que hizo,
puedas comprender que no fue culpa de nadie.

Gray levantó lentamente la cabeza y la miró. La expresión de sus ojos era sobrecogedora y decía mucho
más que las palabras. De repente, como si alguien hubiera accionado un interruptor, la sangre de Karen se
convirtió en un río de lava. La necesidad de ayudarlo y
consolarlo se convirtió en su única fijación.

–Durante años me he atormentado sin saber por qué
lo hizo, por qué yo no había sido suficientemente bueno
para que se quedara.

–No, Gray, tú no hiciste nada malo. No eras más que
un inocente bebé y tu madre padecía depresión. Puede
ser una de las enfermedades más terribles.

Rodeándolo con sus brazos para ofrecerle calor y cariño, Karen sintió que Gray se ponía tenso y luego emi-
tía un desgarrador suspiro. Con el corazón acelerado, se
encontró de repente sentada sobre su regazo, con el rostro entre sus manos y los labios devorándola con una
desesperación que le hizo sentirse el epicentro de un huracán sensual.

Gray gimió contra su boca e introdujo la ardiente
lengua en un simulacro del sexo que siempre la dejaba
sin aliento. Alzando momentáneamente la cabeza, la
miró a los ojos transmitiéndole todas las emociones, to-

dos los sentimientos, que había sentido jamás. De no
haber estado sentada, esa mirada la habría hecho caerse
al suelo.

Sin embargo, apenas tuvo tiempo de registrar lo que
había en las grises profundidades antes de encontrarse
tumbada de espaldas con la mente hecha un torbellino
y la sangre rugiendo en sus venas mientras él la desnu-
daba apresuradamente. Gray se quitó la cazadora que
aún llevaba puesta y después el jersey y la camiseta que
arrojó descuidadamente a sus espaldas. Tras bajarse la
cremallera de los vaqueros, tiró de las braguitas de seda
de Karen, deslizándolas por sus finas caderas, y se hundió en su interior.

Karen cerró los ojos y emitió un grito animal que vació sus pulmones sin ocultar ni un ápice de su placer o
su deseo. Hundiendo los dedos entre los negros cabellos, levantó las piernas para aprisionar las masculinas
caderas y llevarlo aún más profundamente a su interior.
La boca de Gray se deslizó de un pecho a otro, primero
para chupar y luego para mordisquear. La fiebre volcá-
nica que estaba a punto de estallar dentro de ella se afe-
rró a duras penas al precipicio de su deseo. Y cuando
Gray la embistió con fuerza, estalló.

Mientras Karen surcaba la sensual estratosfera a la
que él le había llevado, lo abrazó con fuerza, hundiendo
las uñas de los dedos en los brazos que la sujetaban. Las
caderas continuaban basculando con fuerza contra ella,
una y otra vez, hasta quedar inmóviles, acompañadas
de un extático grito de liberación que resonó en sus oídos mientras, aún aturdida, se daba cuenta de que había
vertido su semilla en su interior.

El corazón empezó a galopar con más fuerza aún.

Sintió la cabeza de Gray apoyada en su pecho, pero
no solo notó la rugosa barbilla sino también la humedad
que emanaba de sus ojos. Eran lágrimas silenciosas y

emotivas por la familia que tan trágicamente había perdido. El enloquecido encuentro sexual había servido para purgar parte del dolor.

Una emoción tan fuerte servía para limpiarte por dentro, Karen lo sabía. Lo había experimentado numerosas veces en los días y meses que siguieron a la muerte de Ryan.

Apartándose de ella, Gray sonrió con cierta tristeza, secándose el rostro con la mano antes de abrazarla tiernamente.

—Te amo —proclamó sin más con voz ronca.

La declaración hizo que a Karen se le parara momentáneamente el corazón. Cuando la impresión empezó a ceder, apoyó una mano sobre el corazón de Gray y lo miró.

—Yo también te amo, Gray —admitió ella sin reservas—. ¿Gray? —preguntó al notarlo tenso.

—Nunca había sentido algo así por nadie... nunca me había sentido capaz de desprenderme de todo lo que poseo por una mujer. Pero así es como me siento cuando estoy contigo, Karen. Al principio pensaba que era presa de una loca obsesión, pero ahora sé que es amor. Siempre lo ha sido, desde el momento en que me gritaste furiosa en el bosque. No me lo podía creer, te veía tan poquita cosa y aun así no dudaste en ponerme en mi sitio. ¿Eres consciente de lo mucho que me asusta desearte y necesitarte tanto?

—¿Por qué te asusta amarme? —Karen lo miró con ternura.

Porque no quiero perderte.

Gray le acarició la mejilla mirándola con una expresión vulnerable como ella jamás le había visto, y supo que debía estar pensando en las trágicas pérdidas que le habían hecho desconfiar de entregar de nuevo su corazón a alguien.

–No vas a perderme, Gray. Tengo intención de quedarme contigo mucho tiempo. Jamás pensé que querría estar con otro hombre después de perder a Ryan, pero me equivoqué. Aunque al principio de conocernos parecías seco y gruñón, y también autoritario y enfadado, supe que no eras realmente así. Y me alegro de haberme quedado.

–Me comportaba así porque me sentía perdido, Karen. Totalmente perdido... hasta que te conocí. Había logrado amasar una fortuna, pero mi vida personal descarrilaba peligrosamente. Había perdido la fe en todo, no le encontraba sentido a nada. Ni siquiera disfrutaba de mi riqueza porque detestaba todo lo que había hecho para conseguirla.

–Sé que ha debido ser una agonía escuchar el relato de Bridie, pero ¿te ha ayudado?

–Supongo que puso el punto y final a mis locas fantasías sobre mi padre empujándola al suicidio –los ojos grises se cerraron durante un instante–. Descubrir la verdad ha supuesto un alivio, y también saber que mi padre fue el hombre honesto y leal que en el fondo siempre pensé que era. Pero la idea de ella en la playa, sola, me sigue destrozando.

–Lo sé, cariño, pero eres fuerte, mucho más de lo que crees. Y cada vez que te sientas decaído, yo estaré aquí para escucharte, y para ayudarte. Ya no volverás a estar solo.

–Y yo haré lo mismo por ti, cielo. No he olvidado que tú también has tenido tu buena dosis de sufrimientos. Me duele preguntártelo, pero ¿sigues echando de menos a Ryan?

Karen no sabía cuándo echarlo de menos se había convertido en aceptar que se había marchado y en el convencimiento de que debía construirse una nueva vida, pero así era. Quizás no habría ocurrido tan pronto de no haberse enamorado de Gray, pero daba gracias a Dios porque hubiera sucedido.

—Jamás lo olvidaré —contestó ella mirándolo a los ojos—, pero ya no lo echo de menos. Él querría que volviera a encontrar el amor, que reconstruyera mi vida con alguien que me quisiera realmente y a quien yo quisiera. Para serte sincera, nuestro principal punto en común era la música.... Ryan no era capaz de amarme del modo en que lo haces tú, Gray —Karen sintió que le subía la temperatura ante la admisión—. Lo que nos sucedió pertenece al pasado. No podemos vivir el resto de nuestras vidas en el temor de que nos vuelvan a ocurrir cosas malas porque creo sinceramente que las cosas pueden mejorar.

—Siempre que tengas claro que vas a hacer de mí un hombre honrado, porque no viviré en pecado. Tengo mi sentido de la moral.

—Moral, y un...

—Eh, eh. Esa no es la respuesta que espero recibir de una dama —bromeó él.

—¿Estás seguro de que quieres estar conmigo, Gray? —ella rio, sintiendo surgir la esperanza, pero también una angustiosa duda.

—No creo haber estado tan seguro de nada en mi vida —Gray suspiró, acariciándole los cabellos—. Sería un completo idiota si te dejara marchar, Karen Ford. Y puedo ser muchas cosas, pero no soy ningún idiota.

Poniéndose de rodillas y con los dorados cabellos revueltos sobre los hombros, Karen contempló maravillada el sombrío y atractivo rostro de hechizantes ojos grises que había llegado a amar. Y en su pecho, el corazón se saltó un latido.

—¿A qué te referías con que no vivirás en pecado?

—¿Tú qué crees? —Gray le tomó las manos y la atrajo hacia sí hasta tumbarla sobre él.

Karen descubrió de inmediato que estaba completamente excitado de nuevo y su sangre empezó a vibrar al sentirle penetrarla mientras la agarraba con firmeza de las caderas.

—Lo que quiero decir es que quiero casarme contigo. ¿Me aceptarás como esposo?

—¡Sí, Gray, te acepto!

Karen se agachó para fundir los labios con los suyos en un beso apasionadamente tierno y su amor quedó impregnado de la alegría y la maravillosa sensación de encontrarse el uno al otro después de todo el dolor que habían sufrido antes de conocerse, y también de gratitud por haber recibido una segunda oportunidad.

Más tarde, tumbado en la cama junto a una dormida Karen, Gray se obligó a permanecer despierto. Lo inundaba una profunda sensación de paz y deseaba saborear esos preciosos momentos en los instantes previos a regresar al mundo de los vivos. Si hacía falta, permanecería despierto toda la noche, solo por experimentar la felicidad de poder contemplar a la mujer que yacía junto a él y que había accedido a ser su esposa en lugar de despedirse de él como había temido que hiciera. Ya no volvería a preguntarse qué había hecho para merecer tanta suerte. Se limitaría a dar gracias por todo lo bueno.

Antes de que su madre enfermara, ¿habrían sentido sus padres lo mismo el uno por el otro? ¿Habrían sentido que, al tenerse el uno al otro, su felicidad no podía ser mayor? ¿Había yacido su padre junto a su madre, tal y como hacía su hijo en esos momentos junto a Karen, pensado en lo hermosa y perfecta que era y el milagro que sería tener un hijo?

El corazón le dio un vuelco. No habían tomado precauciones al hacer el amor tan apasionadamente hacía unos minutos, y ella no lo había mencionado. ¿Le im-

portaría quedarse embarazada? De repente comprendió
que deseaba desesperadamente tener hijos. Tener la
oportunidad de ser padre... de ser un buen padre, y
transmitirle algo del valor y la lealtad que su propio padre le había enseñado.

Suspiró y se estiró, y volvió a contemplar el hermoso
rostro de su amada. Karen había perdido el aire de tristeza y vulnerabilidad que había tenido cuando se habían
conocido, y Gray se sentía sumamente agradecido por
ello. No soportaba la idea de verla infeliz. Y en esos
momentos estaba casi seguro de que a ella no le importaría tener su bebé. Y si lo que deseaba era seguir con
su carrera musical, se aseguraría de que lo hiciera. Su
futura esposa se merecía todo lo que pudiera desear su
hermoso corazón. Jamás había conocido a una mujer
con tanto amor que dar. Habría más que suficiente para
él y para sus hijos.

Relajándose al fin, la rodeó con sus brazos y se rin-
dió al sueño...

Epílogo

KAREN paseaba de un lado a otro de la habitación con una mano apoyada en los riñones para intentar aliviar el dolor que había comenzado aquella mañana y que no había remitido en todo el día. Podría estar de parto, pero como el dolor tampoco se había intensificado, no estaba segura. Seguramente se debía a que estaba tan gorda que parecía a punto de estallar de un momento a otro.

Margaret, la rolliza comadrona que Gray había contratado les estaba preparando el té y Karen esperaba ansiosa el regreso de su marido de Dublín. Quería tenerlo a su lado.

Se había marchado el día anterior para visitar la galería de arte que exponía sus obras. La galería era de las más prestigiosas y ella le había aleccionado sobre su comportamiento en sociedad. Sabía que cuando Gray se ponía nervioso demostraba muy poca paciencia y era bastante probable que estuviera tenso ya que Margaret le había informado puntualmente al mediodía, cuando lo había llamado al coche, de que su esposa empezaba a mostrar claras señales de estar de parto y que debería darse prisa en regresar.

—Siéntate, cabezona.

Liz, que se había convertido en su amiga íntima, estaba junto a ella con expresión irritada a la par que preocupada. La joven empresaria acababa de prometerse al encantador Jorge y era asidua de la residencia de Gray y Karen con quien planeaba los detalles de la boda.

Karen al fin cedió y se dejó acompañar por Liz al sillón. Mientras aceptaba la taza de té que le ofrecía la comadrona, oyó el sonido del motor del coche de Gray que, tras dar un sonoro portazo, entró en la habitación con expresión ansiosa y los hombros empapados por la gélida lluvia de noviembre. Karen sonrió con el corazón acelerado.

–Siempre traes la lluvia contigo –bromeó aliviada de verlo–. Menos mal que me encanta.

Gray ignoró el comentario de su esposa y se agachó frente a ella mientras Liz y Margaret abandonaban discretamente la habitación.

–¿Estás bien? ¿Aún no estás de parto? Me entró el pánico cuando Margaret me telefoneó.

–Ojalá no te hubiera llamado, pero solo estaba pensando en mí. Sabe lo mucho que deseaba que estuvieras aquí. Espero que no hayas conducido demasiado deprisa.

–No cometería esa estupidez. Por suerte las carreteras estaban despejadas. Cuéntame, ¿ha empezado ya?

–No, aún no estoy de parto, y aparte de sentirme como una ballena, estoy contenta y bien.

–Esa es mi chica.

Gray la besó y Karen saboreó la lluvia y el viento en sus labios. Durante un momento deseó poder bajar a la playa con él para saborear en ellos también el mar. Pero tendría que conformarse con tenerlo a su lado y tomarle de la mano. Jamás le había mencionado el miedo que tenía al parto, lo aterrorizada que estaba por si algo salía mal. Pero lo cierto era que lo que más le asustaba era el efecto que el parto pudiera tener en su esposo.

–¿Qué tal la exposición? Apuesto a que el atractivo artista invitado se llevó de calle a todas las damas de Dublín.

–Pues si lo hizo –contestó Gray secamente–, fue sin

darse cuenta porque su mente estaba ocupada en la preciosa esposa que lo esperaba en casa a punto de tener a su primer hijo. Además, mis admiradoras son expertas en arte, no de las que se dejan llevar por el físico.

—A no ser que ninguna baje de los ochenta, no me lo creo. De todos modos, mi amor, no creo que sea hoy. Me refiero a lo de ponerme de parto —Karen le acarició la barbilla en la que ya empezaba a apuntar la barba—. Seguramente mañana.

—Entonces descansa y tómatelo con calma. Debes haber vuelto locas a la pobre Margaret y a Liz —Gray se levantó—. Iré a ver si alguna se apiada de mí y me prepara una taza de café.

—Seguramente se pelearán por ello. Por cierto, ¿te he dicho lo orgullosa que estoy de ti? Cualquiera que vea tus cuadros comprenderá el gran talento que tienes. Y... ¡Oh! —un lacerante dolor desgarró a Karen.

Gray se dejó caer de inmediato frente a ella.

—¿Karen?

—Estoy bien —jadeó ella mientras intentaba sonreír, aunque una segunda punzada de dolor, aún más fuerte que la primera, le congeló la expresión.

Si estaba poniéndose de parto, ¿no debería haber más tiempo entre una contracción y la siguiente? Karen pronunció una breve oración para que todo fuera bien.

—Será mejor que avises a Margaret.

—Todo irá bien, te lo prometo. No te preocupes —la calmó Gray—. Estaré contigo todo el rato.

Besándola con dulzura, salió corriendo hacia la cocina llamando a gritos a la enfermera.

El parto fue intenso y rápido, tanto que no dio tiempo de llegar al hospital y Karen dio a luz a su hermoso niño en casa.

Por enésima vez, Gray dio gracias al Cielo por haber contratado a una comadrona para que se quedara en la casa, aunque había tenido que sufrir no pocas bromas por ello. En esos momentos, mientras acunaba a su hijo, Padraic William, Padraic por el padre de Gray y William por el de Karen, no podía dejar de admirarse ante la perfección del bebé arropado en su mantita de lana. Tenía los cabellos negros y los ojos de color azul oscuro. De mayor iba a ser un rompecorazones.

Un tumulto de emociones lo embargó mientras su mirada iba de Karen, hermosa a pesar del intenso parto sufrido, a su precioso hijo. Sentado en el sillón junto a la cama, más feliz de lo que había sido en su vida, casi pudo sentir el amor de sus padres a su alrededor, casi los sintió sonriéndole a él y a su hermosa familia, como si le dieran sus bendiciones.

–¿Por qué sonríes? –Karen le acarició un brazo, con aspecto cansado aunque feliz.

–¿Y por qué crees que sonrío? Soy el hombre más afortunado del mundo.

–Pues será mejor que te lo creas, Gray O'Connell, porque desde luego yo no me he imaginado la agonía que he pasado para presentarte a tu hijo.

Gray recordó el rostro de su esposa, distorsionado por el dolor, y las furiosas palabras que le había dedicado en el punto álgido de su agonía.

–¿Ha sido muy malo? –preguntó en un susurro con la voz ligeramente ronca.

–No ha habido nada malo, amor mío. Solo bromeaba –Karen le acarició los revueltos cabellos y sonrió–. Cada instante de incomodidad ha valido la pena por tener aquí a nuestro hombrecito. Es adorable, ¿verdad? –apoyó una mano sobre la cabecita del bebé.

–Lo es. Absolutamente adorable.

—Y su padre también —añadió ella con los ojos húmedos.

—No llores, cariño, o harás que me ponga a llorar yo también, y no sería bueno para mi reputación. Por cierto, tengo un regalo para ti.

Sujetando al bebé contra el pecho, Gray hundió una mano en el bolsillo del pantalón y sacó un sobre, ligeramente arrugado, que entregó a Karen con una sonrisa tímida.

—Debería haberlo atado con un lazo rosa, pero estas cosas no se me dan demasiado bien.

—Puede que no se te de bien atar lazos rosas, pero hay muchas cosas que sí haces bien. No tenías que comprarme nada. Tengo todo lo que pudiera desear: a ti y al pequeño Padraic.

Al rasgar cuidadosamente el sobre y sacar de él la hoja impresa, Karen sacudió la cabeza.

—¿Me regalas la cabaña de tu padre y los cincuenta acres que la rodean? ¡Oh, Gray! Esto es demasiado. Eres demasiado generoso.

—Te mereces esto y mucho más. No es más que un pequeño gesto para agradecerte la alegría y felicidad que has traído a mi vida. Quizás te gustaría utilizar parte de las tierras para construir un estudio de grabación. Ya he hablado con un arquitecto especializado y en cuanto te encuentres con ánimo, puedes empezar a hacer planes.

—¿Gray O'Connell?

—¿Sí, señora O'Connell?

—Quiero que traigas al bebé y te metas en la cama con nosotros ahora mismo.

—Si no hay más remedio... —con un teatral movimiento de cejas, Gray se levantó del sillón e hizo exactamente lo que su esposa le había ordenado...

BIANCA.

MAGGIE
COX

SU JOYA MÁS PRECIADA

Capítulo 1

¿Quién ha amado que no haya amado a primera vista?
El reino de Kabuyadir...

La brisa parecía llevar el sonido de un llanto. Al principio, Zahir creyó haberlo imaginado, pero volvió a escucharlo cuando salió al patio de mosaicos, el extraño sonido distrayéndolo de su decisión de marcharse de la fiesta que tanto lo aburría y volver a casa.

Había decidido dejar atrás las insustanciales conversaciones para buscar un momento de soledad y pronto buscaría a su anfitrión para despedirse. Y, sabiendo lo que pasaba en su casa, Amir lo entendería perfectamente.

Adoptando un aire distante y frío que desanimaba hasta al más valiente, Zahir salió al patio y miró alrededor buscando... ¿qué? No lo sabía. ¿Era el llanto de un niño lo que oía? ¿O tal vez la queja de un animal herido?

¿O era simplemente el producto de una mente cansada y un corazón dolorido?

El ruido del agua que salía de la boca de una sirena en la magnífica fuente en el centro del patio acalló el llanto por un momento.

Por el rabillo del ojo, Zahir vio algo rosado y giró la cabeza para mirar un asiento de piedra medio oculto entre las oscuras hojas de una planta de jazmín bajo el que asomaban unos bonitos pies descalzos.

Intrigado, dio un paso adelante.

–¿Quién está ahí?

Lo había preguntado en voz baja, pero con el tono autoritario al que estaba acostumbrado.

Escuchó entonces un sollozo y, conteniendo el aliento, alargó una mano para apartar las hojas...

–Soy yo, Gina Collins.

La extraña tenía los ojos azules más embrujadores que Zahir había visto nunca. Unos ojos cuya luminosidad podría rivalizar con la luz de la luna.

–¿Gina Collins?

Ese nombre no significaba nada para él, pero la belleza rubia que emergió de su escondite con un vestido rosa hasta los tobillos lo afectó como no lo había afectado nunca una mujer.

Era bellísima, alguien a quien ningún hombre podría olvidar.

Ella se secó las lágrimas con el dorso de la mano.

–Sí.

–No sé quién eres –dijo Zahir, enarcando una ceja.

–Soy la ayudante del profesor Moyle. Hemos venido a catalogar los libros y las antigüedades de la señora Hussein.

Zahir recordaba vagamente que la mujer de su amigo Amir, Clothilde, que era profesora de arte en la universidad, le había hablado de su intención de catalogar su biblioteca de libros raros y valiosos.

Pero no se habían visto desde la muerte de su madre y, francamente, él tenía cosas más importantes de las que ocuparse.

–¿El trabajo es tan terrible que te obliga a esconderte? –bromeó Zahir.

Ella lo miró con sus enormes ojos azules.

–No, en absoluto. El trabajo es maravilloso.

–Entonces, me gustaría conocer la razón para tus lágrimas.

La joven permaneció en silencio y a Zahir no le importó esperar. ¿Por qué iba a impacientarse cuando se sentía feliz mirando a aquella criatura exquisita, con unas facciones que parecían esculpidas por un artista? En particular, sus temblorosos labios.

Ella suspiró suavemente.

–Hoy he recibido la noticia de que mi madre está ingresada en el hospital. Mi jefe ha conseguido un billete de avión para mí y mañana a primera hora volveré a Reino Unido.

Zahir sintió una oleada de compasión. Él sabía muy bien lo que era tener una madre enferma, ver cómo se deterioraba día tras día y sentirse incapaz de hacer nada al respecto. Pero le sorprendía cuánto lo perturbaba que aquella bella joven estuviera a punto de marcharse cuando acababa de encontrarla.

–Lo siento mucho, pero debo confesar que lamento que debas volver a casa sin que hayamos tenido la oportunidad de conocernos.

Ella frunció el ceño.

–Aunque mi madre está enferma, me gustaría no tener que marcharme de Kabuyadir. ¿Cree que hago mal? Preferiría quedarme aquí, la verdad. Hay algo mágico en este país, algo que me tiene hechizada.

Su respuesta fue tan sorprendente que, por un momento, Zahir no supo qué decir.

–Si te gusta este país, debes volver lo antes posible, Gina. Tal vez cuando tu madre se haya recuperado –sugirió por fin, con una sonrisa amable.

–Me encantaría volver. No puedo explicarlo, pero siento que este sitio empieza a ser mi hogar... más que mi propio país.

Su mirada se iluminó de repente y Zahir decidió que no tenía la menor prisa por marcharse.

–Debes creerme muy grosera por estar aquí, apartada de todos, pero la graduación del sobrino del señor Hussein debería ser una ocasión feliz y no quería entristecer a nadie. No podía contener mis sentimientos y es difícil ser simpática cuando no te sientes bien.

–Todo el mundo entenderá que hayas querido estar sola un rato, pero está bien que hayas acudido a la fiesta. La costumbre aquí es invitar a todos los parientes, amigos y conocidos cuando hay algo que celebrar.

–Eso es lo que me gusta tanto de esta gente. La familia es muy importante para ellos.

–¿Y en tu país no lo es?

Ella lo miró con expresión contrita.

–Para algunos tal vez, pero no para todo el mundo.

–He vuelto a entristecerte, lo siento.

–No, no. Estoy triste por la enfermedad de mi madre, pero la verdad es que nuestra relación no es... en fin, no es todo lo afectuosa que a mí me gustaría. Mis padres son académicos y lidian con hechos, no con sentimientos. Para ellos, los sentimientos son un estorbo –Gina suspiró–. Pero no quiero aburrirte con mis problemas. Me alegro de haberte conocido, pero creo que debería volver a la fiesta.

–No hay prisa. Tal vez podrías quedarte un rato aquí conmigo. Hace una noche preciosa, ¿verdad?

Zahir la tomó del brazo y el roce de la satinada piel lo mareó de deseo. Era como si un ardiente viento del desierto recorriera sus venas. No podía apartar los ojos de ella.

–Tal vez podría quedarme un rato más. Tiene razón, hace una noche preciosa –Gina dio un paso atrás, como si se hubiera dado cuenta de que estaban demasiado cerca–. ¿Eres pariente de la familia Hussein? –le preguntó.

–No estamos emparentados, pero Amir y yo somos amigos desde hace mucho tiempo y siempre lo he considerado como un hermano. Mi nombre es Zahir –se presentó, haciendo una leve inclinación de cabeza.

Ella puso cara de sorpresa. ¿Por la inclinación o porque solo le había dicho su nombre de pila?

En Occidente resultaría normal, pero no era así como hacían las cosas en Kabuyadir, especialmente cuando uno estaba destinado a heredar un reino.

–Zahir... –Gina repitió su nombre en voz baja, como si fuera algo precioso–. Incluso los nombres aquí tienen un aire de misterio, de magia.

–Ven, vamos a dar un paseo. Sería una pena desperdiciar la luna llena en un jardín solitario, ¿no te parece?

–¿No te echarán de menos en la fiesta?

–Si a nuestro anfitrión le preocupa mi ausencia, será lo bastante educado como para no decirlo. Además, no tengo que darle explicaciones a nadie –Zahir miró sus bonitos pies descalzos, las uñas pintadas del mismo tono rosa que su vestido–. Pero deberías ponerte unos zapatos.

–Están ahí, en el banco.

Gina se acercó al asiento de piedra medio escondido entre las hojas y tomó sus sandalias. Cuando un mechón de pelo rubio cayó sobre su frente ella lo apartó, sonriendo.

La sonrisa de una mujer nunca lo había afectado de ese modo. Nunca lo había dejado sin palabras, pero así era. Zahir le ofreció su mano y cuando ella la aceptó perdió la noción del tiempo y el espacio. El dolor y la angustia que sentía desde la muerte de su madre desapareció de repente...

Estudiando el rostro de facciones marcadas, los penetrantes ojos oscuros y el largo pelo negro, Gina se sintió cautivada.

Con un ancho cinturón de cuero sujetando la chilaba oscura, podría ser un califa, un soldado, un guardaespaldas tal vez. Era un hombre alto y fuerte que parecía acostumbrado a cuidar de sí mismo y de los demás.

Tal vez era peligroso confiar en un desconocido, pero como Gina nunca había sentido lo que sentía en ese momento, tenía que creer que era *kismet*, como solían llamarlo en aquella parte del mundo. En aquel momento necesitaba la presencia de una figura fuerte, alguien en quien apoyarse.

Algo le decía que Zahir la entendía y pensar eso era embriagador.

Mientras paseaban por el jardín, enclaustrado entre altos muros de piedra, con la luz de la luna iluminando el camino, se preguntó cómo iba a soportar su regreso a casa.

Cuando su madre se recuperase, volvería a hacer lo mismo de siempre, pero Gina no podía negar su anhelo de conectar con algo más profundo y más real; su anhelo de vivir. Se había engañado a sí misma pensando que estudiar viejos tomos y catalogar objetos antiguos era suficiente y desde que llegó a Kabuyadir había empezado a preguntarse si eso era lo único que quería de la vida.

Le encantaba su trabajo, pero viajar al otro lado del mundo y descubrir el sensual paraíso de sonidos y aromas que solo conocía por las páginas de los libros de historia la había hecho experimentar una inquietud que ya no podía contener.

Para sus padres, los dos profesores, la vida académica era más que suficiente. Su matrimonio estaba basado en intereses comunes y admiración profesional, pero nunca expresaban sentimientos más profundos el uno hacia el otro. Ni hacia ella.

La habían criado como si fuera una responsabilidad, empujándola para que se interesase en la historia del arte y rara vez le habían dicho que la querían...

Pero su madre estaba enferma y sabía que su padre lidiaría con su enfermedad encerrándose en los libros en lugar de expresar emociones. Y ella se sentiría incómoda en el hospital, sin saber qué decir...

Naturalmente, le apenaba que su madre estuviera enferma, pero debería haberse rebelado mucho tiempo atrás contra el camino que habían trazado para ella.

A los veintiséis años, no sabía nada de la vida. Sabía mucho sobre libros y objetos antiguos, pero ni siquiera había aprendido a cocinar, algo heredado de sus siempre ocupados padres.

Y nunca había tenido una relación amorosa.

Sus amigas desdeñaban las relaciones porque serían una pérdida de tiempo y las distraerían de su trabajo, pero desde que llego a Kabuyadir, la idea de tener una relación se había convertido en una obsesión para ella.

–¿Sabes que los antiguos astrólogos solían trazar el destino de los reyes a través de las estrellas? –su acompañante señaló el cielo, cubierto de puntitos que brillaban como diamantes.

Gina sintió un escalofrío. El aspecto físico de Zahir era impresionante, pero su voz era cautivadora. Todo eso, unido al ambiente de ensueño en el patio, era como una telaraña que envolvía su corazón.

–¿Solo de los reyes? –le preguntó–. ¿Las estrellas no pueden trazar el destino de las personas normales?

Cuando Zahir capturó su mano izquierda para examinarla, el corazón de Gina se detuvo durante una décima de segundo. Un golpe de viento movió su pelo entonces, apartándolo de su cara, liberándola, como si quisiera también liberar su alma.

–No creo que tú seas una persona normal en ningún sentido. Tu destino será hermoso, *rohi*. ¿Cómo podría ser de otra manera?

–Eres muy amable, pero no me conoces. Aparte de venir aquí, a mí nunca me ha pasado nada extraordinario.

–Me duele que no sepas lo que vales, Gina. Eres absolutamente encantadora.

–Nadie me lo había dicho nunca.

–Entonces, la gente a la que conoces está ciega.

Cuando inclinó la cabeza, Gina ni siquiera pensó en apartarse. Su tristeza y su frustración con la vida reemplazadas por un anhelo desconocido mientras la tomaba por las caderas, el íntimo contacto quemándola a través del vestido.

Los labios de Zahir rozaron los suyos, suaves y eróticos, su barba bien recortada más suave de lo que había imaginado. La acariciaba como si fuera un pajarito al que no quisiera asustar con su fuerza y supo que nunca lo olvidaría. El calor y el aroma del cuerpo masculino invadían su sangre como una droga y sintió que le temblaban las rodillas. Pero quería más... mucho más de aquella potente magia.

–¿Tienes frío? –le preguntó él.

–No, no tengo frío... tiemblo porque estoy nerviosa.

–Te he asustado.

Cuando Zahir iba a apartarse, Gina puso una mano sobre su corazón, el fino algodón de la chilaba tan sensual como el roce del más lujoso terciopelo. Bajo su mano notaba unos músculos que irradiaban masculina energía y la fuerza de un guerrero...

Zahir la atrajo hacia él y, al entrar en contacto con la dura realidad masculina, Gina contuvo el aliento.

¿Cómo algo que nunca había experimentado antes de repente le parecía tan esencial como respirar? Si la soltaba, tendría que suplicarle que siguiera abrazándola.

La mezcla de perfumes, jazmín, rosa, azahar, del jardín aumentaba la magia de un momento que estaría grabado en su memoria para siempre. Y cuando la besó, con un ansia cruda y elemental, tuvo que agarrarse a él para no perder el equilibrio.

Zahir se apartó unos segundos después, jadeando.

–Te vas mañana y yo... –empezó a decir, sacudiendo la cabeza–. No quiero dejarte ir.

–Tampoco yo quiero marcharme, pero debo hacerlo.

–¿Debemos separarnos así? Jamás había sentido esto con otra mujer. Es como si... como si fueras una parte de mí que no sabía hubiera perdido hasta que te he encontrado.

La devoraba con los ojos y Gina sintió que su corazón se encogía de angustia al pensar en separarse de él. La gente la juzgaría como una mala hija porque prefería quedarse con Zahir en lugar de ir a casa para cuidar de su madre enferma...

Pero en aquel momento no le importaba. ¿Cómo iba a importarle si le había faltado cariño y calor humano durante tanto tiempo?

¿Por qué iba a sentirse culpable cuando su apasionada confesión era lo más maravilloso que le había pasado nunca?

–Imagino que te alojarás en una de las casas de la finca –Zahir la llevó hacia un grueso árbol, mirando hacia atrás para ver si estaban siendo observados. Pero, salvo el canto de los grillos y el tintineo del agua de la fuente, el fragante jardín estaba en silencio.

Gina se mordió los labios.

–Así es.

–¿Podemos ir allí? –Zahir acariciaba su muñeca con el pulgar y la tensión era como un arco estirado al límite, a punto de partirse en dos.

–Sí.

Fueron en silencio hacia un emparrado que llevaba a otra zona del jardín en la que estaba la casita de adobe que ocupaba Gina, con una entrada en forma de arco de herradura y las tradicionales ventanas estrechas para evitar el calor.

Como en las montañas llovía a menudo, todo estaba verde, perfumado y lleno de flores. La temperatura allí no era tan alta como en el desierto y ocasionalmente eran bendecidos por una fresca brisa.

A unos cien metros, medio escondida entre dos magníficas palmeras, había otra casa ocupada por el jefe de Gina, Peter Moyle. Pero Peter seguía en la fiesta de Amir Hussein, de modo que Zahir y ella pudieron entrar en la suya sin ser vistos.

Se sentía atrevida y un poco asustada. Siempre había pensado que era un poco aburrida y dejarse llevar por aquel impulso, hacer algo que había anhelado durante tanto tiempo sin miedo a las consecuencias era maravilloso.

Había dejado una lamparita encendida en el vestíbulo, pero cuando iba a entrar en el salón, Zahir la tomó por la cintura y lo que vio en sus ojos la dejó sin aliento.

–¿Dónde duermes? –le preguntó, con una voz ronca imbuida por el calor del desierto.

Tomando su mano, Gina lo llevó a un fresco dormitorio con el suelo de losetas y una cama con corti-

nas del color de la puesta de sol, los apliques de la
pared iluminando la estancia con una luz suave.

Zahir tomó su cara entre las manos, unas manos
capaces y fuertes, las manos de un hombre acostumbrado a proteger a los demás. Y su mirada... su oscura mirada era un benevolente y sedoso océano en
el que a Gina no le importaría hundirse.

El corazón de Zahir latía con fuerza dentro de su
pecho. Le había dicho que nunca había deseado a una
mujer como la deseaba a ella y era cierto. ¿Cómo podía una atracción ser tan violenta, tan inmediata? Se
sentía cautivo de aquella belleza hasta el punto de no
ser capaz de pensar y menos de buscar una explicación razonable.

En contraste con su pelo dorado, las cejas de Gina
eran oscuras y arqueadas, enmarcando unos ojos
como dos topacios. Y su rostro era tan hermoso... poseía una belleza imposible de olvidar.

Tal vez aquella sería la única ocasión de estar juntos en mucho tiempo porque no sabía cuándo volvería de Reino Unido. ¿Cuánto tiempo antes de que
volviera a Kabuyadir? ¿Por qué el destino lo había
llevado hasta aquel tesoro para robárselo después?

–Jamás hubiera esperado...

Gina no terminó la frase y Zahir notó que contenía
el aliento, sus temblorosos labios delatando un nerviosismo que no podía disimular.

¿Cómo podía decirle sin palabras, porque las palabras serían inadecuadas, que él nunca le haría
daño? Eran las mismas razones que lo habían hecho
mirar hacia atrás por si estaban siendo observados.
Él se haría responsable si alguien intentaba juzgarla.

–Tampoco yo, *rohi* –Zahir pasó la yema del pulgar por sus generosos labios–. Y, si lo único que nos depara el destino es estar juntos esta noche..., entonces, te prometo que será una noche que no olvidaremos nunca.

Tres años después...

–Papá, ¿estas ahí? Soy yo –lo llamó Gina, mientras tomaba el correo que se había acumulado en el felpudo de la entrada. Con el ceño fruncido, recorrió el oscuro pasillo que llevaba al estudio y encontró a su padre inclinado sobre el escritorio, mirando lo que parecía un legajo antiguo.

Con su despeinado cabello gris y los delgados hombros bajo una camisa azul sin planchar, no parecía solo aislado, sino triste y abandonado también.

Y Gina se sintió culpable. Trabajaba mucho en la prestigiosa casa de subastas y, aunque lo llamaba por teléfono todos los días, no había ido a verlo en una semana.

–¿Cómo estás, papá? –le preguntó, inclinándose para darle un beso en la mejilla.

Su padre la miró con gesto de sorpresa, como si estuviera viendo un fantasma.

–Pensé que eras Charlotte. Cada día te pareces más a tu madre, Gina.

–¿Ah, sí? –exclamó ella, sorprendida.

La muerte de su madre tres años antes había sido un golpe más duro de lo que Gina había pensado y su padre nunca la mencionaba.

–Te pareces mucho –Jeremy dejó sobre el escritorio el documento que estaba estudiando–. ¿Qué tal tu trabajo?

–Si quieres que te diga la verdad, es agotador. Cuando pienso que lo tengo controlado descubro algo nuevo... tengo mucho que aprender.

–Eso significa que estás ganando sensatez y prudencia.

–Eso espero. Por muchos títulos que tenga, me siento como una novata en este oficio.

–Lo entiendo, hija, pero no tengas tanta prisa. Este oficio, como tú lo llamas, es una pasión para la mayoría de los que se dedican a ello. Nunca deja uno de aprender y descubrir cosas. Además, eres muy joven... ¿cuántos años tienes?

–Veintinueve.

–¡Santo cielo!

Su exclamación hizo reír a Gina.

–¿Cuántos años creías que tenía? –le preguntó, alegrándose al ver que no estaba distraído o triste como tantas otras veces.

–Yo siempre te veo como una niña de cinco años... alargando las manitas hacia los papeles de mi escritorio. Incluso entonces tenías interés por la historia, Gee-Gee.

Ella lo miró, perpleja.

–¿Gee-Gee?

–Así era como te llamaba entonces. ¿No te acuerdas? A tu madre le parecía muy gracioso que a un distinguido profesor de historia antigua se le hubiera ocurrido algo tan frívolo.

–Toma –dijo Gina, con un nudo en la garganta.

–¿Qué es esto?

–El correo, papá. Se había ido acumulando en la puerta... ¿por qué no te lo ha traído la señora Babbage?

–La señora Babbage se despidió la semana pasada. Su marido está en el hospital, así que tengo que encontrar otra ama de llaves...

Gina puso una mano en su hombro y se quedó sorprendida al ver lo delgado que estaba.

–Es la tercera ama de llaves que pierdes en un año.

–Lo sé –asintió él–. Debe de ser mi encantadora personalidad.

Ella lo miró, muy seria.

–¿Qué has comido durante esta semana? Nada, por lo que veo.

–He comido lo que tenía en la nevera.

–¿Por qué no me habías dicho nada?

Por un momento, la expresión de su padre le recordó a un niño al que su profesora estuviera regañando y eso la conmovió.

–No quería preocuparte, hija. No es culpa tuya, es culpa mía por no haber aprendido a cocinar. Siempre con la cabeza en los libros... desde que tu madre murió no puedo concentrarme en nada. La gente pensó que era una persona fría cuando no lloré en el funeral, pero te aseguro que lloraba por dentro... –su voz se rompió entonces–. Lloro por dentro todos los días...

Gina no sabía qué decir. Era como si estuviese hablando con un extraño, no con su remoto, serio y reservado padre. El hombre que ella había pensado no tenía sentimientos.

Sin saber qué hacer, le dio una palmadita en el hombro para consolarlo.

–¿Por qué no te preparo una taza de té? Lo tomaremos en el cuarto de estar y luego iré al supermercado para comprarte algo de comida.

–¿Tienes prisa, hija? –le preguntó su padre, mirándola con un inusual brillo de afecto en los ojos.

–No, no tengo prisa. ¿Por qué?

–¿Te importaría quedarte un rato? Podríamos charlar... podrías contarme un poco más sobre tu trabajo en la casa de subastas.

¿Representaría aquello un cambio en su difícil y a veces distante relación? ¿Por qué ahora cuando habían pasado tres años desde la muerte de su madre? ¿Tanto tiempo había tardado en darse cuenta de que quería a su hija?

Gina no sabía si alegrarse o enfadarse y, después de quitarse la gabardina, la dejó sobre el respaldo del sillón.

–Voy a hacer un té. ¿Por qué no vas al cuarto de estar y enciendes la chimenea, papá? La casa está helada.

En la cocina, mirando las paredes que necesitaban una mano de pintura y los armarios que debían de estar vacíos, llenó la tetera de agua y la puso al fuego. Encontrar a su padre tan abandonado, tan triste, y recordándola de niña, era turbador. Pero, además, horas antes había recibido otra sorpresa.

Le habían pedido que se uniese a un equipo de investigadores para estudiar la procedencia e historia de una valiosa joya de Kabuyadir, un nombre que despertaba poderosos recuerdos y la hacía anhelar a un hombre cuya piel parecía imbuida del calor del desierto. Un hombre cuyos ojos quemaban con una pasión que la había consumido desde la primera mirada, pero al que Gina había tenido que decir adiós después de esa mágica e inolvidable noche tres años antes porque su madre estaba en el hospital.

Cuando Charlotte Collins murió poco después, se había sentido responsable de su padre. Tanto que cuando Zahir llamó por segunda vez, poco después del funeral, Gina había decidido olvidar su maravillosa noche de pasión y *kismet* para concentrarse en su carrera académica. Su padre insistía en decir que de ese modo honraría la memoria de su madre...

Con los ojos empañados, y un nudo en la garganta del tamaño de Gibraltar, Gina había rechazado volver a Kabuyadir, diciendo que debía proseguir con su carrera y que sería una tonta si lo dejase todo por una simple aventura amorosa.

Pero mientras lo decía, sentía como si una extraña se hubiese apoderado de su mente; una extraña que no creía en el amor a primera vista o en los finales felices. A medida que pasara el tiempo, le dijo, él mismo se daría cuenta de que era lo mejor.

Sin embargo, las últimas palabras de Zahir le habían roto el corazón:

—¿Cómo puedes hacerme esto, Gina? ¿Cómo puedes hacernos esto a los dos?

Capítulo 2

ZAHIR entró en el sereno jardín, donde el aire estaba cargado de perfumes, y vio a su hermana sentada en un banco de madera frente al estanque, tan triste como siempre, en un mundo al que él no podía llegar.

Siempre habían tenido una relación muy estrecha, pero desde que perdió a su marido, Azhar, seis meses antes, Farida se había vuelto reservada y poco comunicativa. La alegría había desaparecido de sus ojos almendrados.

¿Volvería a verla reír algún día?, se preguntó. No quería ni pensar que no fuera así.

Daría cualquier cosa por verla feliz. Con sus padres muertos, solo se tenían el uno al otro...

–¿Farida?

Ella levantó la mirada durante un segundo, antes de volver a mirar el estanque.

–Voy a la ciudad y he pensado que tal vez te gustaría ir conmigo. Podríamos cenar en tu restaurante favorito.

–Si no te importa, prefiero quedarme aquí. No me apetece ver a nadie.

Zahir dejó escapar un suspiro. Desde que heredó el gobierno de Kabuyadir tras la muerte de su padre, todos lo veían como un líder, la persona que los guiaba e impartía sabiduría. Aparentemente, su hermana no pensaba lo mismo.

—¿Y qué vas a hacer sola todo el día?

Ella sacudió la cabeza, sin mirarlo.

—Haré lo que hago siempre: quedarme aquí sentada, recordando lo feliz que era con Azhar y sabiendo que nunca más volveré a serlo.

—Deberías haber hecho un matrimonio concertado, como es la costumbre —dijo Zahir, irritado—. Entonces no habría sido un golpe tan duro perder a tu marido. Casarse por amor es un error.

Farida lo miró entonces, perpleja.

—¿Cómo puedes decir eso? El matrimonio de nuestros padres no fue concertado. ¿Has olvidado lo felices que eran? Papá me contó una vez que amar a mamá era la razón de su vida, que nada podía darle mayor felicidad.

Zahir cruzó los brazos sobre el pecho, mirándola con el ceño fruncido.

—Y cuando ella murió, se convirtió en un hombre roto. ¿Has olvidado eso?

—Has cambiado, Zahir, y me preocupa —dijo Farida, sin poder disimular su tristeza—. Gobiernas Kabuyadir de manera ejemplar, pero también gobiernas tu corazón con mano de hierro y te has vuelto frío y amargado. ¿Recuerdas la profecía de El Corazón del Valor, que lleva en nuestra familia tantas generaciones? Según ella, todos los hijos de la casa de Kazeem Khan se casarán por amor, no por estrategia o para buscar alianzas.

Sabiendo que ya había puesto en marcha el plan de vender la maldita joya, Zahir hizo una mueca.

—Sí, lo sé, pero no lo creo. De hecho, hoy mismo

voy a reunirme con el emir de Kajistán para pedir la mano de su hija en matrimonio. Acaba de cumplir dieciocho años y es un buen partido...

–¿Vas a casarte con esa aburrida? ¡Te volverá loco en un par de horas!

–Será un matrimonio de conveniencia, de modo que no tendremos que estar juntos todo el día. Ella tendrá sus intereses y yo los míos.

–¿Y qué intereses serán esos? ¿Visitar el salón de belleza a todas horas con la esperanza de que encuentren algún elixir mágico que la haga bella? Yo creo en la magia, hermano, pero no creo que exista una tan poderosa como para eso. Sería como intentar convertir a un camello en princesa.

–¡Farida! –Zahir intentó mostrar su desaprobación por unas palabras tan poco amables, pero tuvo que girar la cabeza para que no lo viera sonreír–. ¿De verdad no quieres ir conmigo a la ciudad? Cuando termine mi reunión con el emir, me gustaría disfrutar de tu compañía.

–Lo siento, prefiero estar sola. Pero rezaré para que recuperes el sentido común y olvides ese matrimonio absurdo. ¿Nunca has querido enamorarte como nuestros padres, como nuestros antepasados... como yo?

El recuerdo de unos incandescentes ojos azules instigó un anhelo tan profundo dentro de él que tuvo que disimular volviendo a la fría realidad de su vida. La razón le decía que incluso pensar en ella era un camino amargo que solo llevaba a la desilusión.

Gina había desoído sus ruegos de que volviese a Kabuyadir y nunca más volvería a confiar en una mujer.

–Yo no soy masoquista, no quiero sufrir como he sufrido hasta ahora –respondió–. ¿Puedo traerte algo de la ciudad?

–No, gracias. Ve con cuidado y vuelve pronto a casa –respondió su hermana, antes de volverse para mirar de nuevo hacia el estanque.

Gina se había esforzado mucho por ser una de las investigadoras elegidas para ir a Kabuyadir a examinar la histórica joya que sus colegas y ella habían estado estudiando durante las últimas semanas y había ganado la batalla.

Pero volver al sitio donde había experimentado la mayor felicidad, sabiendo que había perdido para siempre la posibilidad de estar con el hombre al que amaba, era una espada de doble filo.

Mientras su colega, Jake Rivers, los llevaba al aeropuerto, miraba por la ventanilla del coche en silencio, pensando en el sitio en el que había perdido su corazón ante un apuesto y enigmático extraño; un extraño con el que había soñado casi cada noche durante los últimos tres años.

–Zahir –murmuró, preguntándose dónde estaría y qué estaría haciendo.

¿Se habría casado con alguna mujer de su país? ¿Habría tenido hijos con los que jugaría y de los que se sentiría orgulloso? ¿Pensaría en ella alguna vez o la habría apartado de sus pensamientos, como si hubiera sido un simple momento de locura, cuando desoyó sus ruegos de que volviese a Kabuyadir?

Gina se mordió los labios. Había querido que su padre se sintiera orgulloso de ella y respetar el recuerdo de su madre, pero al hacerlo había sacrificado su única posibilidad de encontrar la felicidad. No había vuelto a ver a Zahir desde esa noche y pensar que él pudiese odiarla le encogía el corazón.

–¿Qué has dicho?

Al darse cuenta de que había pronunciado el nombre de Zahir en voz alta, Gina intentó sonreír.

–Nada, estaba pensando en voz alta.

–No puedo creer que hayas estado en Kabuyadir. ¿Cómo es? –le preguntó Jake.

Cerrando los ojos un momento, Gina recordó el aroma del jazmín y el incienso, el sonido de ese idioma tan diferente al suyo, los vibrantes colores de los mercados, los fragantes perfumes en el jardín de los Hussein...

Pero sobre todo recordaba a Zahir; sus ojos de color chocolate que, con una sola mirada, habían sido capaces de robarle el corazón para siempre...

–No podría describirlo, no le haría justicia. Ya lo verás por ti mismo.

Jake sonrió.

–Muy bien. Por cierto, ¿cómo está el profesor Collins? ¿En qué está trabajando en este momento?

El tono admirativo de Jake al hablar de su padre la hizo sonreír. Era inevitable que su ambicioso colega sintiera curiosidad. De hecho, le había confesado desde el principio su admiración por la distinguida carrera de Jeremy Collins.

–No sé en qué está trabajando, pero últimamente no se encuentra bien. Por suerte, hemos contratado un ama de llaves que parece muy cariñosa, así que espero que se recupere poco a poco.

De repente, su padre se mostraba olvidadizo y frágil y le dolía imaginarlo esforzándose por hacer las tareas diarias, tan sencillas para la mayoría de la gente.

Por eso se alegraba tanto de haber encontrado a Lizzie Elridge, que parecía perfecta para él. Lizzie era una mujer en la cuarentena, madre de un chico de once años, con los pies en la tierra y tremendamente práctica además de amable. Su padre y ella parecían llevarse bien, de modo que estaba en buenas manos, pensó mientras salía del coche arrastrando su maleta hacia la entrada del aeropuerto.

—Estoy deseando ver la joya en carne y hueso, como si dijéramos —bromeó Jake—. El diamante central es increíble. El propietario debe de tener mucho dinero, así que no entiendo por qué quiere venderla.

—No creo que sea asunto nuestro —respondió Gina, arqueando una ceja—. Es un gran privilegio estudiar una joya que viene de la Persia del siglo VII.

—Me pregunto cómo será ese jeque de jeques, como lo conocen aquí. ¿Puedes creer que vayamos a alojarnos en su palacio en lugar de ir a un hotel lleno de moscas?

—Espero que no digas esas cosas cuando lleguemos a Kabuyadir. Podrían tomárselo como un insulto... que lo es.

—¿Siempre has sido tan buenecita? —bajo los cristales de sus gafas, los ojos pardos de su colega tenían un brillo especulativo—. ¿Nunca te has soltado el pelo?

Gina se ruborizó, a su pesar. Se había soltado el pelo una vez en Kabuyadir, pero entonces no le había parecido que estuviese haciendo algo malo. De hecho, le había parecido lo más natural del mundo porque era instintivo. Aunque otros pudieran verlo como un momento de locura, a ella no se lo parecía.

Y nunca había dejado de pensar en Zahir.

–No soy perfecta, Jake. Tengo mis defectos, como todo el mundo. Dejémoslo ahí.

Algunos momentos dejaban una impronta en el corazón que no se borraría nunca y estar frente al palacio del jeque Kazeem Khan fue uno de ellos.

Poniéndose la mano sobre los ojos a modo de pantalla para evitar un sol que hacía que las torres pareciesen de oro, Gina miró a Jake, que parecía tan maravillado como ella. Las palabras no eran necesarias.

Levantando la mirada de nuevo, Gina admiró la impresionante torre de vigilancia. Una vez, aquel palacio debía de haber sido un sitio aterrador, una impenetrable fortaleza. No era difícil imaginar cómo habría sido entonces porque, desde fuera, parecía como si el tiempo no hubiera pasado por el fabuloso alcázar.

Un joven delgado con ojos de color ámbar y vestido a la manera tradicional, con una chilaba y un turbante atado con un *agal*, una cuerda de colores, esperaba pacientemente mientras los dos europeos miraban maravillados un palacio que, sin duda, era algo que él veía todos los días.

Su nombre era Jamal y se enorgullecía de ser sirviente del jeque Kazeem Khan, el emir de Kabuyadir, les había ido cuando fue a buscarlos al aeropuerto. Luego, los había acompañado en el tranvía que recorría la montaña hasta la entrada de la capital de Kabuyadir, donde los esperaba el carruaje tirado por caballos que los había transportado hasta el palacio.

Gina estaba cansada y acalorada después del viaje y, sin embargo, tremendamente emocionada.

–No deben quedarse aquí con este calor. Deberíamos entrar... por aquí –Jamal señaló un pasillo de piedra–. Un sirviente los acompañará a sus habitaciones para que descansen un rato. Más tarde conocerán a Su Alteza.

El cansancio de Gina desapareció como por ensalmo cuando la llevaron a su habitación. Le había encantado la casita de adobe en la que vivía con los Hussein, pero aquella habitación parecía sacada de *Las mil y una noches*.

El suelo era de mármol blanco y las cortinas, de brocado de seda azul, protegían del sol los fabulosos muebles. Una alfombra persa tejida con hilos dorados al pie de la cama...

¡La cama!

Si Gina sintiera la inclinación de escribir poesía, compondría un soneto sobre esa cama. Era enorme, con patas en forma de garra de esfinge y un cabecero de intricada marquetería árabe por el que cualquier anticuario pagaría una fortuna. Y estaba prácticamente escondida bajo un mar de almohadones de seda y brocado en todos los colores y formas imaginables.

Tirándose encima como una colegiala, Gina suspiró de alegría.

¿Habría alguna posibilidad de ver a Zahir?, se preguntó. ¿Estaba loca por esperar que hubiese una reunión entre ellos?

Aquella mañana, antes de ir al aeropuerto, estuvo a punto de preguntarle a la señora Hussein si podía decirle quién era él y dónde vivía. Pero Clothilde parecía inusualmente preocupada y no le había parecido apropiado preguntar sobre el carismático invitado al que conocía solo como «Zahir».

Él se había marchado temprano, incluso antes de que ella se levantase para ir al aeropuerto. Su abrazo de despedida los había llenado de anhelo a los dos una vez más, pero Gina le había dado su número de teléfono y él había prometido llamarla al día siguiente.

Darle un beso de despedida, quedándose con el recuerdo de su aroma y un cosquilleo entre los muslos, fue lo más difícil que había hecho en toda su vida. Le había entregado su inocencia con la ferviente promesa de amarlo para siempre...

Decían que una mujer nunca olvidaba su primer amor, pero en su caso era su *único* amor. Por eso no podía olvidar los preciosos recuerdos de esa noche.

Pero eso era todo lo que tenía después de rechazar la invitación de Zahir de volver a Kabuyadir. En ese momento, mirando el hermoso palacio árabe, no podía creer que lo hubiera hecho. El dolor por la muerte de su madre y la preocupación por su padre debían de haberla hecho perder la cabeza.

La sorpresa y la incredulidad en la orgullosa voz de Zahir al recibir la noticia era algo que tampoco olvidaría nunca.

Volviendo la cabeza para apoyarla en los sedosos almohadones, sintió que sus ojos se llenaban de lágrimas mientras susurraba su nombre como una plegaria...

Farida por fin se había retirado a sus habitaciones y Zahir podía recibir a sus invitados ingleses. Su hermana se habría llevado un disgusto si supiera que pensaba vender El Corazón del Valor, la joya que, según tantos, poseía un profético poder sobre los matrimonios de la familia. Pero con el paso del tiempo, cuando Farida se hubiese recuperado un poco de su pena, podría convencerla de que venderla había sido lo mejor.

Los tres últimos años habían sido tumultuosos. Sus padres habían muerto uno detrás de otro y luego Azhar, el marido de Farida, había perdido la vida en un accidente en Dubai.

Lo único que su querida hermana necesitaba en ese momento era paz y tiempo para olvidar. La presencia de una herencia familiar que a él le parecía una maldición no la ayudaría a encontrar eso y para Zahir solo era un doloroso recordatorio de todo lo que había perdido... un recordatorio que parecía reírse de él.

Zahir había rechazado la profecía cuando la mujer de la que se había enamorado desoyó sus ruegos de que volviese con él.

El dinero que recibiera por la venta de la joya sería para Farida, decidió. Él no lo necesitaba.

En el palacio había muchas pruebas que demostraban la autenticidad de la joya, pero pensaba venderla en el extranjero y para eso necesitaba que esas pruebas fuesen corroboradas por especialistas independientes. La venta tendría lugar en una casa de subastas londinense de reputación impecable y sus dos invitados eran un historiador y su colega, una mujer especializada en el estudio de objetos y joyas antiguas.

Zahir no sabía sus nombres. Había dejado esos detalles a su ayudante y amigo personal, Masoud, que en aquel momento estaba enfermo, pero en la casa de subastas le habían asegurado que eran dos de sus mejores expertos.

Mientras esperaba a sus visitantes en uno de los salones del palacio, Zahir tenía una extraña premonición y sacudió la cabeza, impaciente, pensando que su hermana estaba contagiándole su creencia en los fenómenos paranormales.

Mientras levantaba la manga de la chilaba para mirar su reloj de oro, Jamal abrió la puerta del salón.

–Alteza –murmuró, haciendo una inclinación–. Le presento al doctor Rivers y su colega, la doctora Collins.

Zahir, que había dado un paso adelante para estrechar su mano, estuvo a punto de tropezar porque al lado del hombre había una mujer con una elegante trenza rubia, su esbelta figura envuelta en una larga túnica de color aguamarina. Pero era su hermoso rostro, y sus inolvidables ojos azules, lo que lo dejaba sin aliento.

Gina.

¿Estaría soñando?

No podía creerlo.

Todos lo miraban, esperando que dijese algo, pero le resultaba imposible pronunciar palabra.

Zahir estrechó la mano del hombre y luego la de Gina, que estaba helada. Parecía tan sorprendida como él y cuando sus miradas se encontraron fue como si todo lo demás desapareciera, como si estuvieran solos.

–Doctora Collins –la saludó, con voz ronca–. Es un honor conocerla.

–Lo mi...mismo digo –logró decir ella, con voz temblorosa.

Sabiendo que estaban siendo observados, Zahir soltó su mano y les hizo un gesto para que se sentasen en un diván.

–Deberíamos ponernos cómodos. Jamal, ya puedes servir el café.

–Ahora mismo, Alteza –el sirviente hizo una nueva inclinación antes de salir.

–¿Les han gustado sus habitaciones? –Zahir se dejó caer sobre uno de los divanes, haciéndoles un gesto con la mano para que hiciesen lo propio e intentando disimular que el corazón parecía a punto de salirse de su pecho.

Tendría que hacer uso de sus habilidades diplomáticas para lidiar con aquella situación, pero desearía estar a solas con ella para preguntarle cuál había sido la verdadera razón de su rechazo. ¿Habría otro hombre esperándola en Inglaterra? ¿Cuántas veces se había torturado a sí mismo pensando eso?

Demasiadas. Pero una cosa estaba clara: antes de que se marchase lo sabría todo.

–El palacio es asombroso y nuestras habitaciones mucho más que cómodas, gracias –respondió Jake Rivers.

¿Cuántos años tendría?, se preguntó Zahir. Había pensando que alguien experto en historia antigua sería mayor y más distinguido. Aunque Farida le diría que veía demasiadas películas donde los profesores ingleses eran siempre una caricatura de la realidad.

–Me alegro mucho. El palacio fue construido alrededor del siglo IX, durante la guerra entre Persia y el imperio bizantino. Para la gente de esta región siempre ha sido un símbolo de fuerza. Nos han ayudado a conservarlo y se enorgullecen de su belleza.

Sin poder evitarlo, los ojos de Zahir se clavaron en Gina. ¿En qué estaría pensando?, se preguntó. ¿Estaría sorprendida al descubrir su verdadera identidad? ¿Se habría arrepentido de haberlo rechazado? Se agarraría a un clavo ardiendo para salvar su orgullo herido.

—Usted es la experta en objetos antiguos, ¿verdad, doctora Collins?

La vio contener el aliento mientras ponía las manos sobre su regazo, como intentando recuperar la compostura.

—Antigüedades, joyas y artefactos antiguos, sí. Mi colega, el doctor Rivers, es el historiador, Alteza.

—Pero ella sabe de historia tanto como yo —se apresuró a decir Rivers, mirando a Gina con una sonrisa de complicidad.

Y él tuvo que apretar los puños, molesto por esa familiaridad.

—¿La doctora Collins es su ayudante?

—¿Mi ayudante? No, no, en absoluto. Ella es demasiado independiente como para ser ayudante de nadie.

—¿Ah, sí? —Zahir se inclinó hacia delante, clavando sus ojos en los ojos azules de Gina—. Qué interesante. Muy, muy interesante.

Capítulo 3

S I HUBIERAN estado con alguien que no fuera el jeque de Kabuyadir, Gina le habría dado a Jake un codazo en las costillas. Era un historiador brillante, pero no tenía mucho tacto.

Aunque no era Jake quien la interesaba. ¿Cómo iba a serlo? Era asombroso descubrir que Zahir era el apuesto jeque de Kabuyadir y el propietario de la histórica joya llamada El Corazón del Valor.

Nunca, ni en sueños hubiera imaginado que era él.

¿Por qué no le había dicho la verdad la noche que estuvieron juntos? O después, cuando volvió a Inglaterra. Había tenido oportunidad de decírselo cuando la llamó por teléfono. ¿Habría temido que estuviera más interesada en su posición y su dinero?

–El doctor Rivers y yo formamos un equipo, Alteza –Gina se puso colorada al llamarlo por su título porque le parecía tan irreal.

No podía dejar de mirar su rostro bronceado y el pelo negro como el ébano que le llegaba hasta los hombros. Iba vestido a la manera tradicional, aunque el material de su chilaba era sin duda mucho mejor que el que usaba la gente normal. Con sus anchos hombros y su aire de autoridad, Zahir era el gobernante de su país y verlo de nuevo era como recibir una bocanada de oxígeno, como si llevase tres años sin respirar del todo–. Y esperamos que combinar nuestra experiencia sea útil en la investigación –terminó, con una sonrisa forzada.

Zahir seguía mirándola sin decir nada y Gina rezó para que no pudiera ver el anhelo, el remordimiento y las esperanzas rotas reflejadas en sus ojos.

Afortunadamente, en ese momento Jamal volvió con una bandeja de bronce y el aire se llenó del aroma a café con cardamomo, una delicia gastronómica que Gina había disfrutado la primera vez que estuvo en Kabuyadir. Al lado de las tacitas con cenefa dorada y la cafetera conocida como *dallah* había un plato con dulces hechos de nueces y miel.

–Tenemos muchas cosas que decirle sobre El Corazón del Valor, Alteza –dijo Jake cuando Jamal los dejó solos.

–Cosas positivas, espero.

–Sin la menor duda. No todos los días tiene un historiador la oportunidad y el privilegio de estudiar una joya del imperio persa.

–¿Sus estudios sobre la historia de la joya han corroborado sus orígenes?

–Naturalmente.

–Me alegro. ¿También está usted contenta, doctora Collins?

–Por supuesto, es una oportunidad única para alguien en mi profesión. La clase de oportunidad con la que soñamos todos. Ver por fin la joya de cerca será algo que no olvidaré nunca.

–No vamos a verla ahora mismo. Han hecho un viaje muy largo y me gustaría que se relajasen y disfrutasen de la hospitalidad de mi palacio. Espero que el viaje no haya sido demasiado agotador.

–Gracias a su generosidad hemos viajado en primera clase, Alteza –respondió Jake–. El problema es que temo acostumbrarme.

–Llevan muchas semanas investigando la historia de mi joya y han venido de muy lejos para decirme lo que han descubierto. Encargarme de que estuvieran cómodos era lo mínimo que podía hacer.

–De nuevo, le damos las gracias –dijo Gina.

Una ola de calor la invadió cuando Zahir siguió mirándola a los ojos. ¿Cómo iba a soportarlo? ¿Cómo iba a estar con él cuando su posición impedía que mantuvieran una relación, aunque los dos lo desearan?

–Tendremos tiempo para hablar de la joya mañana, durante el desayuno. Por ahora, disfruten del café –Zahir volvió a mirar a Gina con expresión indescifrable–. En cualquier caso, me temo que no podré cenar con ustedes esta noche porque debo resolver un asunto urgente, pero Jamal los acompañará al comedor.

Gina disfrutó de un baño árabe y se perfumó con los exóticos aceites. Un largo e indolente baño era un placer que no se permitía a sí misma todos los días.

¿Cuándo había decidido que tenía que ganarse el derecho a darse una alegría? ¿Cuándo había decidido que el trabajo era lo primero, lo único en su vida? Pensando en sus padres, no tenía que ir muy lejos para encontrar una respuesta.

Pero culpar a sus padres era absurdo para una mujer de su edad que, además, llevaba años haciendo su propia vida.

Suspirando, se dio cuenta de que llevaba tanto tiempo en el agua que empezaba a enfriarse y tenía la piel de gallina. Salió de la bañera de mármol y se envolvió en una gruesa toalla que prácticamente se la tragaba.

La cena había sido imposible.

Lo único que podía hacer era mirar a Jake, que comía con glotonería los platos que habían preparado para ellos. ¿Cómo podía comer cuando ella tenía el estómago cerrado?

Después de despedirse, Zahir había salido del salón sin mirar atrás y durante la cena, sintiendo la mirada de Jamal clavada en su espalda, Gina había temido que su falta de apetito fuese una ofensa, de modo que fue un alivio escapar a su habitación.

Envolviéndose en un albornoz blanco que había encontrado tras la puerta del baño, volvió al dormitorio mientras deshacía su trenza y dejaba caer el pelo sobre sus hombros...

Dio un respingo al escuchar un golpecito en la puerta. Pero era más de medianoche y pensó que tal vez sería un sirviente para preguntar a qué hora bajaría a desayunar.

Abrochando el cinturón del albornoz, Gina abrió la puerta... y se encontró con la alta e imponente figura de Zahir.

Recortado contra la suave luz de las lámparas tenía aspecto de guerrero y sus ojos parecían arder con la intensidad de una llama.

–Te pido disculpas por venir tan tarde... como dije

antes, tenía que resolver un asunto urgente fuera del palacio y acabo de regresar.

Gina tragó saliva. No sabía qué decir y no la ayudaba nada estar temblando de pies a cabeza.

–No sé si...

–¿Puedo pasar un momento?

En silencio, ella le hizo un gesto para que entrase. Pero en seguida se arrepintió porque el brillo airado de sus ojos era aterrador.

–No sabía que tú fueras el jeque Kazeem Khan, el emir de Kabuyadir. Ha sido una sorpresa para mí –empezó a decir, nerviosa–. Pero me alegra que no me hayas olvidado.

–¿Creías que iba a olvidar esa noche? ¡Pues claro que no la he olvidado! –replicó él, furioso–. Pero descubrir que la experta en antigüedades que contraté en Londres eres tú no me ha llenado de alegría. ¿Cómo iba a alegrarme cuando me engañaste de ese modo?

–¿Engañarte, yo?

–Me enamoré de ti esa noche y pensé que tú sentías lo mismo. Contaba los días que faltaban para volver a verte y tú prometiste que volverías...

–Zahir...

–¿Qué crees que sentí cuando me dijiste que habías cambiado de opinión, que volver a Kabuyadir no era realista y preferías concentrarte en tu carrera? ¡Fue como si una bomba explotase en mi cara!

–No era solo que quisiera concentrarme en mi carrera, Zahir. Mi madre había muerto y mi padre me necesitaba. Entonces, Kabuyadir me parecía un sueño lejano.

Además, su padre le había pedido que se quedase

en Inglaterra y se concentrase en su carrera para honrar la memoria de su madre. Según él, era demasiado arriesgado vivir en Kabuyadir, en una cultura extraña, con un hombre al que apenas conocía. Y Gina se había dejado convencer, aunque eso significara negarse a sí misma el deseo de volver con Zahir.

«Me enamoré de ti esa noche».

Apenas podía creerlo, pero esa confesión dejaba claro que había cometido un error colosal al no volver con él.

—Pasara lo que pasara, está claro que no me considerabas lo bastante importante como para volver a Kabuyadir. Y, sabiendo eso, me pregunto por qué has vuelto ahora.

—El Corazón del Valor –respondió ella.

—De haber sabido que tú eras la experta en antigüedades, habría contratado a otra persona. Mi secretario, Masoud, se puso enfermo repentinamente y no pudo darme los detalles...

–¿Quieres que finja que no nos conocemos?

Él se dio la vuelta abruptamente, los bordes de su chilaba rozando las botas de cuero.

—Lo que quiero es... que hubieras desaparecido de la faz de la tierra. Entonces no tendría que lidiar con la posibilidad de que hayas elegido pasar el resto de tu vida con otro hombre.

Gina exhaló un suspiró.

—No hay otro hombre, Zahir, nunca lo ha habido.

Cuando él se volvió para mirarla, la frialdad que vio en sus ojos le encogió el corazón.

—Ya no importa. Es demasiado tarde.

Angustiada, Gina se abrazó a sí misma.

–¿Por qué no me dijiste quién eras? ¿Tienes idea de lo extraño que es volver a verte y descubrir que eres algo parecido a un rey?

–No gobernaba Kabuyadir cuando nos conocimos. Sabía que algún día heredaría el trono de mi padre porque fui entrenado para ello desde niño, pero entonces era solo Zahir. Y esa noche, en casa de los Hussein, también yo tenía el corazón roto. Mi madre había muerto un mes antes, pero al conocerte... al sentir lo que sentí empecé a creer que la vida podría volver a ser alegre y gozosa para mí.

–Zahir...

–Pero tú decidiste no volver conmigo –siguió él–. Unos días después de hablar contigo, la salud de mi padre se deterioró y murió poco después. Y a partir de ese momento, cualquier esperanza de felicidad murió para mí. A partir de entonces era el jeque de Kabuyadir y nada volvería a ser lo mismo.

El corazón de Gina se encogió de pena.

–¿Entonces llevas tres años gobernando tu país?

–Sí.

–¿Te has casado?

Esa pregunta le dejó un amargo sabor de boca, pero necesitaba saber la respuesta. Había mantenido la promesa que le hizo a su padre y durante los últimos tres años se había dedicado por completo al trabajo. No había habido otro hombre en su vida desde esa noche con Zahir e incluso había adquirido la reputación de frígida entre sus colegas. Y, por eso, pensar que él podría haberse casado, que amaba a otra mujer, le dolía en el alma.

–Todavía no.

–¿Por qué no?

Él cruzó los brazos sobre su impresionante torso.

–Un hombre en mi posición tiene el deber de buscar un matrimonio estratégico que sirva para formar alianzas. Y, lo creas o no, los reinos vecinos no están llenos de jóvenes solteras y disponibles, por eso aún no me he casado.

–¿Y la profecía? Según ella, todos los miembros de tu familia están destinados a casarse por amor.

Cuando descubrió la romántica historia, Gina imaginó que también el último propietario del famoso diamante se habría casado con la mujer de sus sueños. Pero sabiendo que el propietario era Zahir y que él no creía en la profecía...

–¡Esa joya es una maldición! Durante generaciones, mi familia ha caído bajo el hechizo de esa maldita leyenda, por eso quiero librarme de ella.

–¿Quieres venderla porque crees que es una maldición?

–Mis padres se casaron por amor y murieron demasiado jóvenes. El marido de mi hermana falleció en un accidente hace unos meses... ahora Farida pasea por el palacio como un alma en pena, sin comer o dormir, sin hablar con nadie más que conmigo o con los sirvientes. ¿De verdad crees que querría conservar la joya después de eso?

–Lo siento mucho, pero tú sabes que esa joya no tiene precio... ¿vas a privar a tus hijos, y a los de tu hermana si volviera a casarse, de una herencia familiar tan importante?

Zahir hizo un gesto de desdén.

–Te he contratado como experta en joyas antiguas,

no para que me des tu opinión sobre lo que debería hacer con ella.

Después de decir eso se dirigió a la puerta, temblando de rabia. Si esa rabia pudiera ser transformada en materia, Gina estaba segura de que saltarían chispas por la habitación.

Pero se daba cuenta de que, en realidad, estaba dolido. Dolido por la muerte de sus padres y por la pena de su hermana, además de la sorpresa de volver a verla después de que lo hubiera rechazado.

—Siento mucho haberte hecho daño. ¿Podrás perdonarme algún día?

Zahir se detuvo cuando iba a abrir la puerta. Sus ojos se habían oscurecido aún más, pero Gina vio una chispa dorada en ellos.

—No es fácil perdonar lo que me hiciste —respondió—. Ah, por cierto, te ruego que no menciones la joya cuando conozcas a mi hermana. Se disgustaría mucho si supiera que pienso venderla.

—Pero ¿qué le diré si me pregunta qué hago aquí?

—El palacio está lleno de libros y objetos antiguos. Puedes decirle que tu colega y tú estáis haciendo inventario.

—Lo haré porque tú me lo pides, pero no me gusta mentir.

Zahir se acercó a ella entonces, el aroma de su colonia de sándalo y agar, un aceite particularmente apreciado en la región, invadiendo turbadoramente su espacio.

—Cuando te vi por primera vez pensé que eras una joven inocente, incapaz de mentir o engañar. Lamentablemente, desde entonces he descubierto que eso no es cierto. Aparte de tu indudable belleza, no hay nada en ti que pudiera volver a interesarme, de modo que puedes decirme si ha habido algún otro hombre en tu vida.

–Ya te he dicho que no. No ha habido ningún otro –respondió ella, irguiendo los hombros–. Prefiero dedicar el tiempo a mi trabajo. A veces el resultado no es el que yo esperaba, pero al contrario que la mayoría de los hombres nunca me decepciona.

–¿Cuándo te decepcioné yo? ¿Cuando te llevé a la cama? Tengo una memoria fotográfica, *rohi*, y recuerdo muy bien cuánto disfrutaste entre mis brazos esa noche aunque nunca antes te había tocado un hombre. ¿Creías que no me había dado cuenta? Dime, ¿ha habido otro hombre en tu vida que te haya dado más placer que yo, que te haya hecho el amor con más pasión?

Gina sintió que le ardía la cara. Había dicho que ya no le interesaba, pero su tono furioso y posesivo le decía que no era cierto. Y su pulso se aceleró al pensar que aún había una oportunidad de hacer las paces con él.

–No ha habido otro hombre ni antes ni después de ti, de modo que nadie me ha hecho sentir lo que sentí contigo esa noche.

Zahir dio un paso atrás.

–Por ahora, aunque me resulta difícil, tendré que aceptar tu palabra. Buenas noches, doctora Collins. Nos veremos por la mañana.

Cuando salió de la habitación, Gina se quedó inmóvil, deseando que existiera algún hechizo para que Zahir la mirase de nuevo con cariño...

Zahir suspiró, irritado. Le dolían los ojos por falta de sueño y sentía el corazón pesado. Cuando consiguió dormir un poco, en su enorme cama con sábanas de seda negra, se había visto atormentado por imágenes de un ángel rubio con unos ojos más azules que el cielo del desierto. No parecía capaz de olvidar su perfume...

Frustrado, se vistió y bajó a su jardín privado, un santuario donde solo podía entrar su jardinero, para sentarse frente a la tienda beduina que él utilizaba como refugio en sus horas más tristes.

Se quitó las botas y el cinturón de cuero, encendió la hoguera y, sentándose con las piernas cruzadas, colocó la tradicional cafetera en el centro. El delicioso aroma del café árabe perfumó la noche y Zahir se pasó una mano por la cara, mirando a lo lejos.

Aparte de la luna y el tapiz de estrellas, la noche era negra como el océano, pero nunca le había parecido amenazadora. Muchas veces había bajado allí para disfrutar de la privacidad de su santuario y la noche siempre había calmado sus penas.

Mientras aventaba la hoguera con un palo observaba las chispas, que saltaban en el aire como pequeños fuegos artificiales.

Gina...

Ni siquiera podía quitarse su nombre de la cabeza y mucho menos su rostro. Verla con ese albornoz, el pelo dorado cayendo sobre los hombros... no sabía cómo había podido resistirse a la tentación. Ardía de deseos de tenerla en sus brazos de nuevo, tanto que su cuerpo vibraba solo por estar cerca de ella.

Durante los últimos tres años se había atormentado pensando que estaba con otro hombre. ¿Habría pensado que era un tonto por confiar en ella? ¿Por creer que podría amarlo para siempre?

Aquella noche, Gina le había entregado su inocencia y él había pensado que una parte de ella siempre sería suya...

Sabía que era virgen y eso había hecho que su encuentro fuera más sagrado y especial para él. Lamentablemente, solo para él.

En su caso, la profecía de El Corazón del Valor no era cierta, pensó Zahir amargamente. Por eso debía librarse de la maldita joya. No quería dejarse embaucar por la leyenda como su hermana.

Más tarde, mucho más tarde, se recostó sobre los almohadones de seda e intentó dormir, pero no pudo conciliar el sueño antes del amanecer.

Jake y Gina estaban desayunando en una terraza cubierta por un toldo. A lo lejos, el sonido de un laúd flotaba en el aire.

Estaban solos, aunque Jamal aparecía de vez en cuando para dar instrucciones a dos jóvenes criadas que servían platos con *khubuz*, el pan local, aceitunas negras, *labneh*, una crema de queso que parecía yogur, y aromático café árabe.

Gina abrió un recipiente de cristal con aceite de oliva para echarlo en una rebanada de pan, sintiendo que una gota de sudor corría por su espalda. El sol ya estaba alto en el cielo y la túnica dorada que llevaba era casi como un abrigo con esa temperatura.

Ella misma había pedido desayunar en la terraza para disfrutar del sol después del largo invierno inglés, pero ¿cómo podía encontrarse a gusto después de su charla con Zahir? Se había mostrado acusador y furioso, nada que ver con el hombre tierno que le había robado el corazón tres años antes. Le gustaría hacer las paces con él, pero ¿cómo?

Gina sonrió al ver que Jake se llevaba a la boca una generosa rebanada de pan cubierta con rodajas de pepino y tomates.

—Tienes buen apetito.

—Desde luego que sí. Tengo que comer mucho para que la materia gris siga funcionando —bromeó su colega, con una camisa hawaiana que habría quedado muy bien en cualquier playa, pero no pegaba nada en aquel palacio—. ¿Estás lista para presentarle al emir tus notas sobre la joya?

—Sí, claro.

Gina apretó los labios. La idea de sentarse con Zahir para hablar sobre la asombrosa joya era tan apetecible como correr sobre carbones encendidos. Nunca había estado tan nerviosa. Tal vez no debería tomarse como algo personal que Zahir no creyese en la leyenda por su culpa, pero así era.

Jamal apareció a su lado entonces.

—Su Alteza quiere verlos cuando hayan desayunado. Esperaré aquí para acompañarlos.

Gina intentó esbozar una sonrisa, aunque tenía el estómago encogido.

—Gracias —murmuró.

Haciendo una inclinación, Jamal dio un paso atrás y esperó, con las manos a la espalda.

Capítulo 4

EL DESPACHO del emir de Kabuyadir era enorme, casi tan grande como un salón de baile, con el suelo de mármol y exóticas lámparas octogonales colgando en los altos techos. En medio del despacho había un escritorio que debía medir tres metros, con varias sillas labradas a su alrededor.

Pero Zahir estaba sentado en una esquina, recostado sobre un círculo de almohadones de colores, con las piernas cruzadas y aparentemente perdido en sus pensamientos.

Cruzando su torso sobre la chilaba oscura llevaba lo que parecía una funda o cartuchera para una cimitarra o un cuchillo de caza, aunque estaba vacía.

La imagen de Zahir como un valiente guerrero había perseguido a Gina durante esos tres años, el hermoso rostro que poblaba sus fantasías haciéndola sufrir al pensar en lo que había perdido.

Mientras se acercaban, Jake hizo una respetuosa inclinación y, bajo la atenta mirada de Jamal, Gina hizo lo mismo.

–Espero que hayan desayunado bien –dijo Zahir.

–Muy bien, gracias –respondió Jake.

–Bonita camisa, doctor Rivers. Muy... colorida.

–Me alegro de que le guste, Alteza.

–Siéntense, por favor.

Gina se sentó lo más lejos posible y, mientras abría la carpeta para sacar sus notas, vio un brillo de burla en los ojos de su anfitrión. A un metro de ella, Jake hizo lo propio.

–Empezaremos con usted, doctor Rivers. Dígame qué ha descubierto sobre la joya.

El informe de Jake fue seguido por una intensa discusión entre los dos hombres y Gina aprovechó la oportunidad para observar atentamente a Zahir, empezando por su voz. Era fuerte y masculina, pero modulada, como si se hubiera entrenado para esconder lo que estaba pensando.

De vez en cuando, Jake la miraba, nervioso y un poco abrumado, pero consiguió hacer un buen informe y cuando la discusión terminó, Zahir esbozó una sonrisa. Al menos, parecía contento por el informe.

Luego llegó el turno de Gina.

Zahir la miraba fijamente y se le ocurrió la absurda idea de que sus ojos tuvieran el poder del láser o el microscopio... siendo ella el objeto observado. Nerviosa, tuvo que aclararse la garganta, pero le devolvió la mirada, intentado contener los nervios. Al fin y al cabo era una experta en su campo, no una estudiante nerviosa frente a un profesor.

–Había pensado empezar por la fascinante leyenda que rodea a la joya.

¿De dónde había salido eso? No era lo primero que quería comentar y fue como si la temperatura hubiese bajado repentinamente en la habitación. La mirada de Zahir era tan fría como el hielo.

–Por el momento, yo prefiero hablar de los detalles verificables, doctora Collins. Las especulaciones sobre esa leyenda solo serán un estorbo. Lo importante es la procedencia y la historia de El Corazón del Valor.

–Como quiera, Alteza –consiguió decir ella, tan agitada que sus papeles resbalaron de la carpeta y tuvo que recogerlos a toda prisa.

–¿Se encuentra bien?

–Perfectamente –respondió Gina–. Muy bien, mis investigaciones sobre El Corazón del Valor demuestran que el diamante fue tallado en Persia...

Cuando terminó de hacer su exposición y Jamal apareció con una bandeja de fragante café, lo único que quería era ir a su habitación para echarse agua fría en la cara.

–Doctora Collins, ¿puedo hablar un momento en privado con usted? –preguntó Zahir.

–Sí, claro.

–Doctor Rivers, ¿le importaría tomar el café en la terraza? Jamal le enseñará el palacio cuando haya terminado.

–Gracias, Alteza. Estoy deseando verlo –respondió Jake.

Cuando la puerta se cerró tras ellos, Zahir empezó a pasear de un lado a otro, con las manos a la espalda.

–¿Por qué has intentando hacerme quedar como un tonto?

–¿Qué?

–Hablar sobre la leyenda de la joya...

–No tenía intención de hacerte quedar como un tonto, pero la leyenda es algo intrínseco a ese diamante.

–¿Por qué tiene que estar entre tus notas la maldita leyenda cuando te he dicho que no quiero saber nada de ella?

Los corazones siempre palpitaban fieramente en las novelas románticas y en aquel momento Gina entendía por qué.

–En mi investigación para verificar la autenticidad de la joya no podía pasar por alto algo que aparecía en todos los documentos, por irrelevante o inconveniente que pueda parecerle al cliente. Mi padre me enseñó a examinarlo todo al detalle y eso es lo que hago.

Zahir suspiró pesadamente.

–¿Tu padre?

–Mi padre es un conocido profesor de historia antigua.

–Ah, sí, el hombre por el que no volviste conmigo.

–Mi madre había muerto y él necesitaba mi apoyo.

El enfado de Zahir desapareció tan abruptamente como algunas tormentas en el desierto. ¿Cómo podía un hombre de sangre caliente ignorar la tentadora visión que tenía delante?

Especialmente cuando esa visión tenía unos ojos azules como los de Gina y unos labios en forma de arco que harían perder la cabeza a cualquiera.

–Cuando se trata del trabajo, mi padre no deja una piedra por remover –siguió ella–. Es muy exhaustivo.

–¿Ah, sí? –Zahir dio un paso adelante.

Antes de que Gina pudiera responder, él se apoderó de su boca. Su desesperación de volver a besarla hizo que el beso fuera torpe y duro al principio, pero después la apretó contra su torso para sentir las curvas femeninas y la besó seductoramente hasta que el calor de su cuerpo se convirtió en un infierno, hasta que deseó tener el poder de hacer que el resto del mundo desapareciera, olvidar los asuntos de Estado y la amenazadora insurgencia en las montañas para llevarla a su cama. Y cuando la tuviera en su cama la acariciaría hasta tenerla temblando de placer, hasta que llorase y jurase amarlo solo a él.

Cuando por fin se apartó para mirarla, jadeando, tuvo que sonreír al ver que a ella le pasaba lo mismo.

–Sabes mejor que nunca –musitó–. No había imaginado que nuestra primera reunión terminaría así, pero supongo que después de lo que ocurrió entre nosotros era inevitable.

–Suéltame, Zahir. No debemos...

–No hay nada que temer, este es mi palacio. Yo soy el gobernante de Kabuyadir y no es un deshonor que te vean conmigo.

–No me preocupa lo que piensen los demás, sino mi propia conducta. He venido aquí con un propósito profesional, para presentar los resultados de una investigación, no como una amiga personal. Además, estoy aquí con un colega.

–¿Te preocupa el doctor Rivers, con sus ridículas camisas de colores?

–Puede que Jake no tenga tu buen gusto, pero es un colega y podría disgustarse si supiera que nos conocemos.

Zahir murmuró una maldición... o algo que sonaba como una maldición en su idioma.

–¿Por qué iba a disgustarse? ¿Estás diciendo que tienes una aventura con él?

–¿Jake y yo? No, claro que no.

–¿Entonces por qué te preocupa tanto lo que piense?

–Por respeto.

Él la miró, desdeñoso, antes de acercarse al escritorio para abrir un cajón del que sacó un pequeño cuchillo con el mango labrado que colocó en la funda de su cinturón.

–Debo irme, de modo que tendremos que dejar esto por ahora.

–¿Dónde vas? ¿Y por qué necesitas llevar un cuchillo?

–Una banda de rebeldes está causando problemas en las montañas. Les hemos advertido muchas veces, pero siguen haciendo incursiones en los pueblos cercanos y he decidido hablar con ellos personalmente.

–¿Y no es peligroso? –exclamó Gina–. ¿Vas a ir solo?

Zahir esbozó una sonrisa al verla tan preocupada.

–No soy El Zorro. Por supuesto que no iré solo.

–De todas formas, por favor, ten cuidado.

–Hay demasiado en juego como para arriesgarme de manera innecesaria. Mi querida hermana, para empezar –replicó él, mostrándose distante y frío cuando sentía todo lo contrario.

Cada vez que estaba cerca de ella sentía que iba a explotar.

–Por supuesto –asintió Gina.

–Más tarde, cuando vuelva, hay otro tema del que me gustaría hablar contigo. Aunque sea tarde, espero que me recibas.

Ella irguió la barbilla, orgullosa y desafiante.

–¿Es una orden?

Su rebeldía sorprendió a Zahir y también lo excitó. Deseaba tocarla, tomarla en sus brazos y llevarla a sus aposentos. Sabiendo que no podía hacerlo porque había un destacamento de soldados esperándolo en el patio, se prometió a sí mismo que la vería más tarde...

–Sí –respondió, antes de pasar a su lado–. Lo es.

Inquieta al pensar que Zahir podría estar en peligro y ella no podía hacer nada, Gina hizo un esfuerzo por comer, pero no era capaz de probar bocado. A ese paso, volvería a Inglaterra como un saco de huesos.

Pero ¿cómo iba a comer cuando el miedo de no volver a verlo hacía que se le cerrase el estómago?

El incendiario beso que habían compartido unas horas antes le había recordado por qué era el único hombre en el mundo al que podría amar. La cálida presión de sus labios, la fiera invasión de su lengua, habían dejado una impronta imborrable en su corazón y deseaba que volviese a besarla. Lo deseaba con toda su alma.

Decidida a distraerse, le preguntó a Jamal si podía explorar los jardines del palacio y el joven se ofreció inmediatamente a escoltarla, pero Gina persistió en su deseo de ir sola.

A regañadientes, Jamal asintió por fin.

Había varios caminos, todos a la sombra de altos árboles, en los fabulosos jardines del palacio de Kabuyadir.

Gina percibió el aroma a jazmín, a azahar y heliotropo, entre otros, mientras escuchaba el canto de los pájaros. Mirase donde mirase había fuentes y estatuas de piedra, presumiblemente antepasados de la ilustre familia Kazeem Khan. Si no estuviera tan preocupada por Zahir, las habría investigado un poco más, pero en esas circunstancias era imposible.

Tan entusiasmada estaba por lo que veía que estuvo a punto de chocar con alguien... una mujer vestida con una túnica oscura, sentada en un banco frente al estanque del jardín. Era una chica joven de preciosos ojos castaños, con la expresión más triste que Gina había visto nunca.

–¿Quién eres? –le preguntó la joven, primero en su idioma y, al ver que no la entendía, en el suyo.

–Siento mucho haberte molestado. Soy la doctora Gina Collins y he venido para... hacer un inventario de los objetos del palacio –Gina se mordió los labios después de decirlo porque no tenía costumbre de mentir.

–Mi hermano no me ha dicho que tuviese intención de hacer inventario.

–¿Tu hermano?

–Soy Farida, la hermana del emir de Kabuyadir, aunque últimamente se porta como si fuera un extraño –después de decirlo, la joven dejó escapar un suspiro–. Me alegra ver a otra mujer en el palacio. ¿Eres inglesa?

–Sí, lo soy.

–Zahir y yo estudiamos allí, ¿lo sabías?

Gina negó con la cabeza.

–No, no lo sabía. ¿Dónde estudiasteis?

–En Oxford. Él estudió Política y Economía en

Pembroke College y yo Literatura e Idiomas Modernos en Lady Margaret Hall.

–Ah, entonces debéis de ser muy inteligentes. Mis notas no alcanzaban para estudiar en Oxford –dijo Gina.

–Zahir es muy inteligente, yo hago lo que puedo –bromeó Farida.

–¿Os gustó vivir allí?

–Es un sitio fascinante, con una historia y una arquitectura maravillosas. Lo que más me gustaba eran las bibliotecas y siempre podías encontrarme en alguna, pero todo eso cambió cuando conocí a Azhar...

De repente, Farida parecía estar muy lejos y Gina recordó que, según le había contado Zahir, había perdido a su marido en un accidente. Era tan joven, demasiado joven para ser viuda.

Sin pensar, se dejó caer sobre el banco, a su lado.

–¿Azhar era tu marido?

Ella asintió con la cabeza.

–Era el amor de mi vida y desde que murió estoy perdida, no sé qué hacer. No creo que tenga nada más que ofrecer... ni siquiera a mi hermano. Todo me parece inútil.

–Mi padre me contó que él había sentido lo mismo tras la muerte de mi madre. Su forma de soportar la tristeza era encerrarse en casa y enterrarse en el trabajo... aunque yo no sabía que la quisiera tanto hasta hace poco.

–¿No lo sabías?

–Su matrimonio siempre me había parecido un arreglo amistoso más que otra cosa. Los dos eran historiadores y siempre pensé que se llevaban bien, que tenían cosas en común más que estar enamorados, pero hace poco he descubierto que no era así.

Farida la observó en silencio durante unos segundos.

–Creo que el amor lo es todo, que ningún matrimonio puede sobrevivir sin él.

–Y yo creo que el amor verdadero nunca muere. Por eso, esté donde esté tu querido Azhar, seguro que sigue cuidando de ti. Y querría que fueras feliz...

–Ya no puedo ser feliz.

–Él querría que lo fueras.

–Gracias, Gina –dijo la joven, poniendo una mano en su brazo–. ¿Puedo llamarte así?

–Por supuesto.

–Has dicho algo que es muy importante para mí, algo que me ayudará a dormir por primera vez desde que Azhar falleció. ¿Hasta cuándo te quedarás en Kabuyadir?

–Pues... no lo sé. Depende del tiempo que tarde en hacer mi trabajo. He venido con un colega, el doctor Rivers.

–Espero que tardes mucho en hacer el inventario porque intuyo que he hecho una nueva amiga –dijo Farida.

Emocionada, tal vez porque sabía que ella sufriría del mismo modo si algo le ocurriese a Zahir, Gina tuvo que hacer un esfuerzo para contener las lágrimas.

–Lo mismo digo. Eres muy amable.

Unos golpecitos en la puerta sobresaltaron a Gina por la noche. Aunque no se había molestado en desvestirse porque sabía que Zahir iría a visitarla.

Pero no era Zahir quien estaba en la puerta, sino Jamal, con la frente cubierta de sudor, como si hubiera ido corriendo.

–Doctora Collins, Su Alteza quiere verla inmediatamente.

Sorprendida, Gina se sujetó al quicio de la puerta.

–¿Qué ha pasado? ¿Está herido?

–Venga –dijo Jamal, impaciente–. No haga preguntas, por favor.

Sin ponerse las bonitas babuchas que había dejado al pie de la cama, Gina lo siguió descalza por el corredor.

Capítulo 5

SIN FIJARSE apenas en el enorme dormitorio, Gina se concentró en el hombre de largo pelo oscuro recostado sobre un montón de almohadones en una cama hecha para un emperador. Pero su impresionante torso bronceado estaba cubierto en parte por una venda sobre las costillas. Un hombre con gafas y barba que debía de ser médico estaba atendiéndolo.

Gina contuvo un gemido al ver la mancha roja bajo la venda alrededor de su bíceps derecho. El médico estaba retirando una aguja hipodérmica del brazo de Zahir y los dos hombres se volvieron hacia la puerta.

–Doctora Collins, acérquese, no voy a morderla. No tengo energía para eso ahora mismo.

¿Cómo podía bromear en un momento como aquel?, se pregunto Gina mientras se acercaba a la cama.

–¿Qué ha ocurrido?

–Un líder rebelde decidió hacerse famoso matando al gobernante de Kabuyadir, eso es lo que ha pasado. Por suerte, la bala apenas me rozó. No se preocupe, doctora Collins, mi médico me ha asegurado que viviré.

Gina no podía entender que se tomase tan a la ligera algo tan importante.

–¿No tiene un guardaespaldas o alguien que...?

–Mi guardaespaldas recibió un balazo en la pierna y ahora mismo está en el hospital.

Zahir parecía más frustrado que nunca y, al ver un brillo de pesar y rabia en sus ojos, Gina deseó que Jamal y el médico se fueran para estar a solas con él. Pero entonces Zahir tiró de su mano posesivamente, sin preocuparle que nadie lo viera, y después de hablar un momento en su idioma, el médico se despidió haciendo una respetuosa inclinación.

–Puedes irte, Jamal. En unos minutos seguiré el consejo del doctor Saffar y trataré de dormir un poco. Asegúrate de que la noticia del incidente no llegue a oídos de mi hermana hasta que tenga la oportunidad de hablar con ella.

–Sí, Alteza.

Cuando estuvieron solos, Zahir se llevó su mano a los labios mientras Gina intentaba contener las lágrimas.

–No deberías arriesgarte de ese modo –murmuró, sin pensar que era el gobernante de un país. Para ella solo era Zahir, un hombre que le importaba más de lo que pudiera decirle.

–No me gusta hacerte llorar –dijo él, apartando el pelo de su cara–. Y te aseguro que no era así como pensaba pasar la noche contigo.

Gina levantó la mirada, sorprendida.

–¿Pasar la noche? ¿De qué estás hablando?

–¿De verdad no me has entendido?

–Ya te he dicho que estoy aquí como historiadora y que... –Gina no pudo seguir porque, de repente, la timidez la dejó sin habla.

Pero el hombre que estaba en la cama, con un pantalón de pijama de seda negro, no parecía tener el mismo problema.

Zahir la vio apartar la mirada de sus marcados ab-
dominales y esbozó una licenciosa sonrisa.

—Eres la doctora Collins de día, pero ¿qué impide
que pasemos la noche juntos? Sé que no eres inmune
a mis atenciones, aunque intentes disimularlo.

—Y yo sé que estás herido y seguramente solo bus-
cas algo de consuelo, pero no voy a meterme en la
cama contigo solo porque... porque esté aquí o porque haya ocurrido antes.

Si pudiera perdonarla por no haber vuelto a Kabuyadir, pensaba Gina, angustiada. Si de verdad creyera
en el amor que habían compartido esa noche, entonces nada impediría que se acostase con él. Pero ella
sabía que Zahir no creía en la leyenda de El Corazón
del Valor, que su rechazo lo había hecho aborrecer
ese legado.

—Tengo que hacerte una proposición —dijo él entonces—. Por eso quería verte.

—¿Qué tipo de proposición?

—No voy a perder el tiempo fingiendo que no te
deseo, así que iré directamente al grano: muchos
hombres en mi posición tienen amantes. Yo no lo he
hecho porque nunca había conocido a una mujer que
me gustase lo suficiente... hasta que te conocí a ti. Me
gustaría que te quedases en Kabuyadir, Gina. Si te
quedases, no te faltaría nada, nunca. Cualquier cosa
que quisieras y que yo pudiese darte sería tuya.

Gina no sabía si reír o llorar. Bajo el albornoz, su
corazón latía dolorosamente. Alejándose de la cama,
apartó un mechón de pelo de su cara.

—Imagino que debo tomarme tal oferta como un
cumplido.

–Al menos estoy demostrando que no te rechazo como tú me rechazaste a mí. Estoy siendo sincero, sencillamente. Te deseo en mi cama de nuevo...

–El deseo es un pobre sustituto del cariño, Zahir.

No pronunciaría la palabra «amor» en su presencia, aún no. ¿Para qué iba a hacerlo cuando era evidente que quería vengarse por no haber vuelto a Kabuyadir tres años antes?

–¿El deseo no te parece suficiente?

–¿Crees que podría conformarme con eso porque tú piensas que estoy en deuda contigo? Además, no puedo quedarme aquí indefinidamente. Cuando te haya dado toda la información que tengo sobre la joya, y la haya visto por mí misma, tendré que volver a Inglaterra.

–¿Por qué?

–Tengo un trabajo, Zahir. Uno que he perseguido durante muchos años. Y también tengo un padre que no se encuentra bien y que está muy solo –respondió ella–. Me temo que tendrás que buscarte otra amante para el todopoderoso emir –le espetó, dirigiéndose a la puerta.

–¡Gina!

El grito de Zahir la detuvo y cuando se volvió, alarmada, vio que estaba intentando levantarse de la cama.

–¿Se puede saber qué haces? –exclamó, ayudándolo a tumbarse de nuevo–. Por favor, vuelve a la cama antes de que te hagas daño.

–¿Qué te importa a ti? –replicó él, dejando que lo ayudase a tumbarse de nuevo–. Te marcharás en cuanto puedas, sin importarte si vivo o muero.

–Eso no es verdad. Claro que me importa.

–¿Tú sabes el tormento que es para mí tenerte tan cerca, respirar tu perfume y no poder tocarte? Es una doble agonía que esto me haya ocurrido hoy. No solo estoy sexualmente frustrado, sino herido por una maldita bala. Esta noche me hará falta algo más que una pastilla para dormir.

Gina apartó el pelo de su frente.

–¿Por qué has tenido que ir tú personalmente? Podrías haber enviado a otra persona... al capitán de tu ejército, quizá. Alguien acostumbrado a lidiar con situaciones como esa.

–¿Crees que no soy capaz de lidiar con unos rebeldes?

–Yo no he dicho eso. No estoy cuestionando tu habilidad para combatir, Zahir. Desde luego, das miedo, pero me parece demasiado arriesgado hacerlo siendo el gobernante de Kabuyadir.

Zahir lanzó sobre ella una fiera mirada.

–¿Y cómo sabes tú lo que debo hacer? No soy solo una figura de cera que se sienta en el palacio para dar órdenes, soy un político y un diplomático. Y después de muchos meses de rebelión, de incursiones para asustar a los lugareños, tenía que demostrarles de una vez por todas que no voy a aceptarlo. ¿Quién mejor que yo para llevar ese mensaje?

–No te muevas, vas a reabrir tus heridas.

–Puedes irte, Gina –dijo él entonces, sin mirarla.

–¿Qué?

–Eres una distracción dolorosa y lo que necesito ahora mismo es paz y tranquilidad para recuperarme.

–Muy bien, como quieras.

Cuando iba a levantarse, Zahir tiró de ella para besarla, un beso ardiente y apasionado que casi le hizo daño.

–Ahora puedes irte.

Su mirada oscura hacía que las piernas le pesaran una tonelada y Gina salió de la suntuosa habitación sin saber cómo...

Decían que un oso era más peligroso cuando estaba herido y debía de ser cierto. A la mañana siguiente, mientras paseaba por su jardín privado pensando en sus heridas y en el rebelde que se las había infligido, Zahir tenía que hacer un esfuerzo para contener su furia.

Estaba dolorido, airado y capaz de ladrarle al primero que se le acercase. Afortunadamente, Jamal lo conocía bien y sabía cuándo debía alejarse prudentemente.

Pero recordar cómo había tratado a Gina la noche anterior...

Después de recibir una nueva visita del médico, Zahir debía acudir a una reunión con el consejo para hablar sobre los rebeldes, pero en aquel momento el asunto que más lo interesaba era Gina Collins. Le había ofrecido ser su amante, algo que muchas otras mujeres hubiesen aceptado, pero ella no.

Ella prefería volver a Inglaterra con su padre... otra vez.

Aunque debía admirarla por su lealtad filial, no podía evitar sentirse celoso por estar tan abajo en su lista de prioridades. Pero no la dejaría ir tan fácilmente. Tenía que encontrar la manera de hacer que se quedase en Kabuyadir.

Después de volver a verla cuando creía que había desaparecido de su vida para siempre no era capaz de olvidarla.

–¡Zahir!

Su hermana corría hacia él por el jardín y, cuando se echó en sus brazos, Zahir no pudo evitar un gemido de dolor.

–No podía creerlo... ¿por qué nadie me había dicho nada? No soy una niña, soy una mujer adulta y no voy a desmayarme al escuchar una mala noticia. ¿Por qué fuiste al cuartel general de los rebeldes solo con un grupo de guardias?

Otra mujer regañándolo por intentar resolver una situación que atemorizaba y hacía sufrir a su gente.

¿Las decisiones de su padre habrían sido cuestionadas de ese modo? No, estaba seguro que no había sido así.

–Tenía que ir personalmente. Su líder es unególatra ansioso de poder, al frente de una banda de cretinos que se dedican a robar y asustar a los lugareños. Al ver que intentar razonar con ellos no servía de nada les advertí que irían todos a la cárcel, pero cuando nos dábamos la vuelta el líder sacó una pistola y empezó a disparar.

–¡Podría haberte matado!

–Sí, pero estoy vivo Zahir se pasó una mano por los ojos–. Por favor, no temas por mí, hermana. No quiero que te eches a temblar cada vez que salgo del palacio.

–Pero te han disparado.

Al ver la preocupación en los ojos de Farida, Zahir intentó sonreír.

–No ha sido nada, un pequeño inconveniente más que otra cosa.

–¿Qué quieres decir?

–Que seguramente no podré estar tan activo como me gustaría durante unos cuantos días –respondió él, pensando en Gina.

–¿Y el hombre que te disparó? ¿Qué ha sido de él?

–Ahora mismo languidece en prisión, como no podía ser de otra manera.

–¿Crees que sus hombres intentarán vengarse?

–Si se atreven, lo pagarán muy caro.

Pero mientras lo decía, Zahir tenía dudas. ¿Habría cometido un error al intentar hablar con los rebeldes personalmente? Pero no era el momento de pensar en ello con Farida tan disgustada, decidió, pasándole un brazo por los hombros.

–Este palacio es una fortaleza que ha aguantado el paso del tiempo. Nadie puede llegar hasta aquí. Estarían locos si lo intentasen –le dijo–. Pero dejemos eso, hablemos de cosas más agradables.

–Muy bien –asintió ella.

–¿Qué piensas hacer hoy?

–Espero pasar un rato con Gina Collins.

Zahir se detuvo de golpe.

–¿Conoces a la doctora Collins?

–Sí, la conocí ayer. Y dijo algo maravilloso sobre Azhar que me consoló mucho. No tengo muchas amigas de mi edad, así que me alegra que Gina vaya a estar en el palacio durante un tiempo.

–También yo me alegro.

–Tal vez yo podría ayudarla a hacer el inventario de los objetos antiguos del palacio. ¿Qué te parece?

Zahir estaba tan sorprendido que tardó unos segundos en entender la pregunta. Era la primera vez que Farida mostraba interés por algo desde que quedó viuda y, si Gina ejercía ese efecto en ella, ¿qué otros milagros podría conseguir con su presencia?

–Seguro que a ella le gustaría. ¿Sabes dónde está?

–Iba a buscarla ahora mismo.

–¿Por qué no te quedas aquí un rato? Cuando haya hablado de esa sugerencia tuya con la doctora Collins le diré a Jamal que venga a buscarte.

–Gina es muy guapa, ¿verdad?

Más bella que ninguna otra, pensó Zahir. Pero no pensaba decirlo. No quería que Farida supiera de su interés por ella.

–Sí, lo es –respondió, esbozando una sonrisa–. Y muy inteligente.

Después de eso se dio la vuelta para no seguir haciendo una lista de todas las virtudes de Gina Collins.

Cuando volvió a su habitación por la noche, Gina sabía que no sería capaz de conciliar el sueño. Después de su inesperado encuentro con el hombre que podía hacer palpitar su corazón como ningún otro, encontrarlo herido había sido desolador. Y luego, al ver que se ponía tan furioso cuando rechazó la oferta de convertirse en su amante, el mundo se le había venido encima.

La sorprendía que tuviese tan poca preocupación por su seguridad. ¿Cómo podía haber ido a una región controlada por rebeldes? ¿No se daba cuenta del peligro que había corrido... de que podría haber dejado a su hermana sola en el mundo?

Pero también estaba dolida porque solo parecía interesado en su cuerpo. Había imaginado que Zahir sentía algo por ella, pero...

¿Los sentimientos que había declarado cuando se encontraron en el jardín de los Hussein, la noche que le entregó su más preciado regalo, serían falsos? ¿No había significado nada para él?

Apenas comió durante el desayuno y su evidente falta de apetito sorprendió a Jake.

−¿No te encuentras bien? Tienes ojeras y apenas has tocado la comida.

−Estoy bien −murmuró ella−. Solo un poco cansada.

−Es por el calor, pero se te pasará.

Cuando Jake volvió a su habitación, Gina llamó a Jamal para preguntarle cómo se encontraba Zahir. El taciturno sirviente le respondió que Su Alteza estaba cómodo y se había levantado de la cama, pero que tal vez no lo verían en todo el día porque el médico le había ordenado descansar.

Entristecida, le preguntó si podía usar la biblioteca del palacio y Jamal, a quien habían indicado que debía ayudar en todo lo posible, no puso ninguna pega. Si se preguntaba por qué el emir la había llamado a sus aposentos la noche anterior, no dijo una palabra.

Las bibliotecas siempre habían sido para Gina un lugar consolador. Cuando era niña, a menudo se refugiaba allí cuando la vida le parecía demasiado dura y no se sentía querida. Los libros eran sus amigos, compañeros constantes que nunca la decepcionaban.

Pero la biblioteca del palacio de Kabuyadir la dejó sin aliento. Era un santuario para la palabra escrita que solo la imaginación más exuberante podría conjurar. Gina miró las interminables filas de estanterías, que contenían libros antiguos y modernos, prácticamente llegando hasta el cielo...

Entre las estanterías había suntuosos sofás y sillones en los que un podía relajarse mientras leía el libro que hubiese elegido. El ambiente era el de una catedral, con un techo a dos alturas y el suelo de granito y mosaico.

Gina había ido allí con un plan: estudiar la historia de la familia de Zahir. Debía haber cientos de libros de historia sobre la región con crónicas de la dinastía Khan y, con un poco de suerte, encontraría también viejos diarios familiares. Quería encontrar toda la información posible sobre la relación de la familia Khan con el famoso diamante, pero debía ser discreta.

Si Zahir descubría lo que estaba haciendo, podría ponerla en el primer avión de vuelta a Inglaterra y prohibirle volver a Kabuyadir.

—Ah, ahí estás.

Inmersa en las páginas de un libro fascinante, Gina se dio la vuelta, sorprendida, al escuchar la voz de Zahir.

Tan imponente como siempre con su chilaba oscura y su ancho cinturón de cuero, el pelo como una cortina de terciopelo negro cayendo hasta los hombros. Pero enseguida se dio cuenta de que tenía la frente cubierta de sudor... debía de estar sufriendo, pero intentaba disimular.

—¿Qué haces levantado? ¿No deberías estar en la cama? —le preguntó, apretando el libro contra su pecho.

–He estado tomando el aire en el jardín. No puedo estar metido en la cama veinticuatro horas al día solo por un par de heridas sin importancia –respondió él–. Jamal me dijo que te encontraría aquí. ¿Qué te parece mi biblioteca?

–Es magnífica. Una persona podría pasarse aquí una vida entera y no tendría tiempo para leer ni una cuarta parte de los libros que posees.

El comentario lo hizo sonreír.

–Desde luego.

–¿Te duele? –le preguntó Gina entonces.

–La verdad es que me duele el orgullo más que nada.

–¿Por qué?

–Porque... –Zahir pareció pensarlo mejor antes de responder–. ¿Qué tienes ahí?

–Es un libro sobre el imperio bizantino –Gina no pudo evitar ponerse colorada.

–Ah, una lectura ligera –bromeó él.

Su corazón se derritió al verlo de tan buen humor, como el Zahir al que había conocido tres años atrás.

–Me alegra que estés más alegre.

–Siento mucho haberte tratado como lo hice anoche. Mi comportamiento fue imperdonable –dijo él entonces, levantando su barbilla con un dedo.

–Estabas herido y furioso, así que no te lo tendré en cuenta. Pero ahora mismo deberías estar descansando.

Gina contuvo el aliento cuando empezó a acariciar su cara con la yema de los dedos.

–¿Podría reprocharme alguien que te desee tanto? –murmuró él. Y su voz, normalmente tan autoritaria, sonaba notablemente intranquila.

Capítulo 6

E L HECHIZO era tan profundo, tan intenso, que era como si el resto del mundo hubiese dejado de existir. No había barreras, solo Zahir y ella, suspendidos en el tiempo y el espacio, en un maravilloso universo donde los papeles que asumían en la vida, una experta en antigüedades y un emir, habían dejado de importar. Lo único que quedaba eran dos almas reconociéndose la una a la otra.

Gina cerró los ojos, todas las células de su cuerpo vibrando de anticipación mientras esperaba el beso que estaba a punto de llegar...

Era como si todo en la vida de Zahir hubiera estado al borde del desastre durante mucho tiempo, pero mientras estudiaba las bellas facciones de Gina pensó que había una cosa que lo hacía sentir bien. Y después de hablar con su hermana incluso albergaba esperanzas.

Deseaba a aquella mujer más que a ninguna otra y apenas podía pensar en otra cosa que no fuese perderse en ella. Su deseo sobrepasaba todo lo demás, incluso el dolor de sus heridas.

Pero entonces vio una ligera abrasión en su labio inferior y de inmediato recordó el beso de la noche anterior...

−¿Yo te he hecho eso? −murmuró, acariciando el labio con la yema del pulgar.

−Sé que no era tu intención hacerme daño. No tiene importancia.

−Quería hacerte pagar por la frustración que sentía y eso no es lo que hace un hombre honorable −replicó él, apartándose−. Mil disculpas, doctora Collins... le aseguro que no volverá a ocurrir.

Zahir se obligó a sí mismo a apartarse en todos los sentidos: física, psicológica, mentalmente. Era una agonía, pero sabía que tenía que hacerlo.

Ella lo miró, desconcertada.

−No es nada. No me hiciste daño, de verdad.

−De todas formas... −Zahir pensaba que no merecía su perdón. Había actuado como un arrogante y un loco−. He venido a buscarte para pedirte algo que significa mucho para mí.

−¿De qué se trata?

−Sé por Farida que os habéis conocido y parece que a mi hermana le has caído muy bien. Es la primera vez desde que murió su marido que muestra interés por algo, de modo que me gustaría animarla. Quiere que te pregunte si podría ayudarte con el inventario... sé que no te he pedido oficialmente que lo hagas, pero te lo pido ahora. ¿Lo harás?

Gina pasó las manos por el pantalón de color marfil con túnica a juego, como intentando entender el repentino cambio de tema.

−Debe de haber incontables objetos antiguos en el palacio. Un proyecto como ese duraría meses... ¿y mi trabajo en la casa de subastas?

–Sin la menor duda, para tus jefes será un honor que una de sus empleadas haya recibido el encargo de hacer un inventario del palacio de Kabuyadir. Y, si estás de acuerdo, te aseguro que la remuneración será más que generosa.

–No es una cuestión de dinero –protestó Gina–. ¿Y Jake? Quiero decir, el doctor Rivers. ¿También quieres contratarlo a él?

Zahir hizo un gesto de irritación.

–Tú eres la experta en antigüedades, ¿no?

–Sí, es cierto. Pero tú sabes que mi padre no se encuentra bien. No puedo desaparecer durante meses...

Airado al ver que mostraba tanta consideración por su padre y no por él, Zahir tuvo que apretar los dientes. Decirlo en voz alta sería indigno del emir de Kabuyadir.

–Puedes llamarlo por teléfono cuando quieras. Y, si necesita una enfermera, yo me encargaré de que la tenga. En cuanto a Farida, ¿dejarás que te ayude?

Gina se encogió de hombros.

–Si decido encargarme del inventario, su ayuda me vendría bien. Su conocimiento de los tesoros familiares debe de ser considerable si ha vivido aquí toda su vida.

–¿Entonces aceptas?

Zahir apenas podía contener su impaciencia mientras esperaba una respuesta. El entusiasmo de su hermana por Gina le había dado una razón más para retenerla allí y se negaba a admitir que su proposición pudiera ser rechazada.

Ella lo miró, sus ojos azules llenos de dudas, pero al final asintió con la cabeza.

–Para alguien en mi profesión es una gran oportunidad y un privilegio, de modo que acepto.

–*Inshallah*... llamaré a la casa de subastas para darles la noticia.

–¿Y qué pasará con El Corazón del Valor?

–Con respecto a eso, todo seguirá su curso. Cuando me haya recuperado un poco hablaremos de tus descubrimientos sobre la joya, pero ahora debo descansar. Mi médico se enfadará cuando descubra que no estoy en la cama.

Zahir se dio la vuelta bruscamente, haciendo una mueca de dolor al sentir como si clavaran un cuchillo en sus costillas...

Gina se animó al ver la sonrisa de Farida Khan. Ser su ayudante le daría un propósito en la vida, le había confesado, y saber que estaba ayudando a su hermano sería doblemente satisfactorio para ella.

Las dos mujeres se encontraron en la biblioteca y, después de hablar sobre cómo proceder para hacer el inventario, Farida desapareció para buscar las llaves de los estantes cerrados. Luego la llevó de habitación en habitación, piso por piso, mostrándole algunos de los tesoros más preciados del palacio... posesiones que normalmente solo eran vistas por la familia y los amigos más cercanos.

Aquella era una visita preliminar ya que el trabajo de catalogar todos los objetos empezaría al día siguiente, pero Gina estaba tan abrumada por lo que veía que no era capaz de decir una palabra. Ella ya sabía lo opulento que era el interior del palacio, pero cada habitación parecía superar a la anterior. Los tesoros de la cueva de Aladino no podrían compararse con el palacio del emir de Kabuyadir.

Zahir...

Gina no podía dejar de pensar en él y cada vez que recordaba sus heridas hacía una mueca de pesar. Era una tortura imaginarlo sufriendo...

Había estado a punto de ponerse a llorar cuando Zahir no la besó como esperaba, pero la conmovía que se hubiera disculpado por su brusquedad de la noche anterior y la hacía albergar esperanzas. No quería que olvidase la extraordinaria conexión que había habido entre ellos tres años antes; un lazo que era mucho más que deseo físico...

Cuando Jamal le dijo que Jake había ido a visitar la parte vieja de la ciudad esa noche, Gina cenó con Farida. Pero las dos estaban cansadas, de modo que se retiraron temprano a sus aposentos.

Después de comprobar sus notas y darse un baño, Gina se metió en la cama y llamó a su padre. Solo había tres horas de diferencia entre los dos países, de modo que aún estaría levantado, trabajando en su estudio seguramente.

–¿Dígame?

–Papá, soy Gina.

–¡Hija, qué sorpresa! ¿Qué tal en Kabuyadir? ¿Sigue teniendo la misma magia que la última vez?

Un poco sorprendida, Gina sonrió.

–Sí, claro que sí. Tanto que he aceptado quedarme más tiempo del que había planeado. El emir me ha ofrecido catalogar los artefactos del palacio, además de presentarle mi investigación sobre El Corazón del Valor.

–Ah, entonces debes de haberlo impresionado y eso es tan bueno tanto para ti personalmente como para la casa de subastas.

–Él también parece creerlo.

–¿Cómo es el emir?

Gina intentó encontrar las palabras adecuadas, pero no podía dejar de imaginarlo sufriendo. ¿Estaría descansando como le había prometido? ¿Se habrían infectado sus heridas?

–La verdad es que ya lo conocía, papá –le confesó–. Él es el hombre del que te hablé hace tres años... aunque entonces yo no lo sabía. Es el hombre con el que quería volver antes de la muerte de mamá.

Al otro lado del hilo se hizo el silencio.

–¿Papá?

–Vaya, vaya, vaya –dijo su padre al fin. Y Gina podía imaginarlo pasándose una mano por la mandíbula y sacudiendo la cabeza–. ¿Sigues enamorada de él, hija?

–Sí, mucho –respondió ella, sin dudarlo–. Pero Zahir sigue enfadado conmigo porque no volví a Kabuyadir y no creo que vuelva a confiar en mí.

–Pero te ha pedido que te quedes para catalogar los objetos antiguos del palacio, ¿no? A mí me parece que sí confía en ti.

–No lo sé, tendré que esperar para ver si eso es cierto.

–Fue muy egoísta por mi parte pedirte que te quedaras, Gina. Estaba desolado por la muerte de tu madre y el futuro sin ella me parecía tan incierto entonces. Quería que hicieses carrera en el mundo del arte, pero me aproveché de tu innata bondad para retenerte en casa...

–Papá, no...

–Temía perderte, hija. Temía que te fueras a miles de kilómetros de aquí y te olvidases de mí, pero sé que hice mal y necesito que me perdones.

Gina tragó saliva.

–No hay nada que perdonar, papá. Tú me necesitabas y yo decidí quedarme, eso es todo.

–Eres muy generosa.

–Tal vez tenía que ser así. En fin, ¿cómo estás? ¿Te importa que me quede aquí unos meses?

–¿Importarme? –su padre parecía sorprendido–. ¡Por supuesto que no me importa! Es una gran oportunidad para hacerte un nombre en tu profesión. Pero, si decides que Zahir es lo que quieres, también tienes mi bendición.

Sus palabras la sorprendieron. Definitivamente, su padre estaba cambiando.

–Gracias –murmuró–. Por cierto, ¿qué tal con tu nueva ama de llaves?

–Si quieres que te diga la verdad, Lizzie es un regalo del cielo. No solo es una cocinera maravillosa, además la historia es una de sus pasiones. Es una mujer muy inteligente y una buena madre para su hijo que, por cierto, es una eminencia en informática y me ha arreglado el ordenador.

–¿En serio?

–Nos llevamos muy bien, así que no tienes que preocuparte. Llámame de cuando en cuando para contarme cómo va todo, ¿de acuerdo? Y no dudes en llamar si necesitas algo, cualquier cosa.

A Gina se le hizo un nudo en la garganta. Después de tantos años pensando que su padre no tenía el menor interés por ella, era abrumador que la tratase con tanto cariño, especialmente estando tan lejos y sabiendo que podría tardar algún tiempo en volver a verlo.

–Lo haré, papá.

–Entonces adiós, cielo. Llámame dentro de unos días.

Atraído hacia el balcón por la gran bola dorada en el cielo, Zahir sintió un escalofrío. Admirar una puesta de sol siempre lo hacía sentir que era parte de mucho más que las cosas cotidianas que veían sus ojos todos los días. Parte de algo importante, infinito.

Pero cuando el sol se escondió y el dolor en el costado lo devolvió a asuntos más terrenales, la frustración que sintió al verse confinado en su habitación se convirtió en ira.

Anhelaba libertad y espacios abiertos, soñaba con galopar sobre la arena del desierto en su hermoso semental árabe, con el cálido viento en la cara y el sol a la espalda... necesitaba olvidar que era el gobernante de Kabuyadir por un momento.

Pero en ese sueño había una mujer sentada delante de él sobre la grupa del caballo, la mujer que durante los últimos tres años había aparecido en sus sueños, la mujer que, por un increíble giro del destino, estaba ahora en su palacio.

No había descartado la idea de convertir a Gina en su amante y al día siguiente continuaría con su campaña para persuadirla. Debía hacerle ver que era la solución más racional a la atracción que había entre ellos; una atracción que aumentaba cada vez que estaban cerca.

Si se convertía en su amante, no tendría que arriesgar su corazón como había hecho tres años antes, se decía a sí mismo. Serían amantes, pero solo cuando estuvieran juntos en la cama. El anhelo de que ese momento llegase pronto lo hizo exhalar un largo suspiro.

–¡Jamal!

–¿Sí, Alteza? –el leal sirviente apareció de inmediato.

–Voy abajo, al *hammam*. Después de mi baño, quiero el masaje habitual y luego necesitaré que el médico me cambie las vendas.

–Muy bien, Alteza.

Gina despertó poco después del amanecer, cuando el sol empezaba a asomar en el horizonte, y después de lavarse y vestirse fue a la biblioteca. Había prometido ver a Farida después del desayuno para empezar con el inventario, pero por el momento la mañana era suya.

Mirando las estanterías con ojo de experta, sacó cuatro gruesos volúmenes y los llevó a una mesa bajo las ventanas. Al escuchar el canto del almuédano llamando a la oración, Gina cerró los ojos un momento...

Las lámparas de estilo marroquí seguían encendidas y, aunque el sol entraba a raudales por los ventanales, su luz ayudaba a iluminar la enorme sala.

Gina abrió el primero de los tomos y encontró varias referencias interesantes a la dinastía Khan. Su lectura la tuvo concentrada durante largo rato y, por fin, percatándose de la hora que era, devolvió los libros a la estantería y corrió por el laberinto de pasillos hacia la terraza, donde Jake ya estaba desayunando.

—Buenos días, Gina. He oído que ayer estuviste con la hermana del emir. ¿Cómo es? ¿Su aspecto es tan imponente como el de su hermano o a ella le ha tocado la peor parte?

—Jake, por favor, ¿dónde están tus maneras? ¿Y si Jamal te oyese? —Gina miró alrededor para ver si el hombre estaba cerca. Afortunadamente, solo vio a las dos chicas que les servían el desayuno y que no hablaban su idioma.

Su colega se limitó a sonreír.

—Es natural que sienta curiosidad. Dicen por ahí que enviudó y no volverá a casarse, algo que ver con la profecía que te tiene tan fascinada. Por lo visto, estaba locamente enamorada de su marido y no le entregará su corazón a otro hombre.

Al recordar la profecía, el corazón de Gina pareció dar un vuelco dentro de su pecho. Era tan fácil para ella entender a Farida. Si no podía estar con Zahir, probablemente también ella viviría sola el resto de su vida...

—Me parece una estupidez, ¿no crees?

—¿Qué?

—Creo que este palacio te está hipnotizando —Jake soltó una carcajada—. No me escuchas y siempre tienes esa expresión ausente, como si estuvieras a kilómetros de aquí.

Gina se sirvió una rebanada de pan con aceite de

oliva. Tarde o temprano tendría que decirle que Zahir le había ofrecido hacer el inventario del palacio... pero aún no. Quería dejar que completase su investigación sobre El Corazón del Valor. Cuando estuviese terminado, se lo diría.

Jake era tan ambicioso que podría molestarse al saber que Zahir le había pedido a ella que hiciese el inventario y no quería poner en peligro la investigación para la que los habían contratado...

—Estar aquí es como estar en otro mundo, ¿verdad?

—Desde luego.

—Por cierto, corre el rumor de que el emir recibió un disparo de unos rebeldes cuando intentaba llegar a un acuerdo pacífico con ellos. No lo mataron, evidentemente, pero resultó herido. Y ayer no lo vi... ¿tú crees que el rumor es cierto?

Gina intentó disimular su agitación.

—No creo que debamos especular sobre ese tipo de rumores. Si son ciertos, espero que el pobre hombre esté recuperándose.

—Me molestaría no poder terminar con la presentación. Los dos hemos trabajado mucho estos últimos meses y no me gustaría que todo fuese para nada.

Por fin, Gina perdió la paciencia y se levantó, fulminando con la mirada al hombre que llevaba otra inapropiada camisa esa mañana.

—¿Es que nunca piensas en nadie más que en ti mismo? El emir ha pagado por este viaje, en el palacio nos cuidan como si estuviéramos en un hotel de cinco estrellas y hemos recibido un generoso adelanto por nuestros estudios sobre El Corazón del Valor. Yo creo que eso es algo más que «nada», ¿no te parece?

Tirando la servilleta sobre la mesa, Gina volvió al interior del palacio, dejando a Jake y a las dos jóvenes sirvientas mirándola como si fuese de otro planeta.

A oídos de Zahir llegaron unas risas femeninas. Con el ceño fruncido, se acercó a la terraza y vio a dos mujeres sentadas frente a una mesa del jardín, bajo una parra que las protegía del sol.

Una llevaba la tradicional túnica negra de las viudas y la otra un traje pantalón de color coral y un incongruente sombrero de paja que lo hizo sonreír.

Ver a su hermana riendo con Gina fue una revelación. Rara vez un sonido o una imagen le habían proporcionado tanta felicidad y, sin pensar, se acercó a la mesa.

—Empezaba a temer que nunca volvería a oírte reír, hermana.

—Debo darle las gracias a Gina. ¿Ves lo buena que es para mí? No solo es inteligente y amable, también tiene un estupendo sentido del humor.

—¿Ah, sí? —Zahir miró a la mujer que estaba sentada al lado de Farida. Sus ojos azules habían estado llenos de humor unos segundos antes, pero de repente habían vuelto a ser serios. No sabía por qué y le molestaba.

—Buenas tardes, Alteza —murmuró.

—Tiene usted buen aspecto, doctora Collins. Como una rosa inglesa plantada en el desierto.

–Tal rosa probablemente no sobreviviría al calor.

–Si fuese cuidada por un jardinero experto, no tengo la menor duda de que sobreviviría –sin preocuparle que su hermana estuviera mirando, Zahir pareció caer en un trance que solo se rompió cuando Gina recogió unos papeles que había sobre la mesa–. En fin, os dejo. Disculpad si os he molestado –murmuró, alejándose abruptamente, sus pasos resonando sobre la gravilla del camino.

Farida se volvió hacia ella, con expresión interrogante.

–Mi hermano no parece él mismo esta mañana. Quizá no haya dormido esta noche por las heridas... ¿sabes que resultó herido en una escaramuza con los rebeldes?

–Sí, he oído algo.

Bajando la mirada, Gina intentó concentrarse en sus notas, pero lo único que veía era el turbador brillo de los ojos de Zahir, que la hacía apretar los muslos bajo el vestido. Sin poder evitarlo, recordó la noche que le entregó su virginidad... la erótica electricidad de sus cuerpos tan poderosa que cuando la penetró no sintió dolor alguno. Su unión había sido tan perfecta que casi se convenció de que aquel encuentro estaba escrito en las estrellas.

–Tu hermano... el emir –se corrigió Gina a sí misma rápidamente–, es un hombre muy fuerte y, sin ninguna duda, se recuperará.

Farida se encogió de hombros.

–Eso es lo que me digo a mí misma. Pero, por fuerte que sea, no es infalible y en esta familia ha habido demasiadas muertes últimamente. Necesitamos sangre nueva para tener esperanza –dijo, suspirando–. Tal vez sea buena idea que haya decidido casarse. Aunque a mí no me gusta la mujer que ha elegido como esposa.

Gina sintió como si el oxígeno no llegase a sus pulmones.

–¿El emir va a casarse?

–Sí –respondió Farida–. Con la hija del emir de un país vecino que es gorda, fea y tonta. Gracias a Dios no está buscando compañía interesante, porque no la tendrá con ella. Solo la ha visto un par de veces, así que sería un matrimonio de conveniencia, una forma de unir los dos reinos, pero yo no veo más que dolor y tristeza para él.

–¿Y El Corazón del Valor? ¿No dice la profecía que todos los miembros de vuestra familia se casarán por amor?

–¿Conoces la historia de la joya? –exclamó Farida.

Gina había olvidado que no debía decirle nada al respecto y buscó una explicación a toda prisa.

–Sé que existe, por supuesto. Y sé que tiene una historia detrás.

–Yo creo en esa leyenda. Y creo que uno no debe discutir con el destino. En cuanto vi a Azhar supe que era el hombre de mi vida... de hecho, nunca dejaré de amarlo aunque ya no esté conmigo. Mi corazón lo mantiene vivo, ¿lo entiendes?

–Sí, lo entiendo. Pero tu hermano... ¿él no cree en la profecía?

–No, Zahir no cree en ella. Mis padres estaban tan enamorados como yo lo estaba de Azhar, así que teme enamorarse y perder a esa persona... –Farida suspiró de nuevo–. A veces puede ser muy testarudo, especialmente cuando cree tener razón.

–¿Entonces prefiere casarse con una mujer a la que apenas conoce?

La joven asintió con la cabeza.

–Eso me temo.

Mientras recorría uno de los pasillos más tarde, con las notas apretadas contra su pecho, Gina escuchó una voz masculina...

–Gina –la llamó Zahir desde la puerta de su despacho.

–¿No quiere decir «doctora Collins», Alteza? –replicó ella, incapaz de disimular su dolor al saber que iba a casarse con otra mujer.

Capítulo 7

QUIERO hablar contigo –dijo Zahir, con su habitual tono autoritario.

–Lo siento, pero ahora mismo no puedo –respondió Gina, el dolor y la rabia que sentía impidiendo que lo mirase a la cara–. Tengo mucho trabajo.

La fiera mirada que lanzó sobre ella sería suficiente para asustar al propio Ghengis Khan y ella no podía negar que le temblaban un poco las piernas.

–¿Cómo te atreves a hablarme así? En el futuro, sugiero que lo pienses dos veces antes de hablarme en ese tono. Entra en mi despacho, ahora.

Cerrando la puerta tras ellos, Zahir le hizo un gesto para que se sentase y Gina se alegró porque no las tenía todas consigo. Dejando los papeles sobre un sofá tapizado en brocado de seda, colocó las manos sobre su regazo y lo miró a los ojos.

–Le pido disculpas si he sido grosera, Alteza. No volverá a ocurrir.

–Eso espero.

–¿De qué quería hablarme?

Con las manos a la espalda, Zahir paseaba de un lado a otro del despacho, su perfil hermoso y formidable a la vez. Pero, de repente, se detuvo, en silencio.

−¿Qué ocurre? ¿Te duelen las heridas? −le preguntó.

Zahir se acercó a ella para tomarla entre sus brazos.

−¡Estoy herido, sí! ¡Pero no por las heridas de bala, sino porque no puedo disfrutar de tu boca cuando quiero, porque no tengo tu cuerpo desnudo bajo el mío! ¿Puedes entender lo que estoy sufriendo o no te importa?

−Claro que me importa...

Gina no pudo terminar la frase porque Zahir se apoderó de su boca. Dejando escapar un gemido, Gina le echó los brazos al cuello, como el tronco de un árbol al que podría agarrarse para salvar su vida si estuviera en peligro de ser arrastrada por un huracán.

La lengua de Zahir bailaba con la suya mientras deslizaba las manos por su espalda, apretándola contra su torso hasta que no había espacio entre ellos. Levantando una mano, deshizo su trenza y dejó caer el pelo sobre sus hombros...

Había dicho que no podía soportar vivir sin el sabor de sus labios y sin la intimidad de su cuerpo...

Gina no sabía cómo decirle que ella sentía lo mismo. Lo único que podía hacer era demostrárselo devolviéndole el beso, sus manos tan ansiosas por tocarlo como las de Zahir. Su cuerpo era duro como el acero bajo la chilaba, su boca esclavizándola para siempre.

Respirando agitadamente, Zahir se apartó para tomar su cara entre las manos.

−Debo tenerte en mi cama esta noche. Después de esto, ¿cómo puedes negármelo?

Gina no sabía qué decir, pero como la serpiente en

el paraíso, un triste pensamiento asomó entonces su peligrosa cabeza.

–Suéltame.

–¿Qué? –exclamó Zahir, desconcertado.

–Suéltame. Necesito sentarme un momento.

En cuanto la soltó, Gina se dejó caer sobre el sofá de brocado, respirando profundamente antes de hacer una pregunta para la que necesitaba urgente respuesta:

–Tu hermana me ha contado que tienes intención de casarte. Según ella, sería un matrimonio de conveniencia con la hija del emir de un país vecino. ¿Es cierto, Zahir?

Él volvió a pasear por el despacho, pero enseguida se detuvo a unos metros de ella; la luz del sol que entraba por la ventana dándole un brillo casi rojizo a su pelo negro. En sus sueños, Gina no podía haber imaginado un hombre tan magnífico, tan inalcanzable.

–Es cierto, sí. Pero ¿qué tiene eso que ver con nosotros? No voy a casarme con ella por amor o porque la encuentre atractiva, de modo que no tienes por qué estar celosa. Sobre todo, cuando tú posees tantos atributos. Es, como tú has dicho, un mero matrimonio de conveniencia con propósitos dinásticos. Los matrimonios concertados son habituales en mi país, como tú sabes muy bien.

–La última vez que hablamos de esto dijiste que no habías encontrado a ninguna mujer que te interesara, pero veo que eso ha cambiado.

–Ese matrimonio no tiene nada que ver contigo, Gina. Absolutamente nada. ¿Es que no te das cuenta?

Un gemido escapó de sus labios.

–Yo no creo en los matrimonios concertados, en

los matrimonios de conveniencia o en los matrimonios basados en el sexo —Gina se levantó para dirigirse a la puerta—. Si me perdonas, debo seguir con mi trabajo. Prometí volver a reunirme con tu hermana y antes debo poner en orden mis notas...

Zahir llegó a su lado de una zancada, un millar de emociones en sus ojos.

—No te he pedido que fueras mi amante porque no me importes. Aunque me hiciste daño con tu falsa promesa de volver hace tres años, no hay ninguna mujer en el mundo a la que desee como te deseo a ti.

—Te creo —murmuró ella. Tenía que creerlo porque la verdad de sus palabras estaba en sus ojos.

—¿Entonces por qué te vas?

—Me deseas, pero eso no es suficiente para que comparta tu cama o me convierta en tu amante. No quiero ser tu segunda mujer, aunque tu esposa sea una mera formalidad, una conveniencia. Eso sería traicionar mi propia integridad. Lo siento, pero no puede ser. No voy a traicionarme a mí misma.

Dejándolo de pie, atónito y sombrío, Gina salió del despacho y Zahir llamó a Jamal a gritos para ordenarle que ensillara a su caballo de inmediato.

Unos minutos después, ignorando las súplicas de su leal sirviente, Zahir montaba sobre el magnífico semental negro para dirigirse a las colinas.

¿Qué otra cosa podía hacer con el insatisfecho deseo que corría por sus venas? Tenía que quemarlo de alguna forma o se volvería loco. Y después del rechazo de Gina no podía estar cruzado de brazos toda la tarde solo porque el médico le hubiese recomendado descanso.

¿Por qué estaba siendo tan testaruda? Según un antiguo proverbio, la paciencia era una hermosa virtud, pero en aquel momento Zahir se sentía demasiado frustrado como para contemplar la sabiduría de tal máxima.

¿Qué podía hacer para que Gina aceptase ser su amante? Debía convencerla como fuera. De algún modo tendría que compensar su matrimonio con una aburrida chica de dieciocho años que prefería pasarlo bien con sus amigas y comer pasteles en lugar de darle placer a un hombre.

Cuando miró hacia atrás y vio a un guardia de palacio siguiéndolo, dejó escapar una maldición. Espoleando a su caballo cuando llegaron a campo abierto, galopó a toda velocidad...

–Date la vuelta –la expresión alegre de Farida mientras Gina se probaba la túnica y el pañuelo que le había prestado para ir al mercado era casi enternecedora.

Después de esa escena tan emocional en el despacho de Zahir, la inesperada excursión que Farida había sugerido le parecía el antídoto perfecto para su melancolía. Le dolía en el alma ser lo bastante buena como para convertirse en la amante de Zahir, pero no en su esposa.

Al menos, había declarado su deseo por ella... aunque no pensaba conformarse con eso.

–Por detrás, pareces nativa de Kabuyadir, como cualquier otra mujer que vaya al mercado. Solo cuando vean que eres rubia y tienes los ojos azules sabrán que no eres de aquí.

–Prefiero el anonimato de esta ropa –dijo Gina, pasando la mano por la túnica de seda–. En Inglaterra, los medios de comunicación nos bombardean diariamente con el aspecto que deberíamos tener, la talla que deberíamos usar y la ropa que deberíamos llevar, normalmente muy escotada y llamativa. Es un cambio agradable no tener que preocuparse por eso.

–Me alegro de que te sientas cómoda –dijo Farida–. Lo pasarás bien en el mercado y yo también. Hace tiempo que no salgo...

–Entonces, me alegro mucho de que vayamos al mercado.

–Si te gusta algo, un pañuelo, una túnica o una tela de brocado para hacerte un vestido, deja que mi sirviente regatee por ti. Así conseguirás un buen precio.

El mercado estaba lleno de gente y Gina miraba de un lado a otro, encantada, absorbiendo la magia de aquel sitio lleno de colores y aromas insólitos para una europea. Cuando volviese al Reino Unido y fuese al supermercado todas las semanas o cuando pasara por algún centro comercial para comprar ropa que no necesitaba, añoraría Kabuyadir porque los productos del mercado parecían más... auténticos.

Farida, que no se separaba de su lado y era la mejor guía que uno pudiera desear, señalaba los puestos de alfombras, sedas, perfumes o babuchas, contándole anécdotas divertidas.

Después de una hora abriéndose paso entre cientos de personas con diferentes atavíos y hablando en diferentes idiomas, la hermana de Zahir sugirió que tomasen un refresco y Gina aceptó, encantada. Se sentaron en una terraza bajo una palmera y Farida envió a su sirviente, Hafiz, al quiosco.

–¿Te gustaría llevarte algo a casa?

–He visto un puesto de aceites perfumados... me gustaría llevarme aceite de agar a casa –respondió Gina–. El aroma es maravilloso y siempre me recordará a Kabuyadir.

Y a Zahir, pensó.

–Iremos en cuanto hayamos tomado un refresco. Pero solo te dejaré que compres el aceite si es el mejor.

–Te estás portando muy bien conmigo y quiero que sepas que te lo agradezco mucho.

–Tonterías, soy yo quien está agradecida –dijo Farida–. Tú eres como un soplo de aire fresco para mí. Sé que en este momento no soy buena compañía precisamente.

–Pues claro que lo eres. Ojalá tuviese una amiga como tú en Inglaterra –le aseguró Gina–. Espero que vayas a visitarme cuando haya vuelto a casa.

–No hables de irte de Kabuyadir todavía, por favor.

–No tengo prisa por marcharme, te lo aseguro... –Gina no pudo terminar la frase porque un brazo de hierro la agarró por el cuello, levantándola violentamente de la silla mientras Farida gritaba llamando a Hafiz.

No sabía lo que estaba pasando, pero la adrenalina, y un innato instinto de supervivencia, hizo que clavase los dientes en el antebrazo del extraño, que la soltó de inmediato dejando escapar un grito de dolor. Para entonces, Hafiz había llegado con un grupo de gente y entre todos sujetaron al asaltante.

–¡Gina! ¿Estás bien?

Farida parecía tan asustada como ella y, aunque Gina intentó fingir que no tenía importancia, estaba temblando. Resultaba difícil creer que alguien hubiera intentado asaltarla en la calle y a plena luz del día. ¿Por qué qerría alguien hacerle daño?

–Estoy bien... creo. Pero necesito sentarme un momento.

El dueño del quiosco se abrió paso entre la gente con una botella de agua mineral en la mano.

–Beba, por favor.

Alguien había llamado a las fuerzas de seguridad y, como por arte de magia, varios soldados rodearon al hombre. Era joven, pero Gina tragó saliva al ver el afilado cuchillo que sacaron de entre los pliegues de su chilaba.

–¿Quién es? –preguntó–. ¿Por qué quería atacarme?

–No lo sé, pero mi hermano averiguará quién es y quién lo ha enviado.

Hafiz volvió con ellas pero, frustrado al no poder comunicarse con Gina, se volvió hacia Farida.

–Está preocupado porque no ha podido protegerte. Le he dicho que no es culpa suya...

–Claro que no.

–Nadie esperaba que alguien te atacase en el mercado... y en realidad la culpa es mía. Mi hermano se pondrá furioso al saber que hemos venido al mercado sin mis guardias. Después de lo que le pasó a él debería haber pensado que no estábamos seguras... pero has sido tan valiente. Si no le hubieras mordido, no sé qué habría pasado.

–Tampoco es culpa tuya. Y estoy perfectamente, no me ha pasado nada –dijo Gina. Lo último que quería era que Farida se culpase a sí misma por el incidente.

–Zahir respondió lo mismo cuando le dije que ese rebelde podría haberlo matado –murmuró la joven, apenada–. Voy a hablar con los guardias para volver a casa.

El galope a caballo había abierto la herida del costado y Zahir murmuró una maldición cuando el médico tuvo que darle nuevos puntos. Pero no lo lamentaba. El paseo no solo lo había ayudado a liberar su frustración, sino también a aclarar sus ideas.

Aunque su orgullosa naturaleza masculina y su privilegiada posición hacían que quisiera exigirle a Gina que compartiese su cama, sabía que esa no era la forma de conseguir su objetivo.

Después de todo, no quería que volviese a Inglaterra en el primer avión. No, en lugar de eso emplearía su encanto; un encanto al que ella no podría resistirse. Para empezar, le enseñaría El Corazón del Valor antes que a su colega, el doctor Rivers. Luego organizaría una cena privada en el palacio para maravillarla con la opulencia y suntuosidad del comedor principal...

–Mil perdones, Alteza –la voz de Jamal interrumpió sus pensamientos.

–¿Qué ocurre?

Agitado, el hombre le contó lo que había ocurrido en el mercado, y fue como si le hubieran dado un puñetazo en el estómago.

Gina...

Durante un segundo aterrador, pensar que pudiese estar herida dejó a Zahir paralizado. Luego, mientras Jamal seguía relatando la historia de cómo la doctora Collins había estado a punto de ser secuestrada en el mercado, donde había ido con su hermana Farida y su sirviente Hafiz, saltó de la cama y se puso la chilaba, ignorando los ruegos del médico para que descansara.

Dentro del pecho de Zahir, su corazón copiaba el golpeteo de un martillo contra la piedra. ¿Las calamidades que sufría su familia no iban a terminar nunca?, se preguntaba. Pero todo aquello era culpa suya porque no tenía la menor duda de que el ataque había sido perpetrado por uno de los rebeldes.

¿Habría sido un error intentar razonar con ellos? ¿Habría enviado su padre al ejército para solucionar el problema, sin darles oportunidad de formular sus peticiones? ¿Su arrogancia al creer que podía hacer las cosas a su manera era la responsable de aquella situación?

Intentando apartar de sí el recuerdo de su padre, un hombre que había sido admirado por sus oficiales y por los ciudadanos de Kabuyadir por su sabiduría y equidad cuando lidiaba con asuntos del gobierno, corrió hacia la puerta sin pensar en Jamal, que aunque joven y en forma, jadeaba un poco para seguirle el paso.

Gina y Farida estaban en un salón privado, tomando una taza de té. Al entrar en la habitación, con sus sofás dorados y sus muebles antiguos, Zahir miró a la mujer rubia que estaba sentada al lado de su hermana. Su trenza, normalmente perfecta, estaba un poco deshecha, los mechones que escapaban enmarcando su delicado rostro. Tenía la misma expresión vulnerable que recordaba de su primer encuentro en casa de los Hussein... y se quedó sin aliento.

En contraste con la túnica negra que llevaba, el pelo rubio resultaba extraño. Su primer instinto fue abrazarla, pero como Farida y su sirviente estaban allí, no pudo hacerlo.

—Me han contado que has sido asaltada en el mercado. ¿Es cierto?

—Ocurrió tan rápido que nadie se dio cuenta, Zahir. No pudimos hacer nada... —empezó a decir Farida.

—¿No pudiste hacer nada? ¿Por qué no llevaste a tus guardias? ¿Has olvidado lo que me ocurrió a mí el otro día? Por el amor de Dios, Farida, ¿cómo se te ha ocurrido ir al mercado sin vigilancia?

—Alteza, no se enfade con su hermana —intervino Gina—. Ocurrió sin que nos diéramos cuenta.

—Eso no la exime de culpa.

—Las dos somos culpables de lo que ha pasado. Cuando Farida sugirió que fuésemos al mercado, yo le dije que sí. Me hacía mucha ilusión ver un típico mercado oriental...

—¿Ese hombre te hizo daño? —le preguntó Zahir entonces, sin poder controlar el temblor de su voz. En ese momento le daba igual quién se diera cuenta. Era imposible fingir simple interés por una invitada que había sufrido un incidente cuando lo único que deseaba era tomarla entre sus brazos.

—El hombre agarró a Gina por el cuello, pero ella le mordió en el brazo —dijo Farida.

–¿Le mordiste?

¿Era posible que aquella mujer lo asombrase aún más? En jarras, Zahir la miró sin poder disimular su admiración.

–Fue algo instintivo. No soy ninguna heroína, Alteza.

–Los guardias encontraron un cuchillo entre los pliegues de su túnica –después de decirlo, Farida se encogió de hombros a modo de disculpa, pero era demasiado tarde. Zahir ya había empezado a imaginar las más horribles escenas.

–No quiero ni pensar lo que podría haber pasado.

–¿Tú crees que tiene algo que ver con los rebeldes?

–No tengo la menor duda –respondió él. Gina se había puesto pálida y, de repente, no parecía capaz de mantener el equilibrio–. ¡Gina! –gritó, corriendo hacia ella para sujetarla antes de que cayese al suelo.

Capítulo 8

MIENTRAS abría la puerta de la habitación de Gina con el pie para dejarla en la cama, Zahir se dio cuenta de que llevaban un pequeño séquito: su hermana, dos sirvientes, sin incluir a Jamal, y el doctor Saffar, su médico personal.

Dejando su preciosa carga sobre el edredón de seda, le quitó los zapatos y se sentó a su lado, apretando una mano que parecía helada. Desde el otro lado de la cama, el médico intentaba despertar a Gina dándole a oler unas sales.

Percatándose de que estaba siendo observado, Zahir hizo un gesto con la mano.

—¡Marchaos! ¡Dejadnos solos!

—¿Puedo quedarme yo? —preguntó Farida.

—Sí, claro —murmuró él, con tono de disculpa por el exabrupto.

Cuando se volvió, el médico tenía la cara de Gina entre las manos y ella empezaba a abrir sus ojos de color topacio.

—¿Qué ha pasado? —murmuró.

—Se ha desmayado, querida.

El cariñoso tono del médico sorprendió a Zahir. La única persona a la que se dirigía de ese modo era su hermana.

—¿Me he desmayado?

–Puede ocurrir después de un susto como el que se ha llevado, es normal.

–Yo nunca me había desmayado en toda mi vida.

–Hay una primera vez para todo. No debe preocuparse.

El hombre sonrió de nuevo y Zahir sintió celos de que fuera él quien consolase a Gina. Pero entonces sus miradas se encontraron y esta vez se aseguró de que solo lo mirase a él.

–Me has dado un buen susto –le dijo, apretando su mano.

–Lo sé... –murmuró ella, conmovida por su preocupación.

–Me temo que tendrá que dejarnos solos un momento, Alteza. Tengo que examinar a la doctora Collins –el médico abrió su maletín, mirándolo por encima de sus gafas–. Puede quedarse y ayudarme, Alteza –añadió, dirigiéndose a Farida.

En el pasillo, Zahir cruzó los brazos sobre el pecho con el ceño fruncido. Fuera se había levantado un viento que movía las lámparas de bronce, haciéndolas sonar como campanillas.

Después de lo que le pareció una eternidad, su hermana abrió la puerta de la habitación.

–El doctor Saffar dice que ya puedes entrar.

–¿Gina está bien?

Farida frunció el ceño.

–Tiene un hematoma en el cuello, pero el doctor Saffar le está poniendo una pomada. No creo que le duela mucho... lo que le ha afectado es el susto.

–No me extraña.

–Zahir...

–Dime.

–Yo creo que la persona que la atacó la confundió conmigo. Las dos estábamos sentadas de espaldas al quiosco y somos de la misma estatura. Además, Gina llevaba una de mis túnicas y un pañuelo en la cabeza, de modo que no pudo ver que era rubia. Pero ¿qué razones podría tener nadie para atacar a Gina?

–No se me ocurre ninguna –respondió él, apretando los puños–. Sí, tienes razón, seguramente fue un ataque oportunista, no uno orquestado. De ser así, el atacante no hubiera actuado solo.

–¿Crees que fue uno de los rebeldes?

Zahir asintió con la cabeza.

–Debió de ver la insignia del palacio en la túnica de Hafiz e intentó secuestrarte para negociar conmigo –le dijo–. Pensar que alguien pudiera hacerte daño hiela la sangre en mis venas, pero me enfurece que Gina, una extranjera, haya tenido que pasar por esto.

–Se recuperará enseguida, estoy segura. Es fuerte y hoy ha demostrado que es una luchadora.

Aunque Zahir estaba de acuerdo con ella, se le encogía el corazón al pensar que podrían haberla secuestrado. Pero él se encargaría de que pagaran por lo que habían hecho. Esta vez, no pensaba razonar.

–Alteza, el capitán de las fuerzas de seguridad está abajo, esperando audiencia –le dijo Jamal.

–Dile que iré enseguida –murmuró Zahir–. Antes tengo que comprobar que la doctora Collins está bien.

Zahir apenas había dicho nada cuando volvió a entrar en la habitación. ¿Cómo iba a hacerlo cuando su hermana y el doctor Saffar estaban presentes? Pero sus ojos, esos ojos oscuros como la noche, hablaban por él, haciendo que Gina sintiera como si tuviese fiebre; una fiebre que ninguna medicina podría curar porque la única cura era él.

Sus ojos le decían que se estaba volviendo loco por no poder estar a solas con ella y Gina sentía lo mismo. Lo único que quería era abrazar a Zahir para convencerse a sí misma de que había sobrevivido al ataque, de que seguía viva y que a alguien le importaba que así fuera.

En una esquina de la habitación, Farida bordaba en silencio. En cualquier otro momento, los pausados movimientos de la aguja hubiesen relajado a Gina, pero sentía una inquietud que solo pasaría cuando viese a Zahir.

La hermana del emir levantó la mirada y esbozó una sonrisa al verla despierta.

—¿Estás bien? ¿Necesitas algo?

Gina negó con la cabeza. ¿Qué podía necesitar si lo único que quería era a Zahir?

—No debería estar en la cama, me encuentro bien. No necesito nada, de verdad.

—Eres la mejor paciente del mundo. Después de lo que ha pasado esta tarde podrías pedir cualquier cosa y Zahir te lo daría.

—Hablando de tu hermano... de Su Alteza, ¿cenará con nosotras esta noche?

—No, me temo que no. Tiene un asunto importante que solucionar —respondió Farida—. Se ha ido a toda prisa con el capitán de la guardia y me ha dicho que no sabía cuándo volvería. Mientras tanto, ha dejado instrucciones de que no muevas un dedo. El doctor Saffar ha sugerido que cenes aquí en lugar de bajar al comedor y que no te levantes hasta mañana.

Intentando disimular su desilusión al saber que no vería a Zahir en toda la noche, Gina se abrazó las rodillas.

–¿Y el doctor Rivers? ¿Sabe lo que ha pasado?

–Ha sido informado y debo decir que se ha asustado mucho. Le dijo a Jamal que vendría a verte en cuanto estuvieras un poco más recuperada.

Gina hizo una mueca. Qué típico de él no molestarse por nadie. Jake era un ratón de biblioteca, no un hombre que pudiera soportar emociones fuertes, pero en cierto modo era un alivio. Pasar tiempo con su colega cuando estaba bien era irritante y encontrándose tan débil...

Se quedó dormida después de una cena que apenas había probado. A lo lejos, las notas de un *oud* la ayudaron a dormir, pero sus sueños no fueron apacibles esa noche.

Al recordar el cruel brazo que la había agarrado por el cuello en el mercado, se incorporó de un salto, asustada. Pero mientras intentaba acostumbrarse a la penumbra vio que Farida ya no estaba en el sillón. Alguien había ocupado su sitio...

Zahir.

Con el corazón acelerado, Gina se frotó los ojos para ver si seguía soñando, pero allí estaba, su rostro medio escondido entre las sombras.

–No podía alejarme de ti, *rohi* –murmuró, levantándose del sillón para acercarse a la cama.

A Gina le pareció que sus hombros eran más anchos

que nunca, que era más alto. Sus hipnóticos ojos oscuros y sus hermosas facciones nunca le habían parecido más impresionantes. Con el pelo negro como el ébano y la chilaba oscura parecía un mítico príncipe; el príncipe que gobernaba Kabuyadir cuando se creó el collar del que formaba parte como pieza central el famoso diamante conocido como El Corazón del Valor.

–Me alegro de que hayas venido.

Él rozó su cara con la punta de los dedos.

–Quiero llevarte a un sitio. ¿Puedes andar?

–¿Dónde vamos?

–No está lejos de aquí –Zahir esbozó una sonrisa.

Gina bajó las piernas de la cama. Antes de la cena, Farida la había ayudado a ponerse un camisón de algodón blanco que se pegaba a su cuerpo desnudo y caía hasta el suelo.

Él la tomó por la cintura.

–Debes calzarte –murmuró, inclinándose para tomar las babuchas del suelo.

–Me dijiste eso una vez –bromeó Gina.

–Sí, lo recuerdo.

Salieron del palacio y caminaron a la luz de la luna por el jardín, el poderoso aroma del azahar envolviéndolos mientras se movían en silencio hacia un destino desconocido para ella.

Poco después llegaron a un jardín privado y Gina vio una hoguera de la que saltaban chispas frente a una imponente tienda beduina. Sobre ellos, el cielo como una capa de terciopelo negro cubierta de millones de estrellas.

–¿Quién duerme aquí?

–Yo –respondió él, apretando su mano.

Gina entró en la tienda y dejó escapar una exclamación al ver las paredes de pelo de cabra tejido a mano, casi tan fuertes como el ladrillo, el satén y la seda de los almohadones, las alfombras de intricado dibujo que cubrían el suelo. Aparte de la luz de la hoguera, la única fuente de iluminación era un antiguo candil que lanzaba sombras sobre las paredes de la tienda, bailando como fantasmas.

Suspirando, se dejó caer sobre los suntuosos almohadones.

—Es un sitio precioso... mágico.

Sin decir nada, Zahir cerró la lona que hacía las veces de puerta y, después de quitarse las botas de cuero le quitó las babuchas a ella. Y luego, inclinando su oscura cabeza, besó sus pies con reverencia.

Ese gesto asombroso liberó la emoción que Gina había intentado contener durante días y, cuando Zahir levantó la mirada apenas era capaz de encontrar su voz. Como no podía hablar, sencillamente abrió los brazos y él la estrechó contra su torso para buscar sus labios. Sus besos eran como el calor del verano durante una tormenta eléctrica... era como estar en el cielo.

Cuando se apartó para enterrar los labios en su garganta y luego en su hombro, Gina deseaba de tal modo ser suya que tuvo que morderse los labios para contener un ruego desesperado.

Pero los ojos ardientes de Zahir le decían que sabía lo que necesitaba y, arrodillándose ante ella, le quitó el camisón y lo dejó caer sobre la alfombra.

Sacudiendo la cabeza, se puso en cuclillas para admirar su desnudez con ojos llenos de asombro.

—Eres preciosa. No encuentro palabras para decirte lo que siento, pero una cosa es segura: tu belleza no tiene comparación.

Los pezones de Gina se alzaron como si su mirada los acariciase. Parecían arder bajo el ansioso examen y cuando puso la boca primero en uno y luego en otro para chuparlos, ella pasó las manos por el brillante pelo negro, sujetándolo allí, gimiendo al notar el suave roce de sus dientes.

Cuando la apretó contra su torso, el deseo de Zahir era tan intenso como el suyo.

—Desnúdame —le ordenó él, con voz ronca.

Casi llorando de deseo, Gina le quitó la chilaba... pero al ver la herida en el costado cubierta por una venda se detuvo.

Tomando su cara entre las manos, Zahir sacudió la cabeza.

—No te preocupes, no vas a hacerme daño.

—Pero estás herido...

—He esperado este momento durante tres años y no voy a dejar que una simple herida me detenga. Te llevo en la sangre como una fiebre, *rohi*. Viéndote así, soy como un hombre hambriento frente a un banquete de los más deliciosos manjares y ya no puedo esperar más.

La belleza de su esculpido físico masculino la hacía suspirar. No era un gobernante que pasara el día entero en su despacho, sino un hombre que se entrenaba diariamente, con un cuerpo fibroso y duro.

Sus hombros, torso, abdomen y largas y poderosas piernas eran puro músculo protegido por una piel bronceada. Y en el pecho, cubierto de vello negro que se perdía bajo el ombligo, aquí y allí tenía cortes y heridas que confirmaban esa opinión. Zahir era un hombre que disfrutaba del trabajo físico y el ejercicio, fuese montando a caballo por el desierto, como Farida le había contado, subiendo a las montañas para enfrentarse valerosamente con una banda de rebeldes o practicando el arte de la espada con sus guardias.

Pero todos sus pensamientos se esfumaron cuando Zahir la tumbó sobre los almohadones para besarla apasionadamente en los labios. La caricia tuvo un efecto incendiario, explotando dentro de ella. Mientras intentaba recuperarse del impacto, un río de ardiente lava parecía recorrer sus venas. No podía estar separada de él ni un segundo más.

Gina deslizó las manos sobre sus firmes flancos hasta llegar al orgulloso miembro masculino que casi rozaba su vientre. Cuando lo agarró, Zahir no pudo contener un gemido, mirándola con una sonrisa tan lasciva como sabia.

Para devolverle el favor, separó sus muslos e introdujo los dedos en su húmeda cueva...

Gina se quedó un momento sin respiración, pero cuando la besó, la combinación del voraz beso con la rítmica exploración de sus dedos hizo que estuviese a punto de perder la cabeza.

El violento clímax hizo que cayese sobre él, temblando, las emociones envolviéndola como una ola gigante. Lágrimas ardientes rodaban por sus mejillas y Zahir la tomó entre sus brazos, besando su pelo, su nariz y sus labios hasta que dejó de llorar.

–No pasa nada, no tienes nada que temer, ángel mío. Estoy aquí contigo y yo te mantendré a salvo.

Gina apoyó la cabeza sobre el cálido torso masculino, suspirando.

A través de las paredes de la tienda podía ver el brillo de la hoguera al otro lado apagándose poco a poco. En el interior, entre los fuertes brazos de Zahir, se dio cuenta de que nunca se había sentido más segura o más feliz. Una intensa sensación de calma la envolvió entonces. El espectro del hombre que había intentado secuestrarla desapareció. Ya no aparecería en sus sueños, al menos esa noche.

Sonriendo, pasó distraídamente una mano sobre el plano abdomen de Zahir... y luego más abajo. Si creía que su deseo había desaparecido con el clímax, pronto se daría cuenta de que estaba muy equivocado. Solo estaba descansando un momento porque el roce de la abrasadora piel de su amante lo despertó de nuevo a la vida.

Sujetando su cabeza, Zahir clavó en ella sus ojos y Gina le transmitió en silencio la respuesta a la pregunta que había en ellos.

Buscando en un bolsillo de la descartada chilaba, Zahir se puso un preservativo y luego volvió con ella para tumbarla de nuevo sobre los almohadones.

Gina le dio la bienvenida con los brazos abiertos. Sus embestidas eran fuertes, impetuosas, llevándola a otro mundo. Su masculina posesión la hacía desear estar con él para siempre y casi gritó de pena al pensar que no podría ser...

En cuanto entró en ella, Zahir recordó vívidamente la primera vez que habían hecho el amor. Recordó cómo su apasionada unión había hecho que el mundo girase en sentido contrario y cómo durante días, semanas, meses, años después de eso no había podido olvidarla. Pero estaba de nuevo en esa otra esfera y era como si nunca se hubiesen separado.

Con su pelo dorado extendido sobre los almohadones de colores, su hermoso rostro y sus extraordinariamente cristalinos ojos azules mareándolo, Zahir juró en silencio no volver a dejar que se fuera de su lado.

Con el corazón a punto de salirse de su pecho, empujó con más fuerza, las emociones que lo embargaban tan abrumadoras como el placer que sentía. No había ninguna otra mujer en el mundo para él, ninguna con la que hubiera experimentado tal conexión, solo Gina.

Con sus largas y bien formadas piernas alrededor de su cintura, Zahir tuvo que hacer un esfuerzo sobrehumano para no dejarse llevar por el deseo de vaciarse dentro de ella. Cuando envolvió un pezón con los labios para chupar con fuerza supo que Gina estaba a punto de llegar al orgasmo de nuevo y esperó...

Sus suaves gemidos de placer se volvieron gritos mientras la llevaba al borde del abismo; unos gritos que llenaban la tienda. Entonces, y solo entonces, Zahir se derramó dentro de ella...

–Gina...

El sensual susurro en su oído, seguido de un cálido beso en el cuello, la despertó de un delicioso sueño. Era maravilloso despertar al lado de Zahir, viendo aquella sonrisa con la que había soñado durante tres años.

–Buenos días.

No había un solo centímetro de su cuerpo que no recordase el desinhibido encuentro de esa noche, pero por alguna razón que no entendía, de repente sintió vergüenza al verse desnuda entre sus brazos.

–¿Te has puesto colorada?

–No, no... ¿por qué dices eso?

Su rostro arrebolado desmentía tal negativa, pero Zahir miraba su garganta como hipnotizado. La luz del amanecer que se colaba por las paredes de la tienda iluminaba su expresión compungida.

–Ese desgraciado te hizo daño –susurró.

Gina acarició su cara.

–No hablemos de eso ahora.

–Afortunadamente, ya está entre rejas, con su hermano. Para ellos ya no existe el confort y el cariño de familiares y amigos. En lugar de eso tendrán que acostumbrarse a una prisión de alta seguridad porque allí es donde van a estar durante mucho tiempo.

–No entiendo, Zahir... ¿quién es el hermano de ese hombre?

Gina se sentó, cubriéndose con la manta de lana bajo la que habían dormido.

La expresión de Zahir era formidable.

–El líder de los rebeldes, el hombre que me disparó. Al veros en el mercado, su hermano intentó vengarse por su encarcelación secuestrando a mi hermana. Ayer por la noche, delante del jefe de las fuerzas de seguridad, lo confesó todo. Llevabais una ropa similar y pensó que eras Farida. No sabes cuánto lamento lo que pasó, Gina, pero el hecho es que mi hermana no debería haberte llevado al mercado sin guardaespaldas. Me quedé atónito al saber que habíais ido sin protección, sobre todo después de que yo fuese herido por la bala de ese loco.

–Las intenciones de tu hermana eran buenas. Está empezando a superar el dolor por la muerte de su marido y quiere vivir de nuevo... ser normal, ir al mercado, hacer las cosas que hacía antes de perderlo. ¿No te alegras?

—Sí, desde luego, pero...

—Farida me contó que hasta hace poco todo le parecía inútil, que no sentía deseos de vivir. Por eso, cuando sugirió que fuésemos al mercado pensé que era buena idea. Y nadie podría haber predicho lo que iba a pasar —insistió Gina, temiendo que el incidente devolviera la tristeza a Farida—. No te enfades con ella, por favor. Yo sé cuánto la quieres.

—Es porque la quiero que temo diariamente por su seguridad —Zahir besó su pelo—. Si la perdiese, no sé... no creo que pudiera soportarlo.

—Lo entiendo. Nadie desea perder a las personas a las que quiere, pero por duro que sea tenemos que soportarlo. No podemos vivir temiendo constantemente que ocurra algo malo. Si vives con miedo, olvidas el tremendo privilegio que es vivir. No te tortures a ti mismo pensando que algo malo podría ocurrirle a tu hermana, Zahir.

Él sacudió la cabeza.

—¿Dónde has adquirido tanta sabiduría? —murmuró, sorprendido—. Anoche hice prometer al líder de los rebeldes que no habría más venganzas por su encarcelamiento —le confesó luego—. He enviado a un retén de guardias a las montañas para asegurarme de que se cumpla esa promesa. Ellos se encargarán de que los rebeldes vuelvan a casa con sus familias y dejen de aterrorizar a los lugareños. Pero te aseguro que no volveré a arriesgarme.

—Me alegro mucho —dijo ella.

–Ser el gobernante de Kabuyadir significaba que a veces hay que tomar decisiones difíciles y, después de lo que pasó en el mercado, tanto mi hermana como tú tendréis que ser más prudentes. No voy a confiar en hombres que ven la violencia como la única forma de conseguir lo que quieren, de modo que cuando salgáis del palacio tendréis que ir acompañadas por agentes de seguridad.

–Muy bien, como tú digas.

–Aunque me encantaría quedarme aquí contigo todo el día, tengo trabajo que hacer y tú debes volver a tu habitación para descansar. Pediré que te suban el desayuno.

–Pero yo no quiero quedarme en la habitación –protestó ella–. Quiero seguir con el inventario.

–¿Y si volvieras a desmayarte?

–No voy a desmayarme, en mi vida me había ocurrido algo así. Te aseguro que no me pasará nada.

–¿Ahora eres capaz de predecir el futuro?

Eso hizo sonreír a Gina.

–Pues claro que no, pero me conozco bien y soy mucho más fuerte de lo que crees.

–Fuerte y decidida, ya lo sé. Y muy cabezota.

Ella se encogió de hombros.

–Prefiero hacer algo interesante que estar de brazos cruzados recordando lo que pasó ayer.

–Ummmm –Zahir inclinó a un lado la cabeza–. En ese caso, será mejor que te ocupes del inventario. De acuerdo, no te lo impediré, pero solo si prometes ser sensata y no trabajar demasiado.

–Lo prometo.

Después de darle un cálido beso en los labios, revolvió su pelo y se levantó para vestirse.

Capítulo 9

LA PUERTA de la habitación de Jake Rivers estaba abierta cuando Gina pasó por delante de camino a la terraza. Era la primera vez desde que llegó al palacio que le apetecía desayunar. Hacer el amor con Zahir le había abierto el apetito, pero el apetito desapareció en cuanto vio la maleta de Jake sobre la cama.

Golpeando la puerta con los nudillos, esperó un segundo en el pasillo.

–¡Entre! –gritó Jake, con tono impaciente.

Gina asomó la cabeza en la habitación.

–¿Qué ocurre? ¿Te marchas?

Él se ajustó las gafas sobre el puente de la nariz.

–Desde luego que sí.

–Pero ¿por qué?

–¿Tienes que preguntar por qué después de lo que pasó ayer? –exclamó Jake, señalando el pañuelo rosa que Gina se había puesto en el cuello para disimular los hematomas–. Primero el emir resulta herido por un disparo de los rebeldes, luego te atacan a ti en el mercado... lo siento, pero yo valoro mi cuello mucho más que ese maldita joya que, por cierto, Su Alteza no ha tenido la delicadeza de enseñarnos todavía.

–El hombre que disparó al emir y el que intentó secuestrarme en el mercado están en la cárcel, Jake. No tienes por qué marcharte, ya no hay peligro.

–¿Y cómo sabes que están en la cárcel?

–Me lo contó el emir.

–¿No me digas? –replico Jake, sarcástico–. Parece que os lleváis muy bien de repente, ¿no? ¿Estás pensando presentarte a candidata para su harén?

–No seas idiota.

–No soy idiota, Gina. He visto cómo te mira el emir, pero los hombres como él no tienen relaciones serias con mujeres como tú... por guapas e inteligentes que sean. Además, he oído por ahí que va a casarse con la hija del emir de un país vecino, ¿lo sabías?

Aquello era precisamente lo único que Gina no quería recordar en ese momento, especialmente después de la noche mágica que había pasado con Zahir.

–¿Le has dicho al emir que tienes intención de marcharte?

–Sí, se lo dije anoche. Pero tenía mucha prisa por salir de palacio con un grupo de guardias y me gritó que hablase con Jamal, así que él se ha encargado de todo. Me da igual no viajar en primera clase, subiré al primer avión con destino a Reino Unido que esté disponible. Y tú deberías venir conmigo –Jake cerró la maleta y se quedó mirándola.

–No puedo irme a casa todavía. Vine aquí a hacer un trabajo y no me marcharé hasta que haya terminado. Además, quiero ver la joya.

–Pues buena suerte –replico él, sarcástico–. ¿Y tu padre? ¿Cómo crees que se sentirá al saber lo que ha pasado? Esto no es Londres, Gina. No es un sitio seguro.

–Lo que yo haga no es asunto tuyo, Jake. Los problemas con los rebeldes han sido solucionados y no quiero que le cuentes nada a mi padre. Ya te he dicho que no se encuentra bien últimamente.

–Como quieras –asintió él–. Bueno, será mejor que me marche, Jamal me ha dicho que alguien me llevará al aeropuerto.

–Que tengas buen viaje –dijo Gina–. Siento mucho que tu estancia en Kabuyadir no haya sido lo que esperabas. Por favor, saluda a todo el mundo en la oficina, diles que les enviaré un informe en cuanto pueda –añadió, inclinándose para darle un beso en la mejilla. Aquella mañana no se había afeitado y eso dejaba claro lo nervioso que estaba.

–Seguramente pensarás que soy un cobarde, ¿no?

Sintiendo compasión por él, Gina negó con la cabeza.

–Tú sabes lo que es mejor para ti. Yo no tengo por qué juzgarte.

–Creo que el emir tendría mucha suerte si decidieras compartir su cama... pero mucha suerte –sonriendo, Jake cerró la maleta y salió de la habitación.

–Pensé que te encontraría aquí.

Gina no había visto a Farida en toda la mañana y después de trabajar varias horas en el inventario decidió ir a buscarla. La encontró en el jardín, sentada en el mismo banco frente al estanque en el que la había visto unos días antes.

Parecía triste de nuevo. El hermoso jardín, con sus flores, sus esculturas y sus fuentes transmitía una sensación de paz, pero Farida parecía consternada.

–Siento no haber ido a buscarte esta mañana. ¿Cómo te encuentras? Espero que se te haya pasado el susto.

–Estoy bien –Gina tocó el pañuelo que llevaba al cuello–. ¿Te importa si me siento un rato contigo?

–Claro que no –Farida se movió un poco para hacerle sitio.

Por el rabillo del ojo, Gina vio a un guardia de palacio apostado a unos metros de ellas y a otro que las observaba desde una ventana.

Zahir hablaba en serio al decir que a partir de aquel momento su hermana tendría más protección.

–¿Qué te ocurre, Farida? Pareces triste esta mañana.

Su acompañante suspiró.

–No debería haberte llevado al mercado. Podría haberte ocurrido algo y, además, Zahir está muy enfadado conmigo.

Gina apretó su mano.

–Se le pasará. El emir siente por ti un cariño incondicional... y yo creo que se culpa a sí mismo por lo que pasó.

Farida abrió mucho los ojos.

–¿Cómo sabes tú eso?

Gina tragó saliva, alarmada. Debía tener más cuidado al hablar de Zahir. Farida no sabía que mantenían una relación íntima, que se conocieran de antes o que Zahir le hubiese revelado sus miedos sobre ella.

–Ayer me di cuenta de lo importante que eras para él. No puede ser fácil ser el gobernante de un reino, responsable de tantas decisiones importantes. Tu hermano se toma su puesto muy en serio y debe dolerle cuando las cosas no van bien.

–Sí, es cierto –Farida la miraba de forma diferente aquella mañana, como si estuviera examinándola–. Espero no ofenderte al decir esto, pero ayer me pareció que mi hermano se mostraba particularmente interesado por ti... no solo como alguien a quien ha contratado para hacer un trabajo. Parecía tan agitado al saber lo que pasó en el mercado... nunca lo había visto así. ¿Me equivoco al pensar que podría haber algo entre vosotros?

Gina no sabía qué decir. Aunque debería ser discreta y diplomática, la hermana de Zahir se había convertido en una amiga y quería ser tan sincera como lo era ella. Nerviosa, tragó saliva, sintiendo que una gota de sudor caía por su espalda.

–Conocí a Su Alteza... a tu hermano hace tres años, la primera vez que vine a Kabuyadir, cuando la familia Hussein me contrató para hacer el inventario de su biblioteca –empezó a decir–. Acababa de saber que habían tenido que llevar a mi madre al hospital y al día siguiente volvía a casa. Los Hussein habían organizado una fiesta de graduación para su sobrino y conocí a tu hermano en el jardín de su casa. Yo estaba disgustada y él fue muy amable conmigo. Pero entonces no sabía quién era –siguió, mirando alrededor por si Zahir aparecía de repente–. Entre nosotros hubo... una conexión instantánea, esa clase de atracción que ocurre una vez en la vida. Nunca había sentido nada así –Gina se puso colorada al ver que los ojos de Farida empezaban a brillar, ilusionados–. Me fui a casa al día siguiente, prometiendo volver cuando mi madre se recuperase y sin dejar de pensar en él. Pero mi madre murió y mi padre pareció envejecer de la mañana a la noche. Entonces supe que me necesitaba y él mismo insistió en que me quedase en Inglaterra para afianzar mi carrera. Además, le preocupaba que quisiera volver con un hombre que vivía tan lejos y del que no sabía nada y sus argumentos fueron tan convincentes que empecé a cuestionar mis razones para volver a Kabuyadir. Entonces este sitio me parecía un sueño, algo lejano e inalcanzable. Cuando tu hermano llamó por teléfono para pedirme que volviera y yo le dije que no podía hacerlo porque mi padre me necesitaba... fue una conversación terrible para mí. Mientras lo decía se me rompía el corazón al pensar que no volvería a verlo nunca.

–¿Y cómo se tomó mi hermano la noticia?

–Se disgustó mucho –respondió Gina.

–Nuestros padres murieron también hace tres años de forma inesperada. Zahir se convirtió en el emir de Kabuyadir y desde entonces se volvió muy reservado. Yo pensé que era porque echaba de menos a mis padres, pero ahora me doy cuenta de que había otra razón... –Farida la miró entonces con gesto de perplejidad–. ¿Y cómo es que has vuelto ahora para hacer el inventario de palacio?

–Alguien se puso en contacto con la casa de subastas para la que trabajo... –Gina recordó a tiempo que no debía mencionar El Corazón del Valor–. Necesitaban a alguien para hacer inventario de los objetos antiguos. Fue una gran sorpresa para mí descubrir que Zahir era el emir de Kabuyadir, te lo aseguro –de repente, una ola de emociones contenidas la envolvió y, sin saber qué hacer, se puso en pie.

Farida hizo lo mismo, mirándola con expresión preocupada.

–¿Y ahora? –le preguntó.

–¿Qué quieres decir?

–¿Zahir y tú habéis retomado vuestra relación?

Gina no sabía qué decir. ¿Por qué tenía que ser todo tan difícil? ¿Cómo iba a contarle a Farida que Zahir solo la quería como amante? Y, después de la noche anterior, ¿no había aceptado ella tácitamente?

–No, en realidad no...

–¿Por qué no? A mi hermano le importas, eso está claro. Lo lógico sería dar el siguiente paso –levantando las manos, Farida exhaló un suspiro de frustración.

A Gina le parecía sorprendente que aceptase de buen grado la relación con su hermano. De hecho, había temido que pensara que Zahir estaba por encima de ella.

–Él piensa hacer un matrimonio de conveniencia y la idea de una relación amorosa no parece interesarle.

–¿Tú le quieres?

Gina tragó saliva. Ya le había contado tantas cosas... ¿cómo iba a negar una verdad que la turbaba de día y de noche?

–Sí.

–¿Quieres a mi hermano, lo quieres de verdad? ¡Esta es la mejor noticia que he recibido en mucho tiempo! Tú eres justo lo que Zahir necesita, una mujer que lo ame por sí mismo y no por su posición o su dinero. ¡Es lo que profetiza El Corazón del Valor, que los descendientes de nuestra familia se casarán solo por amor! –Farida la abrazó, emocionada.

Pero, con el corazón acelerado, Gina dio un paso atrás.

–Por favor, no debes decirle nada a Zahir. Está claro que él no quiere tomar en consideración los sentimientos para contraer matrimonio.

–Yo quiero mucho a mi hermano, pero no soy ciega a sus defectos. A veces es demasiado rígido, pero, si cree que puede cambiar su destino, está completamente equivocado. ¡Sencillamente, no puede casarse con la hija del emir de Kajistán cuando es a ti a quien ama!

–Si me amó alguna vez, ya no lo hace. Está demasiado enfadado conmigo por no haber vuelto como prometí hace tres años. Y te ruego que esta conversación quede entre nosotras. Por favor, no le digas nada a tu hermano.

–No te disgustes, amiga mía, no voy a decirle nada. A veces, lo mejor es ser sutil –dijo Farida–. No traicionaré tu confianza, te lo prometo. Por ahora, volvamos con el inventario, ¿de acuerdo? Haré mi parte con más dedicación ahora que sé la verdad sobre Zahir y tú.

Incapaz de disimular su preocupación, Gina acompañó a la joven al interior del palacio.

Zahir, acompañado por un pequeño grupo de hombres de seguridad, había ido a la ciudad para visitar a su guardaespaldas en el hospital y luego a su secretario, Masoud, que estaba en cama con un virus. Afortunadamente, los dos estaban recuperándose y cuando volvió al palacio lo único que quería era darse una ducha rápida antes de ir a buscar a Gina.

La encontró en la biblioteca como había imaginado y se quedó en la puerta un momento, mirándola. Sus preciosos ojos estaban clavados en las páginas de un libro, con un delicado pañuelo de color rosa alrededor de su cuello...

Zahir apretó los dientes al recordar el incidente en el mercado, del que se sentía responsable. Quería compensarla de alguna forma por su falta de precaución. De hecho, había sido casi imposible pensar en otra cosa que no fuera ella durante todo el día.

Incluso cuando conversaba con su guardaespaldas en el hospital o su secretario, Masoud, en casa, no podía dejar de recordar aquella noche. Había despertado con más energía y determinación que nunca después de hacer el amor con Gina y por la mañana había resuelto ser un gobernante justo, compasivo y firme, como lo había sido su padre, y hacer que sus descendientes se sintieran orgullosos de él.

De modo que no dudaría en tomar las decisiones que debía tomar, por duras que fueran y aunque eso significara sacrificar su felicidad personal.

Pero la verdad era que la noche anterior solo había saciado temporalmente su deseo por Gina; un deseo que aumentaba en intensidad a medida que pasaban las horas.

—Se está haciendo tarde, pero sigues trabajando.

Sorprendida, ella se levantó de un salto.

–No parece un trabajo cuando se trata de una genuina pasión.

–Pero seguro que ya has hecho más que suficiente por un día.

–No lo sé, supongo que sí.

Gina cerró el libro que había estado leyendo y Zahir no pudo dejar de notar que le temblaban ligeramente las manos.

–¿Has descansado?

–He estado ocupada todo el día haciendo algo que me gusta, eso es igual que descansar.

–Debería haber dejado instrucciones más estrictas para que descansaras en tu habitación.

–No soy una niña, Zahir.

–Si olvidas tus necesidades, eres una niña que no conoce las consecuencias de su comportamiento.

Ella pareció a punto de replicar, pero luego, con el libro y los papeles en la mano, pasó a su lado.

Riendo suavemente, Zahir la tomó del brazo.

–No quiero disgustarte, *rohi*. He estado pensando en ti todo el día.

El brillo rebelde en sus ojos azules desapareció.

–¿Dónde has estado? No te he visto durante el desayuno, la comida o la cena.

–¿Estás diciendo que me has echado de menos?

Gina se puso colorada.

–Solo quería saber...

–He ido a visitar a mi guardaespaldas, que resultó herido el otro día –con deliberada provocación, Zahir levantó su barbilla con un dedo–. Y luego he ido a ver a mi secretario, que está enfermo. Cuando vuelva a palacio quiero que lo conozcas. Creo que te caería bien.

Aunque respetaba y quería a su empleado y amigo, Zahir no quería seguir hablando de él, de modo que pasó la yema del pulgar por sus labios y el gemido que escapó de la garganta de Gina lo excitó de inmediato.

–¿Volverá pronto? –preguntó ella.

–¿Masoud? Eso espero. Tal vez en un par de semanas.

–Me alegro.

–¿Por qué no dejas eso en algún sitio? –sugirió Zahir, señalando el libro y los papeles que llevaba en la mano.

–Muy bien.

Cuando Gina los dejó sobre la mesa, él tomó su cara entre las manos para examinar sus preciosas facciones de cerca, sintiéndola temblar como un delicado pétalo de rosa.

Incapaz de resistirse a la tentación de esa seductora e inocente boca, inclinó la cabeza para besarla y el sensual contacto despertó una cadena de sensaciones. Si hubiese habido un terremoto en ese momento, las sacudidas no habrían sido más fieras.

Deslizando la palma de las manos por sus pechos, rozó uno de sus pezones por encima del vestido y el delicado sujetador de encaje, haciendo que la punta se endureciera. Con sus suaves gemidos inflamándolo, bajó las manos hasta la seductora curva de sus caderas y su trasero respingón. El fino vestido apenas era una barrera para su enfebrecida exploración...

El calor que sentía en las entrañas hacía que Zahir no pudiera pensar con claridad. Estaba punto de llevar a Gina a la larga mesa de la biblioteca para tomarla de la forma más primitiva cuando ella se apartó, poniendo una mano sobre su torso.

Jadeando, Zahir miró sus brillantes ojos azules, sorprendido.

—¿Qué ocurre?

—No podemos portarnos de esta forma, cualquiera podría entrar... ¿has olvidado que hay un guardia en la puerta? Un guardaespaldas que tú has insistido me siguiera a todas partes.

A él ni siquiera se le había ocurrido, aunque había pasado a su lado unos minutos antes.

—¿Y qué? Está entrenado para ser discreto.

Gina tomó el libro y los papeles de la mesa y, de nuevo, los apretó contra su pecho, como un escudo. Se había ruborizado y su pelo rubio amenazaba con soltarse en cualquier momento de la trenza.

El corazón de Zahir palpitaba con una mezcla de frustración y deseo.

—¿Dónde vas?

—Tienes razón, debería descansar un poco.

—No puedes decirlo en serio —replicó él, mirándola como si hubiera perdido la cabeza. ¿No se daba cuenta de lo que estaba sufriendo en ese momento? Y no se refería a sus heridas de bala.

—Estoy cansada, de verdad.

—¿Prefieres dormir antes que terminar lo que hemos empezado? ¿No disfrutaste anoche conmigo?

—Por supuesto que sí —respondió ella—. Fue increíble, pero estoy intentando hacer lo que debo. Hay un momento para todo y, como he dicho, hay un guardia en la puerta.

Él se pasó una mano por la cara, incapaz de disimular su frustración.

—Si te preocupa que nos oigan, podemos ir a mis aposentos.

—No, esta noche no. No estoy intentando frustrarte o desconcertarte, es que estoy cansada. Nos veremos por la mañana, Zahir. Buenas noches.

Con la cabeza muy alta y más aristocrática que una princesa, Gina salió de la biblioteca.

Sacudiendo la cabeza en un gesto de incredulidad, Zahir pateó una silla, enviándola al otro lado de la biblioteca. Y luego masculló una maldición al escuchar los pasos del alarmado guardia.

Capítulo 10

E N LUGAR de buscar la relajación del *hammam*, seguido del consiguiente masaje, Zahir volvió a sus aposentos y se dio la ducha fría más larga de su vida. Después, dio vueltas y vueltas en la cama como si tuviera fiebre, incapaz de conciliar el sueño.

El inesperado rechazo de Gina lo había dejado sorprendido, enfadado... y dolorido.

¿Cómo se atrevía a rechazarlo de ese modo? Recordarle al guardia que estaba en la puerta era una tonta excusa. ¿Por qué parecía cansada de la pasión que había habido entre ellos la noche anterior?

Gina era una mujer joven y vibrante, con los mismos deseos que cualquier otra mujer, y él era un hombre joven y lleno de vida, con una potente libido. ¿Por qué no podían aprovechar la oportunidad de estar juntos y disfrutar? ¿Tenía miedo de que la utilizara y olvidase el respeto por ella?

Furioso, y sin querer aceptar que sus sentimientos podrían ser más profundos de lo que estaba dispuesto a admitir, Zahir se levantó temprano por la mañana para ir con un pequeño séquito al vecino reino de Kajistán, donde estaría al menos tres días.

Tres días para que Gina pensara en el error que estaba cometiendo al rechazarlo. Al menos, eso esperaba.

Iba a Kajistán porque, después de los desagradables incidentes con los rebeldes, publicados en todos los periódicos, Kabuyadir tenía que hacer una demostración de estabilidad. ¿Y qué mejor manera de hacerlo que casándose con la hija del emir de Kajistán y uniendo las dinastías de los dos reinos? Su boda sería una causa de celebración para todos y ayudaría a tranquilizar esa zona del mundo.

De modo que había decidido visitar a la hija del emir de Kajistán.

Perdida en los libros como siempre, Gina había ido a la biblioteca para encontrar un poco de paz después de una noche en la que no había podido conciliar el sueño. Pero levantó la cabeza al ver que Farida entraba con expresión angustiada.

–¿Qué ocurre? –le preguntó, rezando para que no le hubiera pasado nada a Zahir.

Había visto su gesto de frustración por la noche, cuando declinó su oferta de irse a la cama con él, pero no quería que pensara que iba a estar a su disposición a cualquier hora y en cualquier momento. Tal vez los dos necesitaban un poco de espacio para reflexionar sobre la situación...

–Zahir se ha ido a Kajistán.

–¿Kajistán?

–¿Recuerdas que te hablé de la hija del emir? –Farida se dejó caer sobre un sillón, sin aliento–. Zahir ha ido a consolidar sus planes de matrimonio.

Gina tuvo que tragar saliva, intentando disimular su angustia y fracasando miserablemente.

–¿Se ha ido? –repitió, desolada.

–No podemos dejar que destroce su vida, Gina. Cuando vuelva, debes decirle lo que sientes por él.

–No, no puedo hacer eso. Tu hermano ha tomado una decisión y está claro que no es conmigo con quien quiere casarse. Si fortalecer los lazos con Kajistán casándose con la hija del emir es tan importante para él...

–¿Has perdido la cabeza? –la interrumpió Farida–. ¿No vas a luchar por el hombre al que amas?

–No voy a luchar por un hombre que no me ama. ¿Para qué? –Gina se encogió de hombros–. Podría retenerlo durante un tiempo, pero ¿qué ocurrirá cuando encuentre a otra mujer que le interese más que yo? Si Zahir no cree en el amor, yo no puedo convencerlo.

–¿Entonces prefieres dejar que se case con la aburrida hija del emir de Kajistán?

–No he dicho que lo prefiera, pero...

–¿Has olvidado la profecía de El Corazón del Valor? La leyenda dice que todos los descendientes de la casa de Kazeem Khan se casarán por amor.

Los preciosos ojos almendrados de Farida estaban llenos de lágrimas y, conmovida, Gina decidió que debía ser sincera, aunque Zahir le hubiese pedido que guardase el secreto.

–No he venido aquí solo para hacer el inventario de los objetos antiguos del palacio. Tu hermano se puso en contacto con la casa de subastas para la que trabajo con objeto de corroborar la procedencia de la joya porque piensa venderla.

–¿Qué?

–Zahir cree que la leyenda es una maldición para vuestra familia.

–¿Lo dices en serio?

–Me temo que sí.

–Le he oído hablar de una maldición, pero no sabía que pensara venderla. No me lo puedo creer... esa joya ha pertenecido a mi familia desde siempre.

–Siento mucho darte tan mala noticia. Tus padres murieron tan jóvenes y luego tu marido... –Gina sacudió la cabeza–. Zahir cree que casarse por amor es una maldición y no la bendición de la que habla la leyenda.

–Pues entonces mi hermano debe de haberse vuelto loco –murmuró Farida, pálida–. ¿Cómo puede querer vender algo tan importante para nuestra familia... para todo el país?

–La verdad es que tampoco yo lo entiendo.

–Tiene miedo –dijo Farida entonces–. Eso es lo que pasa. Mi hermano tiene miedo de que una tragedia le robe el amor de su vida. Siempre había pensado que Zahir era uno de los hombres más valientes que había conocido nunca, pero ahora me doy cuenta de que es un cobarde.

Gina no sabía qué decir. Las palabras parecían inadecuadas en ese momento, pero creía entender por qué Zahir prefería un matrimonio de conveniencia. Sin pensar, pasó un par de páginas del diario que estaba leyendo antes de que Farida entrase en la biblioteca.

–Yo me quedé transfigurada por la leyenda de la joya en cuanto supe de ella. Y tal vez aquí encontremos ayuda –le dijo, señalando el libro.

–¿Qué estás leyendo?

–Es un viejo diario de tu familia... debe de tener más de doscientos años. El único problema es que mi conocimiento del idioma no es tan bueno como para traducirlo adecuadamente. Puedo entender algunas palabras, incluso algunas frases completas, pero nada más.

–¿Por qué no dejas que te ayude? –la hermana de Zahir se levantó de un salto para sentarse a su lado–. Nunca había visto este diario –murmuró, acariciando la tapa de piel repujada–. ¿Dónde lo has encontrado?

Gina se puso colorada.

–Estaba medio escondido en una de las estanterías de arriba. Me pareció un diario y, si quieres que te diga la verdad, he estado buscando información sobre los matrimonios de tu familia en los que se cumplió la profecía y siguieron siendo felices hasta el final.

Después de leer unos párrafos, Farida la miró con un brillo de emoción en los ojos.

–¡Es el diario de mi tatarabuela y en ella menciona El Corazón del Valor! Seguro que aquí hablará sobre su matrimonio y si fue feliz o no con su marido.

Intentando mantener viva una llamita de esperanza, Gina sonrió, satisfecha al contar con la inestimable ayuda de Farida.

Durante tres años, Gina se había visto privada de la presencia de Zahir, pero después de volver a verlo, y sabiendo sin la menor duda que seguía amándolo, esos tres días de ausencia eran una tortura para ella.

Pasaba el día trabajando en el inventario y Farida era la compañera más amable y encantadora que uno pudiera descar, pero no dejaba de pensar en Zahir, añorándolo y deseando volver a verlo para hablarle de sus sentimientos.

Pensar que podría volver con la noticia de su próximo matrimonio con la hija del emir de Kajistán era aterrador, pero se había prometido a sí misma no irse de Kabuyadir sin decirle la verdad.

Lucharía por el hombre del que estaba enamorada y, si Zahir la rechazaba, tendría que aceptar que estar con él no era su destino.

Zahir se alegraba de estar por fin de vuelta en su palacio. Al ver las torres bajo el último sol de la tarde, su corazón se llenó de orgullo y alegría. Era tan agradable volver a casa.

Había pasado gran parte del viaje consumido por el temor de que Gina y su hermana hubieran vuelto a ponerse en peligro. A pesar de haber dado instrucciones a los guardias de seguridad para que estuvieran especialmente vigilantes, seguía sintiéndose un poco inquieto.

La insurgencia rebelde había cesado con la detención de su líder, pero después del incidente de Gina en el mercado sabía que no podían tener demasiada precaución. Tan inquieto estaba cuando iba hacia Kajistán que había estado a punto de dar la vuelta por temor a que ocurriese algo, pero se dijo a sí mismo que el gobernante de Kabuyadir no podía vivir encerrado en su palacio.

—¡Zahir! —exclamó Farida, corriendo hacia él para abrazarlo—. Cuánto me alegro de que hayas vuelto.

—¿Va todo bien?

—Sí, todo va bien, maravillosamente bien. ¿Qué tal el viaje?

–El viaje ha ido bien –respondió él–. El emir de Kajistán ha sido tan hospitalario como siempre.

–¿Y su hija?

–Ella... –Zahir se lo pensó un momento antes de seguir–. Está bien.

De repente, eran como dos extraños intentando pasar de puntillas sobre algo de lo que ninguno de los dos quería hablar. Zahir lo lamentaba, pero habría tiempo para solucionarlo. Por el momento, lo único que deseaba era darse una ducha, pero había algo que debía preguntar antes de nada.

–¿Cómo está Gina?

Farida sonrió de oreja a oreja.

–Muy bien –respondió–. Hemos avanzado mucho en el inventario. Está arriba, en una de las galerías, rodeada de libros y legajos, estudiando la historia de un par de urnas persas.

–Era de esperar.

–Le encanta su trabajo y es estupendo estar con ella –siguió su hermana, entusiasmada–. Estoy aprendiendo mucho con ella, Zahir.

–No tengo la menor duda.

–Por cierto, esta noche he organizado una cena especial para celebrar tu regreso.

–Es un detalle por tu parte, pero ahora mismo solo quiero darme una ducha y cambiarme de ropa. Nos vemos esta noche en la cena –Zahir besó a su hermana en la mejilla antes de dirigirse a sus aposentos.

Mordiendo un lápiz, pensativa mientras estudiaba unas urnas persas para intentar descifrar de qué siglo eran, Gina no oyó los pasos sobre la alfombra.

–Veo que el inventario la tiene muy ocupada, doctora Collins. Me temo que trabaja demasiado.

Ella se volvió, sorprendida, al escuchar la voz de Zahir. Allí estaba, tras ella, con una chilaba oscura, el pelo negro brillando bajo la lámpara y un brillo burlón en los ojos oscuros que aceleraba el ritmo de su corazón.

Había vuelto a casa, pensó.

Gina sonrió de oreja a oreja porque, de repente, era como si lo viese por primera vez.

–Como ya te he dicho otras veces, no es trabajo cuando se trata de una genuina pasión. ¿Qué tal tu viaje a Kajistán?

Aunque no quería que respondiera «muy bien» porque eso significaría que había formalizado su compromiso con la hija del emir.

–Si lo que quieres saber es si el viaje ha sido agradable, la respuesta es sí. En cuanto a la hospitalidad del emir, no me he llevado una desilusión –Zahir se colocó frente a ella, sus botas de cuero pulidas hasta parecer un espejo. Pero cuando Gina iba a levantar la cabeza, él se puso en cuclillas para mirarla a los ojos.

Y Gina tuvo que hacer un esfuerzo para mantener las manos sobre el regazo porque, como por decisión propia, querían tocarlo.

–Me alegro de que hayas vuelto sano y salvo.

–Te confieso que también yo me alegro de estar de vuelta. Tienes una mancha de carboncillo en el labio.

–Es una costumbre mía morder los lápices –dijo ella–. Una mala costumbre.

–Esas urnas eran las piezas favoritas de mi padre –comentó Zahir.

–¿Ah, sí? Pues entonces tenía un gusto impecable. ¿Estaba interesado en la historia?

–Sí, mucho. ¿Cómo no iba a estarlo si vivía entre tantos tesoros históricos?

–¿Cómo era? –le preguntó Gina.

Hasta entonces no le había hablado de su familia o de cuánto lo había afectado la muerte de sus padres.

–Mi padre era una figura con mucha autoridad en el país, pero nunca fue injusto o cruel. Nos quería mucho y lo demostraba cada día, pero también quería mucho a sus súbditos y, a cambio, era querido por ellos. Te aseguro que no es fácil seguir sus pasos –Zahir hizo una mueca.

–No, imagino que no.

–Me quedé desolado cuando murió poco después de que falleciese mi madre. A veces, aún me parece escuchar su risa por los pasillos o su voz dándole ordenes a los guardias. En fin, la vida es así.

–Veo que lo echas de menos.

–Todos los días –respondió Zahir, intentando esconder su emoción–. Pero he venido no solo para saludarte, sino para decirte que mi hermana ha organizado la cena. Tal vez deberías dejar lo que estás haciendo. Farida me ha dicho que es una cena especial para celebrar mi regreso.

–Sí, lo sé. Se me había pasado el tiempo sin que me diera cuenta, como de costumbre –Gina se levantó y Zahir apretó sus brazos durante unos segundos, mirándola a los ojos.

–No sabía que tres días lejos de la gente que me importa pudieran ser como una eternidad, pero así ha sido.

Aunque Gina estaba deseando preguntarle qué quería decir con «la gente que me importa», permaneció en silencio. ¿Estaría ella incluida en esa lista? Y, si era así, ¿qué había sido de su compromiso con la hija del emir de Kajistán? Era tan frustrante no saber cuál era su decisión.

—Será mejor que vaya a arreglarme para la cena. Sé que Farida se ha ocupado con gran cuidado de organizar el menú.

—¿Tienes algo más de este color? —le preguntó Zahir, señalando el caftán de color aguamarina—. Si es así, me gustaría que te lo pusieras. Hace juego con tus ojos y me recuerda al mar... me gusta mucho.

Gina hizo un rápido repaso mental por su armario, pero intentó disimular.

—Creo que tengo algo de este color, sí.

—Muy bien, entonces nos veremos en la cena.

Zahir se dio la vuelta, su larga chilaba rozando las botas de cuero antes de que Gina pudiese decir nada más.

Estaban cenando en un comedor que Gina no había visto antes, pero una vez visto era imposible de olvidar. Sobre la mesa, una bóveda circular hecha de cristales de colores, como una vidriera occidental, pero de intricado diseño árabe. En las paredes, murales de escenas de un imperio arcaico y un tema arabesco en el suelo de mármol.

El espacio estaba iluminado por velas colocadas en apliques en la pared y sobre la mesa. Con el aroma de las especias y el incienso flotando en el aire, era como una mágica escena del magnífico pasado del país.

Después de lavarse las manos con agua caliente en un cuenco, se sentaron en silencio mientras los sirvientes colocaban sobre la mesa varias bandejas con aromáticas viandas.

Gina intentaba relajarse, pero no era fácil con Zahir sentado frente a ella, la hipnótica mirada oscura haciendo que su corazón palpitase como loco.

De los tres, era Farida quien parecía más cómoda. Esa noche, sus ojos brillaban de alegría al tener a su hermano en casa de nuevo.

Cuando los sirvientes los dejaron solos, incluido Jamal, la joven levantó su copa de zumo para hacer un brindis.

–Por Zahir, en honor de su regreso de Kajistán después de un momento difícil para nosotros y por su interés en dirigir este reino de manera justa. Nuestro padre no podría estar más orgulloso.

Él pareció sorprendido por el brindis.

–Solo quiero honrar su memoria y su fe en mí –murmuró.

–Por Zahir –dijo Gina. Pero inmediatamente se ruborizó. ¿Debería haber dicho «Su Alteza»?

Pero él estaba sonriendo, de modo que no debía preocuparse.

–Gracias, Farida. Y también gracias a ti, Gina. Como he dicho antes, me alegro mucho de estar de vuelta. He regresado con una noticia importante.

Gina apretó los labios, intentando prepararse para lo que iba a decir. ¿Qué haría si anunciaba que iba a contraer matrimonio con la hija del emir de Kajistán?

¿Se quedaría en Kabuyadir como su amante, sabiendo que nunca sería suyo del todo?

—Tal vez deberíamos cenar antes de que nos des la noticia —sugirió Farida.

Zahir frunció el ceño.

—Es muy extraño que no quieras conocerla ahora mismo. Debes de haber cambiado mucho desde que me fui.

—No, en absoluto. Sencillamente, he estado muy cómoda con Gina haciéndome compañía —respondió su hermana—. Lo he pasado muy bien haciendo el inventario, me ha ayudado a tener un propósito y me ha tenido ocupada... eso es mucho más interesante que especular sobre lo que estaría pasando en Kajistán.

—Me alegro mucho de que estés más animada, pero voy a daros la noticia en cualquier caso —insistió Zahir—. Como sabéis, había hablado de la posibilidad de contraer matrimonio con la hija del emir de Kajistán...

—Y yo te dije que no me parecía buena idea —lo interrumpió Farida.

—Como siempre, no tienes el menor reparo en decir lo que piensas. Supongo que debería agradecértelo.

Zahir estaba sonriendo y Gina se preguntó cómo era posible cuando estaba a punto de romperle el corazón en mil pedazos.

—Muy bien, cuéntanos qué has decidido —dijo su hermana, resignada.

—La noticia es que no voy a casarme con la hija del emir.

—¿No? —exclamó Farida, sin poder disimular su sorpresa.

Tras la insoportable tensión de esperar el anuncio, Gina estuvo a punto de llevarse una mano al corazón, aliviada.

–Ha ocurrido algo sorprendente –siguió Zahir, mirando de una a otra–. El emir me confesó que no quería condenar a su hija a un matrimonio sin amor, por importante que fuera para su país. Parece que también él está hechizado por la leyenda de la joya. Según él, no sería bueno que un descendiente de la familia Khan se rebelase contra la profecía. Admite temer repercusiones «sobrenaturales» si me casara con su hija, de modo que no habrá matrimonio de conveniencia.

–¡Eso es maravilloso! –exclamó Farida, que se puso colorada ante la mirada reprobadora de su hermano–. Bueno, quiero decir que es estupendo que el emir desee lo mejor para su hija. Bajo ese aburrido exterior, es una chica simpática y merece casarse por amor.

–¿Te alegras por ella? ¿Y qué pasa con tu pobre hermano?

–Tal vez ahora revisarás tu opinión sobre la leyenda y abrirás tu mente a otras posibilidades. No creo que sea tan difícil que una mujer encantadora se enamore de ti y tú de ella.

Zahir se encogió de hombros.

–Tal vez –murmuró, esbozando una sonrisa–. De hecho, admito que no me importaría casarme con una mujer de la que esté locamente enamorado.

Cuando terminó la frase, sus ojos de color chocolate estaban clavados en Gina y los de ella se llenaron de lágrimas.

–Hemos encontrado el diario de nuestra tatara-

buela y en él menciona El Corazón del Valor –dijo
Farida entonces–. Afirma creer en la profecía porque
todos nuestros antepasados fueron felices en su matrimonio y la mayoría de ellos murieron por causas
naturales –la joven respiró profundamente–. Para mí
fue un golpe terrible perder a Azhar, pero no voy a
rebelarme contra el cielo por ello, creo que eso sería
muy arrogante.

–Tienes razón –admitió su hermano.

–Pero que me pasara a mí no significa que vaya a
pasarte a ti, Zahir. No puedes vivir toda tu vida temiendo que eso ocurra. En cuanto a nuestros padres,
siempre supimos que papá tenía el corazón delicado
y, sencillamente, le falló tras la muerte de mamá...

Zahir se inclinó para apretar su mano.

–Eres muy valiente, Farida, y es una bendición tenerte como hermana. Sé que Azhar fue el amor de tu
vida, pero tal vez, con el tiempo, puedas abrirle tu corazón a otro hombre. Eres muy joven y tienes mucho
que ofrecer.

Después de decir eso se volvió hacia Gina con una
radiante sonrisa que lo convertía en el hombre más
apuesto que había visto nunca. Y en el rostro más querido.

–Vamos a disfrutar de la cena que ha organizado mi
querida hermana. Seguiremos charlando más tarde.

–Perdone, Alteza –la puerta del comedor se abrió
abruptamente y Jamal se acercó a la mesa.

–¿Qué ocurre?

–Una llamada de Masoud...

Jamal siguió hablando en su idioma y Gina no
pudo entender lo que decía, pero tanto ella como Fa-

rida esperaron, en silencio, hasta que el emir se levantó, tirando la servilleta sobre la mesa.

–Tengo que irme, la salud de mi secretario ha empeorado repentinamente. Por favor, disfrutad de la cena, nos veremos más tarde –Zahir puso una mano sobre el hombro de Jamal–. Cuida bien de mi hermana y mi invitada.

Cuando iba hacia la puerta con gesto decidido, Gina se levantó de la silla y corrió hacia él.

–¡Zahir!

–¿Qué ocurre?

–Deja que vaya contigo.

–No, imposible.

–Por favor, sé que aprecias mucho a Masoud y he pensado... he pensado que podría ayudar.

–¿Ayudar? ¿Cómo? ¡Lo que necesito ahora mismo es un médico, no una experta en antigüedades!

Ignorando tan grosera réplica, Gina insistió:

–No quiero que estés solo toda la noche. Al menos, estando conmigo tendrás a alguien con quien compartir tus pensamientos y tu preocupación. Por favor, deja que vaya...

–Quiero que te quedes con Farida –la interrumpió él–. Como he dicho antes, nos veremos cuando vuelva.

Y después de decir eso salió del comedor sin mirar atrás.

Capítulo 11

HABÍA sido una noche muy larga, una noche en la que su leal secretario y amigo Masoud había tenido que luchar por su vida.

Los médicos del hospital al que Zahir lo había enviado en el helicóptero oficial habían trabajado como troyanos para mantenerlo con vida, pero al amanecer, el jefe del equipo médico le dijo que lo peor había pasado. Los días siguientes dirían si su sistema inmunitario tenía defensas suficientes para resistir.

Pálido y angustiado, Zahir volvió al palacio y cayó sobre su cama, mirando el techo. Como su amigo Amir Hussein, Masoud había estudiado con él y, además de su secretario, era casi como su hermano. Verlo en la cama del hospital, inerte y enganchado a tubos y máquinas, lo había asustado. ¿Iba a perder a otra persona importante en su vida?, se preguntaba.

No tenía la menor duda de que el destino estaba poniéndolo a prueba... de hecho, era casi como si estuviera riéndose de él.

Cuando había decidido darle una oportunidad al amor, le había mostrado lo precario que podría ser su futuro con Gina. Y él era fuerte, pero no tan fuerte. Si Gina muriese joven, no podría soportarlo. Con el corazón angustiado, Zahir cerró los ojos y rezó como no había rezado nunca...

Era como si Zahir se hubiese apartado de ella en todos los sentidos. Gina había tenido que perdonarlo por sus bruscas palabras de la noche anterior, sabiendo que estaba angustiado por la salud de su amigo. Pero no sabía que la esperase el mismo comportamiento al día siguiente.

Por la mañana, lo vio dirigiéndose a su dormitorio, su hermoso rostro pálido y demacrado.

—¡Zahir! —lo llamó.

—¿Qué ocurre?

—¿Cómo está Masoud?

—Por el momento, aguanta, pero los próximos días serán críticos. Si necesitas algo, habla con Farida o con Jamal, ¿te importa?

—No quiero molestarte, pero tal vez la próxima vez que vayas al hospital yo podría ir contigo. Sé que no puedo ayudar a tu amigo, pero podría servirte de apoyo...

—Si quieres que sea sincero, tu presencia sería una innecesaria distracción más que un apoyo. Ahora mismo tengo que concentrarme en Masoud, no dejarme cuidar por una mujer como si fuera un niño necesitado.

Gina se quedó atónita al ver que, de nuevo, la rechazaba bruscamente.

—Muy bien. Si cambias de opinión, solo quiero que sepas que puedes contar conmigo... eso es todo.

Zahir asintió con la cabeza y se alejó por el pasillo, dejándola inmóvil como una estatua.

Después de las esperanzas que había tenido tras la cena, esa actitud fría era una terrible desilusión para ella.

Pero durante los días siguientes se concentró en el inventario, rezando para que Masoud se pusiera bien porque no quería ni pensar en lo que pasaría si no se recuperaba...

Cinco noches después de que Zahir hubiese interrumpido la cena de bienvenida, supieron que el secretario del emir estaba recuperándose de aquella pesadilla y ya comía alimentos sólidos.

Zahir estaba mucho más contento e incluso fue a buscar a Gina para hablar con ella.

–Me voy al hospital –le dijo–. En realidad, es casi como si viviera allí –añadió, con una sonrisa cansada.

Gina estaba conmovida por la devoción que mostraba por su amigo, por el que lo había dejado todo, incluso sus deberes como gobernante de Kabuyadir. No todo el mundo haría algo así. Sin embargo, no dejaba de recordar que la consideraba a ella «una innecesaria distracción».

–Espero que Masoud se encuentre mejor.

–Cuando vuelva esta noche, me gustaría verte. Quiero contarte algo... sé que no he sido un buen anfitrión durante estos últimos días, pero prometo compensarte por ello.

–Entiendo que estuvieras preocupado por tu amigo y me alegro mucho de que por fin se esté recuperando.

–Pero sé que te he tenido muy abandonada...

–No debes preocuparte por eso. Como tú, no soy «una niña necesitada» –lo interrumpió Gina–. Cuando termine mi trabajo aquí volveré a casa y tú no volverás a pensar en mí –se le hizo un nudo en la garganta al decir eso y sintió que sus ojos se empañaban.

–¿Crees que no volvería a pensar en ti si volvieras a tu país? –Zahir frunció el ceño, desconcertado y preocupado al mismo tiempo–. ¿Tan mal te he tratado que te marcharías como si mis sentimientos no contasen para nada?

–Olvídalo, Zahir –intentando contener sus emociones, Gina hizo un esfuerzo por sonreír–. Tienes que pensar en tu amigo, lo entiendo. Cuando vuelvas, seguiré aquí, trabajando en el inventario, te lo prometo.

Él no parecía del todo convencido, pero tomó su mano para llevársela a los labios.

–Rezo para que sea así, *rohi* –le dijo, con voz ronca y llena de sentimiento–. Cuando vuelva, iré a verte directamente, sea la hora que sea.

Zahir no podía saber el alivio y la esperanza que habían creado sus palabras. Cuando se marchó, Gina se tomó unas horas libres y, en lugar de seguir con el inventario, sencillamente fue a su habitación para intentar calmarse un poco.

–¿Sigues levantada? Esperaba que lo estuvieras.

Farida se había ido a la cama horas antes y, por fin, Zahir tenía la oportunidad de estar con Gina a solas. Si seguía despierta.

Había llamado a la puerta de su habitación después de medianoche, esperando que estuviera profundamente dormida, pero ella respondió inmediatamente, con una sonrisa insegura.

–Estaba esperándote. Dijiste que querías hablar conmigo.

–Sí, es cierto.

–¿Cómo está Masoud?

–Mucho mejor –respondió Zahir–. Ha sido una recuperación milagrosa. Dos o tres días más en el hospital para recuperarse del todo y volverá a casa.

–Me alegro mucho. Por él y por ti.

–¿Quieres venir conmigo? –le preguntó Zahir entonces.

–¿Dónde vamos?

–No muy lejos de aquí.

–Muy bien.

La llevó por un pasillo que poca gente conocía, los dos en silencio. Con una larga túnica blanca, su brillante pelo rubio sujeto por un prendedor, la mujer que iba a su lado hacía que el corazón de Zahir se hinchase solo con mirarla. Pero había tenido que ser un gobernante más sabio que él, uno que escuchaba a su corazón, quien por fin lo hiciera reconocer la profundidad de sus sentimientos por ella.

La enfermedad de Masoud lo había hecho desesperar de nuevo, pero solo durante unos días, cuando temió que su amigo no sobreviviera. Sin embargo, incluso si Masoud no hubiera podido recuperarse, la vida seguiría adelante y su gran esperanza era vivirla con Gina a su lado.

–Quiero enseñarte algo –Zahir abrió una puerta y le hizo un gesto para que entrase.

En el pequeño salón apenas había muebles, solo una lámpara encendida y, en la pared, un asombroso cuadro del desierto. La obra había sido una de las favoritas de su madre, una enamorada de la pintura, sobre todo cuando retrataba la diversidad y la belleza de aquella asombrosa tierra en la que vivían.

Bajo el cuadro había un armario de madera de cerezo con una puerta de cristal que permitía ver los objetos guardados en el interior. El contenido de ese armario era la razón por la que no había más muebles en aquella sala, para que nada le restase atención.

Poniendo una mano en su espalda, Zahir empujó suavemente a Gina hacia el armario.

–Has sido tan paciente, *rohi*, que esta es tu recompensa. Estás mirando El Corazón del Valor.

La joya parecía especialmente hermosa esa noche, en su cama de terciopelo negro. El asombroso colgante era un círculo de rubíes y zafiros y en el centro, brillando como una estrella, el alma: un enorme y puro diamante del color del cielo del desierto a medianoche en forma de corazón que irradiaba no solo belleza, sino magia.

Hacía tiempo que Zahir no iba a admirarlo, pero con la supuesta connotación de tragedia para su familia que él había querido darle, no tenía que preguntarse por qué.

Después de averiguar que, según el diario de su tatarabuela, los matrimonios en su familia, hasta donde ella sabía, habían sido felices, Zahir estaba seguro de que debía escuchar a su corazón.

Pero aunque la historia de su familia no hubiera sido así, eso no habría afectado a su decisión. La arrogancia había nublado su buen juicio, pero las sabias palabras del emir de Kajistán le habían abierto los ojos.

–No sé cómo describirla –estaba diciendo Gina–. Es tal privilegio verla de cerca... es asombrosa.

Zahir la miró a los ojos.

–Tú eres asombrosa. El hombre que te atacó era un mercenario, un sicario entrenado y, sin embargo, tú luchaste sin pensarlo dos veces, sin acobardarte. Eres una mujer increíble, Gina Collins.

–A veces... a veces, cierto sentimientos pueden darte valor.

–¿Y qué sentimientos son esos?

–Cuando una persona te importa mucho, quieres quedarte con ella toda la vida y harías cualquier cosa para que nada os separase –empezó a decir Gina–. Lamento mucho no haber vuelto hace tres años, Zahir, pero cuando mi madre murió no tuve valor para confiar en mi instinto. Y cuando mi padre sembró dudas en mi mente, le hice caso en lugar de escuchar a mi corazón. Es cierto eso que dicen que ocurre cuando estás en peligro de muerte, que ves tu vida pasar ante tus ojos. Eso fue lo que me ocurrió en el mercado y me prometí a mí misma en ese momento que, si sobrevivía, te diría lo que sentía por ti.

Zahir se quedó inmóvil, el corazón galopando dentro de su pecho.

–Dices que mirando la joya te sientes privilegiada, pero yo podría decir lo mismo de ti, *rohi* –su voz contenía una pasión que salía de sus entrañas mientras, tiernamente, acariciaba su mejilla–. Quiero que me digas lo que sientes, ángel mío, pero antes debo hacerte una pregunta. Hay una inscripción en el dorso de la joya... ¿sabes cuál es la traducción?

–Podría recitarla hasta en sueños –Gina sonrió–.

Significa: «Trasciende el miedo para encontrar el valor de escuchar a tu corazón y amar sin reservas». Y yo supe que debía hacer eso contigo.

–Mi corazón dice lo mismo –poniendo las manos en su estrecha cintura, Zahir la atrajo hacia sí. Era como un perfume exótico, un elixir embriagador que lo emborrachaba y de cuyos efectos no se cansaría nunca mientras viviera–. Te confieso que durante un tiempo no supe encontrar valor para amarte sin reservas porque temía perderte. Pensé que, si fueras mi amante, podría retenerte aquí, pero sin entregarte mi corazón del todo... qué tonto he sido –le dijo, sacudiendo la cabeza–. Después de volver a verte me di cuenta de que una vida sin ti no tendría sentido. Te he amado desde aquella noche en el jardín de los Hussein, Gina. Te quiero no solo porque seas una mujer bellísima, inteligente y encantadora. Te quiero como amiga y como compañera y te deseo como mi esposa.

¿Estaba soñando?, se preguntó Gina. Pero no, el amor brillaba en los ojos de Zahir como un sol que no se pondría nunca.

–¿Estás seguro? –le preguntó, temiendo estar equivocada.

–¿Si estoy seguro? –repitió él, perplejo–. Acabo de preguntarte si quieres ser mi esposa... ¡pues claro que estoy seguro!

–Es que tengo la sensación de estar soñando –Gina bajó la mirada, tímida de repente–. He soñado tantas veces contigo, Zahir. Soñaba con convertirme en tu esposa. Desde la noche que nos conocimos, en realidad. Supe entonces que eras el amor de mi vida, pero cuando volví a Kabuyadir y descubrí que eras el emir... en fin, pensé que era un sueño imposible.

–Tú eres un sueño que yo creía imposible, *rohi*. Imposible para mí durante tres largos años. La noche que nos conocimos te dije que nunca había conocido a una mujer como tú, que sentía como si fueras una parte de mí que no sabía hubiera perdido hasta encontrarte...

–Sí, lo recuerdo.

–Era cierto entonces y sigue siéndolo ahora. Tras la muerte de mis padres y el marido de mi hermana perdí la fe en el amor y, como un tonto, pensé que, si me casaba por razones de Estado, dejaría de pensar en ti. Pero estaba equivocado y verte de nuevo me lo demostró. De todo lo que he conseguido en mi vida, tu amor, *rohi*, es de lo que más orgulloso me siento.

–Desde el principio me has llamado «rohi». ¿Qué significa?

–Significa «alma mía» y eso es en lo que te has convertido –respondió Zahir–. Pero te he preguntado si quieres ser mi esposa y aún no has respondido –dijo luego, quitándole el pasador del pelo.

–¡Sí, sí, sí y mil veces sí! –exclamó Gina, echándole los brazos al cuello.

A la sombra que creaban las lámparas en las paredes de la tienda, su piel pálida como la leche y más suave que la seda, Zahir la desnudó y se enterró en ella, su miembro endureciéndose como el acero.

–Te amo –murmuró, acariciando sus pechos–. Adoro lo que me haces sentir.

Los embrujadores ojos de Gina sonreían provocativos en la tienda beduina, su brillante pelo rubio brillando a la luz de un candil.

–¿Cómo te hago sentir? Dímelo... y puedes ser tan romántico como quieras, amor mío.

–No sé si podré ser romántico –murmuró él, excitado–. Pero estar dentro de ti me hace sentir como si fuera a morir de placer, mi *jequesa*.

–¿La jequesa no es la esposa del jeque?

–Así es.

–Aún no soy tu mujer.

–Pero pronto lo serás –afirmó él, ese objetivo haciendo que empujase con más fuerza.

Gina cerró los ojos para absorber el poder de aquella increíble unión y luego volvió a abrirlos, moviendo las caderas adelante y atrás mientras sentía que se habían convertido en uno solo en cuerpo y en espíritu. Unos segundos después, el clímax la llevó a un estado de éxtasis en el que Zahir quería participar de inmediato. Nunca le había parecido más radiante...

–Y cuando nos hayamos casado, pronto tendrás un hijo mío, *rohi* –dijo luego, clavando los dedos en las redondeadas caderas para retenerla exactamente donde quería.

Unos segundos después se dejaba ir, derramando su ardiente semilla dentro de ella.

Capítulo 12

GINA no había podido dejar de temblar en todo el día. Había temblado de emoción cuando vio a Zahir, con su magnífica túnica negra y dorada, como un poderoso guerrero de antaño. Había temblado cuando hicieron las promesas matrimoniales, aceptándolo como marido para siempre, y seguía temblando desde su gran entrada en el palacio para celebrar el banquete después de la boda.

Un enorme grupo de invitados se había reunido en el jardín para compartir su alegría, entre ellos Masoud y los señores Hussein, pero el más importante de todos era su padre que, sorprendentemente, había acudido a la boda con su ama de llaves, Lizzie Elridge.

Mientras saludaba a unos y a otros, impaciente por abrazarlo, Gina vio que tomaba a la mujer por la cintura en un gesto posesivo. Iba muy guapo con un traje de chaqueta de color claro, el pelo recién cortado... incluso había cambiado de colonia.

¿Sería cosa de Lizzie? Evidentemente, aquella mujer había llevado muchos cambios a la vida de su padre y Gina se alegraba de corazón.

–Estás radiante, cariño, como una princesa en la corte de un califa –le dijo, apretando su mano cuando por fin pudo llegar a su lado–. ¿Tu joven príncipe del desierto sabe lo afortunado que es?

Gina sonrió mientras Zahir la abrazaba por detrás. Le encantaba que la abrazase así; notar su indomable fuerza la hacía sentir amada y protegida.

–Desde luego que lo sé, profesor Collins –respondió él–. Créame, sé que conocer a Gina fue una bendición para mí. Ese día encontré al amor de mi vida y le agradezco de corazón que aceptase concederme su mano.

–Pero debes cuidar de ella porque significa mucho para mí –le advirtió su padre–. Me temo que cuando era niña no le dije que la quería tan a menudo como debería, pero ahora que soy mayor y más sabio, me doy cuenta de que siempre ha sido un regalo para mí y espero compensarla como merece.

–Siempre será bienvenido en el palacio, doctor Collins –dijo Zahir entonces.

Emocionada, Gina se inclinó hacia delante y besó a su padre en la mejilla.

–Yo también te quiero mucho, papá.

Mientras su flamante marido y su padre charlaban, Zahir apretó su cintura con gesto posesivo, como diciendo: «Ahora soy yo quien cuidará de ti».

–Enhorabuena a los dos –dijo Lizzie Elridge, un poco nerviosa.

Y era comprensible. Unas horas antes estaba en Londres, atendiendo a un viejo profesor de historia que aún lloraba a su esposa y, de repente, estaba en Kabuyadir, un reino del desierto, en la boda de un imponente emir con una chica británica normal y corriente. Debía de estar preguntándose si había frotado la lámpara de Aladino mientras pasaba el polvo, conjurando una escena que parecía sacada de un cuento de hadas oriental.

–Muchas gracias –Gina sonrió–. Quiero agradecerte que cuides tan bien de mi padre. Me siento mucho más tranquila sabiendo que hay alguien en su vida que lo ayuda y cuida de él.

–Tu padre ha cambiado mi vida y la de mi hijo también, Gina. La verdad es que yo no confiaba en los hombres hasta que conocí a Jeremy. Es un caballero.

–Sí, lo es –asintió ella.

–Y, si estás preocupada por él, llámame cuando quieras y te contaré cómo está.

–Lo haré.

–¿Te han hecho ese vestido tan bonito especialmente para este día? –preguntó la mujer, cambiando de tema diplomáticamente.

–Así es –Gina sonrió, acariciando el vestido de seda en color blanco con un corpiño bordado con joyas.

–Es precioso, pareces una diosa.

–Gracias, Lizzie. No sé si parezco una diosa, pero debo admitir que me siento como una princesa. Le he prometido a mi marido que no se me subirá a la cabeza...

Zahir y su padre volvieron con ellas en ese momento.

–Puedes portarte como una princesa porque lo eres –dijo Zahir–. Y más hoy, el día de tu boda, *rohi*. Aunque, conociéndote, pronto volverás a ser la tímida, discreta pero secretamente peleona Gina a la que adoro.

–¿Tú me llamarías peleona, papá?

–Eres digna hija de tu madre, cariño. Charlotte fue una historiadora entregada, pero eso no significa que fuese aburrida o que no tuviese temperamento. Te aseguro que lo tenía. Te pareces a ella y yo no podría estar más orgulloso.

–Gracias, papá.

Durante el banquete, Gina abrazó a su nueva cuñada, Farida, bellísima con una túnica en color azul turquesa, su brillante pelo oscuro en un elegante recogido.

–Ahora eres mi hermana, Gina.

–Y nada podría alegrarme más –asintió ella.

–Estaba equivocado sobre El Corazón del Valor, hermana –le confesó Zahir–. Tú tenías razón: es una bendición, no una maldición. Te juro que jamás volveré a pensar siquiera en venderla.

–Me alegro mucho, hermano.

–En el futuro, le haré caso a las dos mujeres de mi vida cuando se trate de algo tan importante.

–Si haces eso, serás un gobernante sabio y justo –respondió Farida.

–Perdón... –un joven de pelo negro, con los ojos de color ébano más intensos que Gina había visto nunca aparte de los de su marido, se acercó a ellos.

–¡Masoud! –exclamó Zahir, abrazando a su amigo–. ¿Cómo estás?

–Mejor que nunca... gracias a ti.

El joven se volvió hacia Gina.

–Tu amor y tu belleza han transformado a mi amigo.

Su Alteza es el más feliz de los hombres –le dijo, con una sonrisa en los labios–. Me gustaría darte las gracias por eso. Ningún hombre merece más la felicidad que él.

–Gracias, Masoud. Sé que tu amistad significa mucho para Zahir y, por eso, también significa mucho para mí.

Más tarde, cuando el banquete casi había terminado y los invitados empezaban a despedirse, Gina y Zahir tomaron un aromático café con Farida, el padre de Gina y Lizzie en uno de los bellos salones del palacio, recordando los mejores momentos de aquel día tan feliz.

Sentada al lado de su marido en uno de los suntuosos sofás, Gina seguía la conversación anhelando secretamente estar a solas con él en su noche de bodas. Pero no podía dejar de pensar en lo feliz que había hecho a Zahir volver a ver a sus amigos Amir y Masoud. Era un hombre tan leal, un gobernante tan justo, un hermano tan cariñoso, un marido tan apasionado...

–Emir... –estaba diciendo su padre.

–Zahir, por favor –lo interrumpió él–. ¿Puedo llamarte Jeremy?

–Por supuesto.

–Ahora somos familia y no quiero que las formalidades sean una barrera para nuestra amistad.

–Zahir –dijo Jeremy Collins, con una sonrisa de oreja a oreja–. Espero no molestarte al sacar este tema, pero me preguntaba si estarías dispuesto a con-

siderar la posibilidad de exponer El Corazón del Valor en el Museo Británico. No tengo la menor duda
de que despertaría el interés de miles de personas, especialmente porque de alguna forma os unió a mi
hija y a ti.

–¿Qué te parece, Gina?

Le sorprendió que su marido le pidiese opinión
sobre una joya que pertenecía a la familia Khan...
claro que también ella pertenecía a la familia Khan a
partir de ese momento, pensó,

Y a él.

Zahir no la había soltado desde que empezó la ce-
remonia e incluso en aquel momento, frente su padre,
seguía abrazándola.

Claro que también Zahir le pertenecía a ella. Y
Gina no iba a dejar que lo olvidase.

–Estoy de acuerdo con mi padre en que despertaría el interés no solo de historiadores y expertos en
arte, sino del público en general. Pero la cuestión es
si tú estás dispuesto a permitir que se exhiba en Londres. Después de todo, es una herencia familiar que
no ha salido nunca del país.

–¿Por qué no? –Zahir sonrió, mirándola con un
mundo de ternura en los ojos–. Pude que sea divertido pasar un par de semanas en Londres. Aún no hemos elegido dónde iremos de luna de miel porque tú
no te decides.

–Me gusta estar aquí –le confesó Gina–. Me gusta
tanto que no necesito ir a ningún otro sitio por el momento.

–Pero, si vamos a Londres, podrías ser mi guía personal. Cuando estudiaba en Oxford fui varias veces,

pero será diferente ir contigo –Zahir miró luego a su suegro–. De modo que la respuesta a tu pregunta es sí, Jeremy. No me importaría exponer la joya en Londres.

Y Gina pensó que nunca lo había amado más que en ese momento.

Gina y Zahir, acompañados por un imponente guardia de seguridad, paseaban por la sala del Museo Británico donde se exponía El Corazón del Valor. Con su apuesto marido apretando su mano, Gina se sentía como en el decorado de una película, ella en el papel de la afortunada protagonista y Zahir como el guapísimo e invencible héroe.

Todas las mujeres suspiraban al verlo y la escena parecía un sueño, pero solo tenía que mirar a los ojos de su marido para saber que no era una ilusión, sino una realidad.

Llevaban tres meses casados y cada día y cada noche eran una luna de miel. Cada mañana, cuando despertaba en la cama del palacio o en la querida tienda beduina que solían visitar a menudo, Gina encontraba un regalo de su marido sobre la almohada, cada uno más precioso que el anterior.

Aquel día, como le habían prometido a su padre, tendría lugar la presentación de El Corazón del Valor en Europa y la joya estaba colocada en una urna de seguridad, protegida por un cristal blindado, junto con una colección de antiguos objetos persas que eran el orgullo de Zahir.

Vestido con una de sus ya familiares chilabas, el pelo suelto sobre los poderosos hombros y las brillantes botas negras, parecía un pájaro exótico en medio de un montón de aburridos gorriones.

Los fotógrafos se empujaban unos a otros para tomar las mejores instantáneas y Gina tiró del brazo de su marido para llamar su atención mientras se dirigían hacia ellos.

—Dime —murmuró Zahir.

—Estoy embarazada.

—¿Qué?

—Iba a contártelo durante la cena, pero de repente... —Gina sintió que le ardía la cara—. De repente, no podía esperar más.

—¿Estás segura? ¿Desde cuándo lo sabes?

—Llevo teniendo síntomas un par de semanas, pero el doctor Saffar me lo ha confirmado esta mañana.

Zahir sacudió la cabeza.

—Eres muy mala. Mira que contármelo en este momento...

—¿Es un mal momento?

—Bueno, si no te importa que te demuestre lo contento que estoy delante de toda esta gente, solo tienes que decirlo —respondió él.

Gina puso una mano en su torso cuando inclinó la cabeza para besarla.

—No, no —lo interrumpió, riendo—. ¿Estás contento?

—¿Contento? Soy más feliz que nunca, *rohi* —respondió Zahir—. He soñado con este momento desde antes de casarme contigo.

—¿De verdad?

—Es la noticia que todo marido sueña escuchar, amor mío. ¿Tú eres feliz?

–Mucho –Gina contuvo el aliento al ver un brillo apasionado de sus ojos.

Sí, sabía cuánto significaba para él que tuvieran un hijo y lo deseaba tanto como Zahir, pero a veces las sombras del pasado volvían a la superficie, amenazando su felicidad. Aunque Gina había resuelto olvidarse de esas sombras y, sencillamente, disfrutar de su buena fortuna.

Además, Zahir estaba sonriendo y eso borró todas las dudas de un plumazo. Cuando su marido sonreía era como un sol que aparecía tras unas oscuras nubes de tormenta, iluminando el mundo entero.

–¿Cómo esperas que haga mi discurso de presentación después de darme tal noticia?

–Lo harás muy bien –Gina sonrió, poniéndose de puntillas para besarlo–. Te has enfrentado con una horda de rebeldes sin parpadear. Si puedes hacer eso, sin la menor duda podrás hablar de una joya familiar a un grupo de curiosos. Será facilísimo.

–¡Emir Kazeem Khan! –gritó alguien–. ¿Podemos hacer una fotografía de usted con la bella jequesa?

Cuando se volvieron para enfrentarse con los fotógrafos, Zahir le pasó un brazo protector por la cintura.

–Cuanto antes volvamos a Kabuyadir y a un relativo anonimato, mejor –le dijo al oído.

Ella lo miró con sus ojos azules infinitamente tiernos y burlones a la vez.

–Aunque no fueras un emir no podrías pasar desapercibido. Eres demasiado imponente.

–Imponente, pero encantador –bromeó él, besándola para que todos lo vieran.

BIANCA™

Durante un año mantuvo las distancias con ella…
Pero, ¡durante una noche no se pudo resistir!

ABANDONADOS AL AMOR

ABBY GREEN

N.º 3177

Cuando Ana Diaz se casó con el magnate Caio Salazar, este le dejó muy claras sus condiciones: un año de matrimonio para poder expandir su imperio y asegurar la libertad de Ana. No obstante, acababan de firmar los papeles del divorcio cuando se vieron obligados a pasar veinticuatro horas juntos debido a una amenaza de seguridad.

Por fin a solas, la novia con la que Caio había soñado se convirtió en la tentación personificada. Era lo último que Caio, que estaba cerrado al caos del amor, quería. A no ser que Ana le demostrase que el vínculo que tenían era más fuerte que su instinto de supervivencia…

DESEO
ADRIANA HERRERA

SIETE DÍAS JUNTOS

Cuando Esmeralda Sambrano-Peña heredó inesperadamente el imperio audiovisual de su padre, la noticia levantó ampollas. Nadie se sintió más contrariado que Rodrigo Almanzar. Esmeralda sabía que el protegido de su padre, y examante suyo, quería dirigir la empresa. Para empeorar aún más la situación, la pasión renovada entre ellos se hacía más innegable después de cada reunión de medianoche. ¿Demostraría Rodrigo que podía ser el socio perfecto en los negocios y en el placer… o más bien la ruina profesional de Esmeralda?

EN EL CORAZÓN DE LA TORMENTA

N.º 567

La directora de reparto Perla Sambrano sabía que Gael Montez era el actor perfecto para su nuevo proyecto. Todo saldría bien si era capaz de olvidar la atracción que había entre ellos y dejaba a un lado su corazón.

Los hombres Montez hacían daño a las mujeres a las que amaban. O al menos eso era lo que Gael creía. La única manera de proteger a Perla era mantener su relación estrictamente dentro del ámbito profesional. Sin embargo, una tormenta de nieve los aisló en la casa de él y provocó un milagro de Navidad que ninguno de los dos había planeado…

JOANNA FULFORD

Desafío a un vikingo

Desde que su enemigo lo capturó y lo encadenó como si fuera un perro, Leif Egilsson solo tenía una idea en la cabeza: vengarse. No volvería a dejarse engañar por la belleza de la traidora Astrid, y su inocencia, que él tanto deseaba, sería suya. Durante su huida, el orgulloso vikingo se propuso conseguir que ella pagara el precio de su traición… ¡en el lecho! Sin embargo, no sabía que Astrid también tenía el corazón de una guerrera, y que no se dejaría domesticar tan fácilmente como él pensaba…

Rendida al vikingo

Lara Ottarsdotter era una muchacha pelirroja con mucho genio. Su habilidad para el manejo de la espada había ahuyentado a muchos pretendientes. Un día, el guerrero vikingo Finn

Egilsson llegó buscando venganza para un enemigo común, y el padre de Lara, en su desesperación, le ofreció barcos y hombres de apoyo a cambio de que hiciera a Lara su esposa.

Finn no tenía ganas de pasar otra vez por el matrimonio, pero su esquiva novia encendió toda su pasión con un solo beso. Por su valor, estaba claro que Lara nunca iba a rendirse en la batalla, pero muy pronto Finn se dio cuenta de que lo que deseaba realmente era su rendición y su entrega… en el lecho conyugal.

No. 87

¡YA EN TU PUNTO DE VENTA!

ALLISON LEIGH
NUBES DE TORMENTA

La tormenta estaba a punto de caer sobre Annie Hess, de hecho ya había comenzado con la llegada de su hija secreta, a la que años atrás había dejado al cuidado de su hermano. Pero las cosas no habían hecho más que empeorar con la aparición de Logan Drake. El hombre que la había rechazado en otro tiempo ahora pretendía llevarse a la muchacha. Ninguno de los dos esperaba que aquel reencuentro despertaría sus sentimientos del pasado. Lo que todavía no sabían era si las duras decisiones que habían tomado años atrás podrían ahora llevarlos hasta encontrar la felicidad.

N.º 482

MARIE FERRARELLA
CORAZÓN AMADO

Si a Micah Muldare le faltaba algo era tiempo. El atareado viudo no tenía horas suficientes para su exigente trabajo y sus dos pequeños hijos. Era evidente que en su vida no había lugar para el amor… hasta que Tracy Ryan llegó a ella.

Tracy ya había sufrido una vez por amor, así que había desistido de la idea de encontrar al hombre de su vida y formar una familia, pero le estaba costando resistirse al guapo Micah, y a sus adorables hijos. Tal vez hubiese llegado el momento de arriesgarse para conseguir tener la familia que siempre había deseado.

BRENDA JACKSON

La noche de su vida

A Derringer Westmoreland le persiguió durante semanas la imagen de una mujer cuyo rostro no podía recordar tras una aventura de una única y fantástica noche. Pero deseaba volver a vivir aquella intensa pasión. Y cuando finalmente descubrió la identidad de la misteriosa mujer, se llevó toda una sorpresa; era Lucia Conyers, la mejor amiga de su cuñada. Lucia no estaba por la labor de convertirse en una más de las chicas de Derringer. Por primera vez en su cómoda vida, iba a tener que llevar a cabo un cortejo. Y si quería ganarse el corazón de Lucia, más le valía estar dispuesto a arriesgarse a perder el suyo.

PAULA ROE

Un ardiente amor

A Zac Prescott le llevaba muchas horas dirigir una compañía multimillonaria. Afortunadamente, su eficiente ayudante hacía que la carga de trabajo fuera casi soportable. Su relación era estrictamente profesional... hasta la noche en que Emily Reynolds por fin se soltó el pelo. Y el magnate no dudó en robarle un beso. De repente, lo único en lo que Zac podía concentrarse era en su secretaria. Por desgracia, después del beso ella se marchó. ¿Lograría Zac que volviera sugiriéndole nuevos proyectos... y algo de placer? ¿O acaso Emily buscaba un nuevo puesto... como su esposa?

N.º 92